Hamburg, im März 1992

Über dieses Buch Intensiv wie kaum ein anderer seiner Emigranten-Kollegen mischte sich Heinrich Mann aus dem Exil in die politische Debatte um Deutschland ein. Manche seiner Aufsätze, Essays, Pamphlete wurden ins Nazi-Reich geschmuggelt und gingen bei Gesinnungsfreunden von Hand zu Hand. Die heimlichen Verbreiter riskierten dabei ihr Leben. Neben seinem Riesenwerk, den beiden *Henri-Quatre*-Romanen (zusammen rund 1800 Seiten), fand Heinrich Mann Kraft und Zeit, innerhalb von sechs Jahren drei Bände zum Thema Deutschland unter dem Faschismus zu publizieren. Nach den beiden in der Studienausgabe bereits vorliegenden Bänden *Der Haß* (1933) und *Mut* (1939) erscheint jetzt das Mittelstück, der 1936 erstmals in Zürich erschienene und seither nicht wieder aufgelegte Band *Es kommt der Tag* – gemeint ist die Zeit nach Hitler. Denn: »Der Sturz des Dritten Reiches ist gewiß« (Heinrich Mann). Die Exilzeitschrift ›Das neue Tagebuch‹ (Paris) schrieb bei Erscheinen der Originalausgabe: »Das Buch erfreut durch den Reichtum seiner Gestaltungen, die gelegentlich ins Visionäre wachsen, und durch die Verbindung dieser Visionen mit einer dezenten Zivilität – eine Kombination von scheinbar Widerstrebendem, die für den Stil Heinrich Manns überhaupt charakteristisch ist. Die Heftigkeit dieser hallenden Stimme bricht immer dort hervor, wo die Gegner die Sordinen bürgerlicher Geborgenheit zerbrochen haben. In solchen Augenblicken glaubt der Leser zu spüren: dieses homerisch donnernde Organ schafft sich einen akustischen Raum, es dringt aus dem Vakuum des Exils zurück in den Raum des Volkes, dessen großen Dimensionen es angemessen ist.«

Der Autor Heinrich Mann, geboren 1871 in Lübeck, begann nach dem Abgang vom Gymnasium eine Buchhandelslehre, 1890 bis 1892 volontierte er im S. Fischer Verlag, Berlin, gleichzeitig Gasthörer an der Universität; freier Schriftsteller; 1893 Paris-Aufenthalt, bis 1914 längere Italien-Aufenthalte, später München, ab 1928 Berlin; 1931 wurde er zum Präsidenten der Sektion Dichtkunst der Preußischen Akademie der Künste zu Berlin gewählt. Die Verfilmung seines Romans *Professor Unrat* (unter dem Titel ›Der blaue Engel‹ mit Marlene Dietrich) machte ihn weltberühmt. Februar 1933 erzwungener Ausschluß aus der Akademie; Emigration über Frankreich (Paris, Nizza), Spanien und Portugal 1940 nach Kalifornien. 1949 nahm er die Berufung zum Präsidenten der neu zu gründenden Deutschen Akademie der Künste zu Berlin/DDR an. Heinrich Mann starb 1950 in Santa Monica/Kalifornien. Seine Urne ist auf dem Dorotheenstädtischen Friedhof in Berlin beigesetzt.

Die wissenschaftlichen Mitarbeiter an diesem Band
Uwe Naumann, Jahrgang 1951, Dr. phil., lebt als Publizist in Hamburg. 1984/1985 Mitarbeiter der ›Hamburger Arbeitsstelle für deutsche Exilliteratur‹. Seit 1985 editorischer Mitarbeiter der Taschenbuch-Reihe *rowohlts monographien*. Veröffentlichungen vor allem über Exilliteratur, auch zu Heinrich Mann; Herausgeber der Werke Heinar Kipphardts.
Peter-Paul Schneider, Jahrgang 1949, Dr. phil., Wiss. Mitarbeiter am Deutschen Literaturarchiv/Schiller-Nationalmuseum, Marbach am Neckar; zuvor Wiss. Assistent für Neuere deutsche Literaturwissenschaft an der Universität Bamberg (1977–1983). Veröffentlichungen zum 18. Jahrhundert (Mitherausgeber der *Friedrich-Heinrich-Jacobi-Briefgesamtausgabe)* und zu Heinrich Mann (Herausgeber der ›Mitteilungsblätter des Arbeitskreises Heinrich Mann‹, seit 1983 des ›Heinrich-Mann-Jahrbuchs‹ [zusammen mit Helmut Koopmann]).

Heinrich Mann
Studienausgabe in Einzelbänden

Herausgegeben von Peter-Paul Schneider

Textgrundlage:
Heinrich Mann: *Es kommt der Tag*. Deutsches Lesebuch
Zürich: Europa-Verlag 1936

Heinrich Mann

Es kommt der Tag

Deutsches Lesebuch

Mit einem Nachwort von
Uwe Naumann
und einem Materialienanhang,
zusammengestellt von
Peter-Paul Schneider

Fischer Taschenbuch Verlag

Ungekürzte Ausgabe
Veröffentlicht im Fischer Taschenbuch Verlag GmbH,
Frankfurt am Main, März 1992

Lizenzausgabe mit freundlicher Genehmigung
des Aufbau-Verlags GmbH, Berlin und Weimar
Die Erstausgabe erschien 1936 im Europa-Verlag, Zürich

Umschlaggestaltung: Max Bartholl
unter Verwendung von ›Paul Klee, Blau-Vogel-Kürbis‹ (1939)
NN7 (747), Farbiges Blatt, Kleisterfarben auf Fabriano grob
27,9 × 43,2 cm, signiert oben rechts

Gesamtherstellung: Clausen & Bosse, Leck
Printed in Germany
ISBN 3-596-10922-1

Inhalt

I Sehen *(2. Kor. 4.18.)*

II Verachten *(Prediger Salomo Cap. 9.12.)*

III Lernen

I

Sehen

Denn was sichtbar ist, das ist zeitlich, was aber unsichtbar ist, das ist ewig.

2. Kor. 4.18.

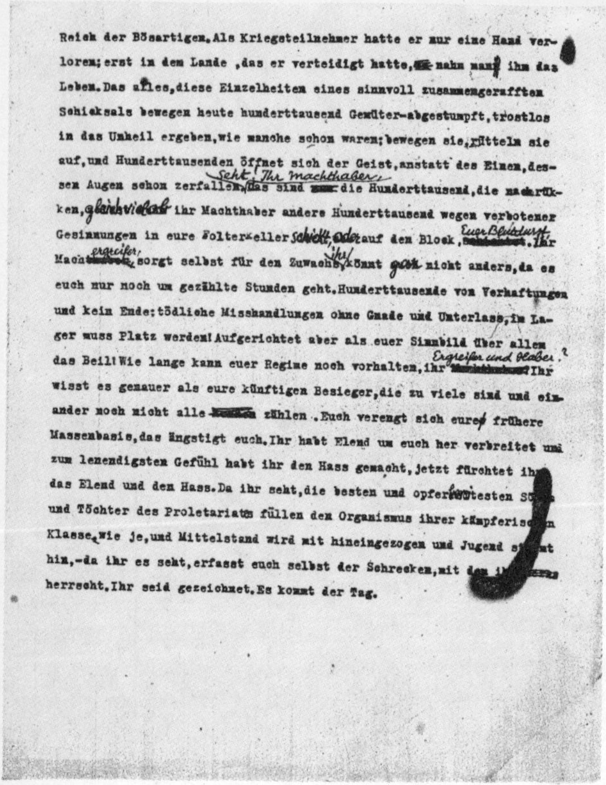

Reich der Bösartigen. Als Kriegsteilnehmer hatte er nur eine Hand verloren; erst in dem Lande, das er verteidigt hatte, nahm man ihm das Leben. Das alles, diese Einzelheiten eines sinnvoll zusammengerafften Schicksals bewegen heute hunderttausend Gemüter – abgestumpft, trostlos in das Unheil ergeben, wie manche schon waren; bewegen sie, rütteln sie auf, und Hunderttausenden öffnet sich der Geist, anstatt des Einen, dessen Augen schon zerfallen. Seht! Ihr Machthaber, das sind die Hunderttausend, die nachrükken, gleichviel ob ihr Machthaber andere Hunderttausend wegen verbotener Gesinnungen in eure Folterkeller schickt oder auf den Block, Euer Blutdurst. Ihr Machtergreifer sorgt selbst für den Zuwachs, ihr könnt gar nicht anders, da es euch nur noch um gezählte Stunden geht. Hunderttausende von Verhaftungen und kein Ende: tödliche Misshandlungen ohne Gnade und Unterlass, im Lager muss Platz werden! Aufgerichtet aber als euer Sinnbild über allem das Beil! Wie lange kann euer Regime noch vorhalten, ihr Ergreifer und Räuber? Ihr wisst es genauer als eure künftigen Besieger, die zu viele sind und einander noch nicht alle zählen. Euch verengt sich eure frühere Massenbasis, das ängstigt euch. Ihr habt Elend um euch her verbreitet und zum lenendigsten Gefühl habt ihr den Hass gemacht, jetzt fürchtet ihr das Elend und den Hass. Da ihr seht, die besten und opferbereitesten Söhne und Töchter des Proletariats füllen den Organismus ihrer kämpferischen Klasse, wie je, und Mittelstand wird mit hineingezogen und Jugend strömt hin, – da ihr es seht, erfasst euch selbst der Schrecken, mit dem ihr herrscht. Ihr seid gezeichnet. Es kommt der Tag.

Das einzig erhaltene Bruchstück
aus dem Essay *Es kommt der Tag*
mit handschriftlichen Korrekturen Heinrich Manns

Es kommt der Tag

Die Justiz des Dritten Reiches arbeitet im Geheimen. Seine politischen Prozesse spielen hinter verschlossenen Türen; und einem Regime, das zu viele Gegner hat, wird jede ihrer Lebensäußerungen zum todeswürdigen Verbrechen. Hinrichtungen veranstaltet dasselbe Regime in Gefängnishöfen, nahezu unsichtbar. Denn es will zwar Schrecken verbreiten, aber die wahnsinnige Zahl der Getöteten darf nicht eingestanden, sie soll nur geahnt werden. So weit ist das Regime drei Jahre nach der bewußten Machtergreifung, die es noch immer tagtäglich im Munde führt. Wer mit der Macht etwas Richtiges angefangen hätte, spräche längst nicht mehr von ihrer Ergreifung. Diese Machthaber haben aber aus Deutschland vor allem einen Richtplatz gemacht. Das Eigentliche, Letzte über das Deutschland dieser Zeiten ist von den Büchern der Gefängnisverwaltungen abzulesen. Das wurde in den drei schändlichsten Jahren seiner Geschichte aus seinen Menschen. So enden die Tapfersten. Dahin führt die natürliche Geradheit, die schlichte Beharrlichkeit dessen, der gar nicht anders kann, als der größten Masse Deutscher zu dienen; Genossen oder nicht, er steht für sie ein. Der rote Helfer Rudolf Claus ist gestorben, wie sie sterben, auf dem Block, bis zuletzt das Haupt erhoben, die Stirne rein, und grade darum müssen solche Köpfe auf den blutigen Boden dieses Reiches rollen.

»Uns war er mehr.« Ein Mann wie dieser ist uns allen mehr als ein anderer Toter, nicht von Partei wegen, sondern als ein Vorbild der Festigkeit und als ein Zeuge, daß der Tag kommt. An ihm war sogar von seinen Feinden und Richtern nichts Strafwürdiges gefunden worden: nur seine Gesinnung. In ihrem Namen tat er Gutes, das kostet den Kopf im Reich der Bösartigen. Als Kriegsteilnehmer hatte er nur eine Hand verloren; erst in dem Lande, das er verteidigt hatte, nahm man ihm das Leben. Das alles, diese Einzelheiten eines sinnvoll zusammengerafften Schicksals bewegen heute hunderttausend Gemüter – abgestumpft, trostlos in das Unheil ergeben, wie manche schon waren; bewegen sie, rütteln sie auf, und Hunderttausenden öffnet sich der Geist, anstatt des Einen, dessen Augen schon zerfallen. Seht! Ihr Machthaber, das sind die Hunderttausend, die nachrücken, gleichviel ob ihr Machthaber andere Hunderttausend wegen verbotener Gesinnungen in eure Folterkeller schickt, oder auf den Block. Euer Blutdurst, ihr Machtergreifer, sorgt selbst für den Zuwachs, ihr könntet gar nicht anders, da es euch nur noch um gezählte Stunden geht. Hunderttausende von Verhaftungen und kein Ende; tödliche Mißhandlungen ohne Gnade und Unterlaß, im Lager muß Platz werden! Aufgerichtet aber als euer Sinnbild über allem das Beil! Wie lange kann euer Regime noch vorhalten, ihr Ergreifer und Haber? Ihr wißt es genauer als eure künftigen Besieger, die zu viele sind und einander noch nicht alle zählen. Euch verengt sich eure frühere Massenbasis, das ängstigt euch. Ihr habt Elend um euch her verbreitet, und zum lebendigsten Gefühl habt ihr den Haß gemacht; jetzt fürchtet ihr das Elend und den Haß. Da ihr seht, die besten und opferbereitesten Söhne und Töchter des Proletariates füllen den Organismus ihrer kämpferischen Klasse wie je, und Mittelstand wird mit hineingezogen und Jugend strömt hin – da ihr es seht, erfaßt euch selbst der Schrecken, mit dem ihr herrscht. Ihr seid gezeichnet. Es kommt der Tag.

Die Ermordung des B.V.G.-Angestellten Claus durch nationalsozialistische Richter hat nicht nur allgemeine

Folgen gehabt. Aus diesem Anlaß geschah in der Öffentlichkeit und vor aller Welt der erste gemeinsame Schritt deutscher Sozialdemokraten und Kommunisten. Er geschah am 20. Dezember 1935, vermerken wir den Tag, den spätere Geschichtsberichte nennen werden. An ihm vollzog sich tatsächlich die Einheitsfront der Sozialisten; mit ihr aber beginnt die Volksfront der Deutschen. Man kann der Gesetzmäßigkeit des Vorganges vertrauen und darauf, daß auf Eins das Andere folgt. Wenn Menschen widerstehen, handeln Tatsachen. Die Führer der beiden sozialistischen Parteien hatten einander Vieles vorzuwerfen; ohne die eingetretene Entfremdung der Arbeiterführer gäbe es wahrscheinlich kein Drittes Reich. Die Wiederannäherung nun ist am tätigsten von den Kommunisten betrieben worden – höchst verständlicher Weise. Sie hatten niemals regiert und begreifen, nach Ablauf einer gewissen Zeit des Zornes, daß sie die weniger Unglücklichen sind. Ihr illegaler Anhang im Lande hat todesmutig den Mörderstaat unterwühlt, ihnen gehörten von den Hingerichteten die Meisten. Sie sind nur besiegt, nicht gedemütigt. Auch bilden die Kommunisten den jüngeren Teil des deutschen Sozialismus. Sie müssen nicht, um ihren Mut aufzurichten, in die Geistesgeschichte des Proletariates zurückgreifen: die lebendige Gegenwart versieht sie von selbst mit Kraft; sie haben einen Staat auf Erden, der sie rechtfertigt und bezeugt. Dort erhebt sich die Macht der Sowjet-Union, die Macht eines Weltteils anstatt der sehr bedingten, sehr fragwürdigen eines mittleren Reiches, das in vollem Niedergang begriffen, sich wichtig machen will mit seiner Rettung des Weltkapitalismus. Das Lebensgefühl der deutschen Kommunisten ist schwerlich das von Besiegten.

Die Sozialdemokraten haben es schwer, zu vergessen. Die Verantwortlichen bei ihnen stehen seit drei Jahren unter Anklage, und schon vor dem Zusammenbruch der Republik, die sie mit verwalteten, wurden sie Verräter genannt. Sie sind indessen niemals Verräter gewesen – nicht für ihr eigenes Gewissen, und das allein entscheidet. Sie haben sich an die Verwaltung der Republik verloren; aber grade die besten Verwalter werden geneigt sein, den Gegenstand ihrer Bemühungen als dauerhaft anzusehen. Ihr Gefühl für die immer gegenwärtige Gefahr läßt nach, und den Kampf verlernen sie. Dann wird auch eine Niederlage, die man erleidet, durchaus unverständlich. Sie macht eher selbstgerechter. Was hatte man denn versäumt? Innerhalb der demokratischen Spielregeln war doch alles Mögliche geschehen, darüber hinaus aber beginnen die Wüste und der Wahn. Für Geschlagene, die nur infolge ihrer besseren Gesittung geschlagen wurden, ist es schwer, bis zur wirklichen Reue vorzudringen. Die Sozialdemokraten haben es endlich dennoch gekonnt, und noch mehr als das. Sie finden die angeborene Farbe der Entschließung wieder. Der erste Entschluß in ihrer Lage muß sein, Beleidigungen nicht länger nachzurechnen, und aus der empfangenen Demütigung eine neue Kraftquelle zu machen. Der zweite Entschluß wäre, den bisher feindlichen Kameraden ihre Versöhnlichkeit, ja, eine innere Wandlung zu glauben. Die wollen auf einmal Demokraten sein! Gewiß, und so seid ihr selbst jetzt wieder Revolutionäre, was euer dritter, aber nicht der schwerste Entschluß ist. Man kann es von weniger Erlebnis werden. Wenn nun die kommunistische Revolution nicht einmal ausgebrochen, die sozialdemokratische Legalität dagegen vergewaltigt ist, was bleibt? Was bleibt als fruchtbares Bekenntnis allein übrig und drängt sich als lebendige Kraft den Geistern auf? Die revolutionäre Demokratie. Sofern nicht alles täuscht, ist sie die Formel, in der sich die beiden proletarischen Parteien finden und vereinen.

Revolutionäre Demokratie, sie ist das zeitgemäße Bekenntnis, weil sie im wirklichen Leben sich ganz von selbst durchsetzt, dank dem Druck des Mörderstaates. »In Deutschland bahnt eine große Solidaritäts-Bewegung sich an, sie führte in verschiedenen Teilen des Landes zur Schaffung von Solidaritäts-Ausschüssen und zu gemeinsamen Hilfsaktionen für die verhafteten Klassenbrüder und ihre Familien.« So zu ersehen aus dem Bericht von Wilhelm Pieck über die Brüsseler Reichskonferenz der KPD. Die Not legt zwischen den Parteien die Schranken nieder, zu allererst dort, wo es um das Leben geht. Es geht indessen für die unterworfenen Deutschen nicht um das leibliche Leben allein. Der Verlust der Gewissensfreiheit tötet die Ehre ab, er ist eine geistige Sterilisierung, würdig, von solchen Machtergreifern verhängt zu werden. Daher fallen wieder Schranken, diesmal zwischen den christlichen Parteien und den angrenzenden links. Aber noch viel mehr künstliche Abgrenzungen werden aufgehoben, in dem Maße wie den Deutschen, allen Deutschen aller Schichten und Gruppen klar wird, was es heißt, keine staatsbürgerlichen Freiheiten und keine Menschenrechte mehr zu haben. Denn schließlich sie selbst, im vollen Besitz ihrer Willensmeinung, hätten nicht diesen furchtbaren Absturz der Wirtschaft über sich verhängt: weder die Vergeudung des allgemeinen Vermögens für unergiebige Zwecke wie die Aufrüstung und den Unterhalt des doppelten Apparates von Staat und Partei, noch auch die Zwangsarbeit. Die Deutschen des Dritten Reiches tun Zwangsarbeit, das ist ihre Lage – nicht nur die Lage der Arbeitsdienstler. Alle, wie sie da sind, dienen mit jeder ihrer Tätigkeiten, ob geistiger oder praktischer Art, nicht sich selbst, nie sich selbst als Einzelnen oder Vielen: sondern einem Klüngel von Schmarotzern und einer totalen Staatsmacht, die es mit ihnen nicht gut meint. Das entscheidet und soll ausdrücklich wiederholt werden: die es mit ihnen nicht gut meint.

Die totale Staatsmacht des Dritten Reiches ist der geschworene Feind aller, und zuletzt sogar der wenigen Deutschen, die sie noch zu begünstigen scheinen. Dieser Staatsmacht liegt an ihren Menschen nichts, gar nichts verschlägt ihr das Glück und selbst das Dasein ihrer Menschen. Sie alle gelten keinen Pfennig durch sich selbst, um ihrer selbst willen würde die totale Staatsmacht ihnen nicht einmal die letzte Kartoffel übrig lassen. Sondern sie werden notdürftig bei Kräften erhalten und sollen mit dem Rest ihrer Kräfte das brot- und aussichtslose Kunststück erlernen, eine reine Rasse zu werden: nur, damit sie eines nahen Tages zu Grunde gehen in dem irrsinnigen Krieg, um das »Reich« zu erobern. Das »Reich« nämlich ist für die ewigen Machtergreifer keineswegs das Dritte, das sie schon besitzen. Das »Reich« ist ihr verschwommenes Hirngespinst, sie verlegen es weit vor Bismarck, und wahrscheinlich noch vor Karl den Großen. Die Welt soll neu anfangen, entsprechend ihrem Bilde, das sie sich machen und für deutsch halten; es ist aber nur das Weltbild armer, verrückter Abenteurer, denen ihre innere Ohnmacht, bei so viel äußerer Gewalt, keine Ruhe läßt, und da sie mit sechzig Millionen nichts Anständiges zu beginnen wissen, scheint es ihnen, daß erst sechshundert ihr »Reich« wären.

So ist es und so geht das vor sich. Ein Volk verliert seine Freiheit um weltpolitischer Märchen willen – an Machtergreifer, die Deutschland weder kennen noch schätzen, sondern es einfach in den Dienst ihrer weltpolitischen Pseudologie stellen. Gewiß, das alles gehört in die Geschichte des Kapitalismus, letzter Teil. Aber man soll wissen, daß nur noch Degenerierte im Auftrag des Kapitals es fertig bringen, ein modernes Volk seiner Freiheit zu berauben: ihm die Gesamtheit seiner öffentlichen und privaten Freiheiten wegzuschwadronieren mit dem lähmenden Einfluß, wie gewisse Irre ihn ausüben. Das in Dingen der Freiheit unerfahrene Volk der Deutschen hat sich lähmen lassen; indessen regen seine Fähigkeiten sich wieder. Dies Volk ist sogar erst jetzt wirklich belehrt worden über Wert und Wesen der Freiheit: was sie alles mitbegreift, was alles untergeht mit ihr. Daher fallen jetzt Schranken, täglich fallen zwischen Deutschen jetzt Schranken. Daher verständigen sie sich zum ersten Mal in einer wahrhaften Volkssprache, anstatt in den Idiomen der Klasse und Partei. Wenn ich es gestehen soll, ich hätte ein Ereignis wie das kürzlich erlebte nicht so bald erhofft. Ein leitender Sozialdemokrat erhob sich, er gestand begangene Fehler ein, er bezwang die versagende Stimme und bezeugte, so viel an ihm lag, die Einheit des Proletariates. Damit aber, gesetzt, es hätte seine Einheitsfront beendet, wäre bei weitem das Schwerste schon getan: was während der Szene von allen Beteiligten erfaßt und tief gefühlt wurde. Ein Katholik erhob sich, mit Heftigkeit verwarf er den bisherigen konfessionellen Abstand, sein Inneres wurde sichtlich weit; man sah ihn erlöst und völlig außer sich, weil eine unbegrenzte Menge von Gleichgewillten der verschiedensten Herkunft ihn dahintrug. Jeder legte auf einmal die gewohnte Schwere und seine Hemmungen ab. Ein Wissenschaftler sprang auf: die Kirche hatte ihm wohl noch niemals Sorge gemacht, hier plötzlich erklärte er sich laut und dringend für ihre Heiligung und Ehrung im künftigen Volksstaat.

Nach diesem glaube ich, daß der künftige Volksstaat, als seelische Kraft genommen, schlechthin schon jetzt besteht. Oh! Vieles ist noch davor, daß er eine wirkliche Tatsache wird. Die aufgetürmte Macht und Gewalt des Dritten Reiches wäre das Wenigste. Aber die Gruppen, die es stürzen wollen, werden noch nicht handlungsfähig auf Grund von Gefühlsausbrüchen. Dennoch ist ein beständiges Gefühl das Beste, damit Menschen aneinander glauben lernen. Allein das reine Gefühl bürgt für den Ernst der Besinnung und den Mut zum Opfer. Beide, Vernunft und

Opfer, sind auf dem Wege. Außerhalb des Landes eröffnet man sich bereitwilliger, aber nur, weil dies ausgesandte Organe des Landes sind: das sind wir und sonst nichts. Der Sturz des Dritten Reiches ist gewiß. Feststehen muß im Voraus das Grundgesetz der revolutionären Demokratie. Hier ist es. Sie folgt auf eine Pöbelherrschaft, sie wird ein Regime der sittlichen Erziehung sein. Da sie einen Zustand der chaotischen Willkür ablöst, verdient die revolutionäre Demokratie ihren Namen durch Ordnung und Gesittung. Vorher besaßen die Deutschen kein Recht auf das Leben, zu schweigen von der Freiheit. Die revolutionäre Demokratie wird ihren Menschen, die wieder Menschen und nicht nur Deutsche sind, die Freiheit sichern – besser als auf dem Papier einer Verfassung: durch die Normalisierung der Wirtschaft. Wirtschaftlich Übermächtige betrügen eine Demokratie, bevor sie ihr den Garaus machen; sie verletzen die Norm. Normwidrig war auch, daß ein Volk im Inneren seines wirklichen Raumes entrechtet war, aber zum Besten gehalten wurde mit einem zeit- und raumlosen »Reich«, dem Hirngespinst einiger Entarteten. Dies Volk soll seinen wirklichen Raum so ausnutzen, daß er für alle reicht: das ist die wahre Revolution und die ganze Demokratie. Nach außen, der Friede schlechthin. Deutschland vorbehaltlos eingereiht in den Völkerbund, der die Funktion der gesammelten Weltdemokratie ist. Die verspätete Auflehnung der Deutschen gegen Europa, ihr Drittes Reich, war nichts als ein Produkt des Unglücks. Man normalisierte sie, damit sie endlich glücklicher und keine »Liebhaber des Todes« mehr sind. Der Deutschen sich annehmen um ihrer selbst willen; ihr Glück machen: wer es macht, hat auch schon ihren Staat, in dem sie leben wollen.

Schiller: Über deutsche Größe

Deutsches Reich und deutsche Nation sind zweierlei Dinge. Die Majestät des Deutschen ruhte nie auf dem Haupt seiner Fürsten. Abgesondert vom Politischen hat der Deutsche sich einen eigenen Wert begründet, und wenn auch das Imperium unterginge, so bleibe doch die deutsche Würde unangefochten. Sie ist eine sittliche Größe, sie wohnt in der Kultur und im Charakter der Nation, der von ihren politischen Schicksalen unabhängig ist... Indem das politische Reich wankt, hat sich das geistige immer fester und vollkommener gebildet.

Wilhelm von Humboldt: Über Großdeutschland

Man muß auf keine Weise den wahren und eigentlichen Zweck des deutschen Bundes vergessen, insofern er mit der europäischen Politik zusammenhängt. Dieser Zweck ist Sicherung der Ruhe; das ganze Dasein des Bundes ist mithin auf Erhaltung des Gleichgewichtes durch innewohnende Schwerkraft berechnet; diesem würde nun durchaus entgegengearbeitet, wenn in die Reihe der europäischen Staaten, außer den größeren deutschen einzeln genommen, noch ein neuer, kollektiver in einer nicht durch gestörtes Gleichgewicht aufgeregten, sondern gleichsam willkürlichen Tätigkeit eingeführt würde... Niemand könnte dann verhindern, daß nicht Deutschland als Deutschland auch ein erobernder Staat würde, was kein echter Deutscher wollen kann; da man bis jetzt wohl weiß, welche bedeutenden Vorzüge in geistiger und wissenschaftlicher Bildung die deutsche Nation, solange sie keine politische Richtung nach außen hatte, erreicht hat, aber es noch nicht aus-

gemacht ist, wie eine solche Richtung in dieser Rücksicht wirken würde.

Die Deutschen und ihr Reich

Die Zeit, als nationale Staaten der große Fortschritt waren und die Zukunft für sich hatten – die Zeit ist das sechzehnte Jahrhundert. Damals war eine geschlossene Monarchie, wie in England und in Frankreich, die dringende Verpflichtung der Deutschen. Später lag an ihr nichts mehr. Damals riet die Königin Elisabeth von England dem König Henri von Frankreich, seine Protestanten umzubringen, wie sie selbst ihre Katholiken. Er war indessen ein anderer Mann und einte sein Volk ohne den Beistand des Henkers. Zuletzt verstieg der merkwürdige König sich zu der Absicht eines Völkerbundes, ein Sprung über vier Jahrhunderte; aber mußten die Jahrhunderte durchaus im Widersinn und in der Untätigkeit vergehen? Er hat sich allen freien Völkern verbündet; »frei« hieß damals fast dasselbe wie protestantisch. Seine Freunde waren deutsche Fürsten, die Republiken Schweiz und Venedig, die Niederlande, die Königreiche des Nordens. Schon schickte er sich an, das Haus Habsburg bis hinter die Pyrenäen zu verdrängen. Nach dem Gelingen des umständlich vorbereiteten »großen Planes« wäre Deutschland zweifellos eine protestantische Einheit geworden. Im Wege stand das Haus Habsburg, der Albdruck dieses Erdteils durch endlose Zeiten. Was verschlägt dagegen das kurzfristige, verspätete Preußen?

Konnte Deutschland sich nicht aufschwingen, protestantisch zu werden, vielleicht fand es die Kraft, katholisch zu werden? Auch dazu ergab sich Gelegenheit, denn auf die Ermordung des Königs Henri folgte pünktlich der Dreißigjährige Krieg, und an seinem Ende hätte nach allem Ermessen der Sieger Wallenstein gestanden. Deutschland wäre durch ihn katholisch geworden, wenn er es nicht grade protestantisch gemacht hätte. »Weiß doch keiner, was der glaubt.« Aber auch er wurde ermordet, diesmal war Habsburg der offene Auftraggeber. Im Fall des Königs Henri liegen verschiedene Pferdewechsel zwischen Habsburg und dem Mörder. Die Deutschen haben weder damals noch seither begriffen, was gespielt wurde, und daß sie ihren Nationalstaat spätestens in jenen Tagen hätten in die Hand nehmen müssen, als sie in veralteten Religionskriegen stecken blieben.

Fertig. Sie hatten dann noch den großen Virtuosen Friedrich, einen Einzelgänger ohne rechte Herkunft, ohne Nation, sogar ohne angeborene Sprache. Der Antrieb seiner ewigen Unruhe war sein eigener »Ruhm«, sonst nichts. Eine bewundernswerte Persönlichkeit – und hat mit dem wirklichen Leben der Deutschen im geringsten nichts zu tun.

Nach allen Versäumnissen und Unglücksfällen ist das »Reich« endlich doch gemacht, eben nur gemacht worden. Seine Aktualität im neunzehnten Jahrhundert ist anfechtbar. Das Zeitalter der ganz souveränen Nationalstaaten lief schon ab. Sie hatten für sich und ihre Völker alles getan; das Frankreich Napoleons hatte sogar schon jene erstaunliche Fahrt ins Universale unternommen, Europa im Ganzen wäre über das nur Nationale hinausgeführt worden – derselbe Versuch, den ein längst vergangener König von Frankreich gemacht hatte. Wieder verhinderte Deutschland die Einigung des Kontinentes: es erwachte national, genau in dem Augenblick, als die internationale Einigung zu verhindern war. Wir wollen hinzunehmen, daß auch der heutige Völkerbund vor allem die Sorge Frankreichs ist, und daß Deutschland ihn lahmlegt, so oft es kann. Im Laufe von vier Jahrhunderten sind drei französische Unternehmen festzustellen, alle darauf gerichtet, diesen Erdteil zu umfrieden, ihm Dauer und die mögliche Gesittung zu verleihen. Deutschland hat sich dreimal widersetzt. Zwei der französischen Unternehmen sind an Deutschland gescheitert. An dem dritten wird Deutschland furchtbar scheitern, es begänne denn zu begreifen.

Als Bismarck das Reich »machte«, war es so spät geworden, daß er es sich hätte sparen können. Durch einen neuen Nationalstaat war nichts Gutes mehr zu gewinnen, besonders nicht für eine Nation mit solcher Vergangenheit. Wie geschieht wohl einem Menschen, der sein Leben lang unselbständig gewesen ist, sich in den Geschäften der Welt untüchtig erwiesen hat, plötzlich aber soll er den großen Kaufmann und Verwalter, einen Mächtigen der Erde vorstellen? Dieser Mensch wird übertreiben, er wird Eile haben und vor Toresschluß mehr herausholen wollen als andere in ihrem wohlgenützten Leben. Er wird gegen alle, die ihm zuvorgekommen sind, von gemischten Gefühlen beseelt und mehr als nötig um seine Wehrhaftigkeit besorgt sein. Dabei wird er im Grunde unselbständig bleiben, da er es so lange war, und wird der gegebene Gegenstand für Betrüger sein, je näher ihm selbst das Schwindeln liegt. Genau so ist es auch gekommen mit den Deutschen und ihrem Reich. Wahrhaftig, sie hätten ihr »Reich«, das schon glücklich in die leeren Bezirke der Romantik eingegangen war, sich verkneifen sollen bis ans Ende der Nationalstaaten. Der Zeitpunkt ist inzwischen eingetreten, daß alle ihre liebe Not damit haben, aus dem Nationalen den egozentrischen Krampf zu entfernen. Imperialismus, Zollgrenzen, das Recht auf unsoziale Regierungen, alle Ausschreitungen einer schädlich gewordenen nationalen Souveränität sollen fallen, werden in Bälde fallen. Übrig bleibt die Nation als Familie, was ihr Ursprung ist und den Wert behält. Die Deutschen wären, ohne ihr Reich, im Besitz einiger zeitgemäßen Bedingungen. Sie würden ohne besondere Anstrengung zum Vorbild aufsteigen, anstatt daß sie jetzt mit der Besessenheit des Zuspätgekommenen sich in einem Zustand des Nationalen vorführen, so was lebt nicht.

Der Reichsgründer Bismarck soll hier gerühmt werden: er war ein guter und tapferer Mann. Aus dem, was er nun einmal vorfand, hat er das Beste gemacht – aus der deutschen Geschichte, diesen Zuständen, dieser Verteilung der Macht, aus den gegebenen Charakteren und einem solchen Volk. Er war ein Mann der Gesittung und des Maßes, ebenso fein als stark, mit zarter Haut und hoher Stimme. Er schrieb, wie in den besten Augenblicken der Sprache geschrieben worden ist, und las beim Spazierengehen im Shakespeare. Er war in Überlieferungen befestigt, dachte nicht über Europa hinaus und wünschte für Deutschland das Vernünftige, die Dauer innerhalb von Grenzen, die, so viel an ihm lag, mit Selbstbescheidung gezogen waren. Er wußte, wie lange Jahrhunderte die Bruchstellen einer alten Nation gebrauchen, um wohltätig zusammenzuwachsen. Nur Ruhe bis dahin! Er war kein Mann der Gewalt: grade das nicht. Quieta non movere, seine immer wiederholte letzte Warnung, wurde für Altersschwäche gehalten, sie war aber die Weisheit.

Bismarck hat mit Leidenschaft gehaßt, wer irgend sein Werk störte. Denn er war sachlich, und maß seine Persönlichkeit am Geschaffenen allein. Er hat einen Botschafter oder Wilhelm II. gehaßt. Nicht gehaßt hat er den Sozialismus, ungeachtet seiner Verfolgungen von Sozialdemokraten. Er hat keine grundsätzlichen Redekämpfe mit ihnen gehabt, wie nachher Bülow mit Bebel. Im Gegenteil, sein Verhältnis zu Lassalle zeigt, daß er lernen wollte; und seine soziale Gesetzgebung ging aus tiefer Gesittung hervor, sie war einst eine große Neuheit, nur zu ermessen von dem, der die Nachtarbeit, die arbeitenden Kinder noch gesehen hat vor 1890. Er wäre nicht der Feigling gewesen, das Gegebene zurückzunehmen, wenn die Arbeiter ihm zu zahlreich und zu selbstbewußt wurden. Er, mit Konzentrationslagern und Gestapo das Land schänden, nur weil die Wirtschaftsordnung überreif für Veränderungen ist? Die nachbürgerliche Angst, der Haß abgelebter Schichten gegen solche mit Auftrag, eine geringe Zahl stellt ihren Besitz über die Forderungen der Gesellschaft und sperrt den wirklichen Tatsachen den Weg durch Betrug und Gewalt: das alles ist unbismärckisch. Auf dieser Seite wäre er heute nicht – ist undenkbar als Kanzler des Dritten Reiches. Aber wahrscheinlich stände er an der Spitze der sozialistischen Republik. Sein berühmter Realismus ist die Anerkennung dessen, was ist, zusammen mit dem, was werden will.

Zu seiner Zeit machte er das Reich mit den Fürsten und den Kapitalisten, weil es anders nicht zu machen war. Er bediente sich auch des Krieges, obwohl er nicht Militär war und für sein Selbstgefühl keiner Schlachten bedurfte. Aber Fürsten brauchen allerdings Schlachtensiege, und ein Volk wie dieses deutsche konnte auf keine andere Art zum Mithandeln bewogen werden, als wenn man ihm äußere Feinde gab. Die Deutschen klatschen gern Beifall zu Kriegen, an denen sie sich übrigens unschuldig fühlen, und nennen das ihre Geschichte. Ein Jahrhundert hindurch war der Inhalt ihrer Geschichte, wie Habsburg von Hohenzollern zuerst geschwächt, endlich aus Deutschland vertrieben wurde. Aber haben sie etwas dazu getan, außer Beifall klatschen? So wurde ihnen ihr Reich beschert. Ein Sieg über Frankreich war die Voraussetzung des »Reiches«, nachdem Deutschland im Jahr 48 versagt hatte. Ein inneres Unternehmen, eine Sache des Volkes war das Reich nicht mehr, und sehr die Frage, inwiefern es noch deutsch war, als es in Versailles begründet wurde – begründet im Ausland, ob so was schon da war! Das sollte wohl aussehen wie eine Vergeltung an Ludwig XIV. Tatsächlich wurde das »Reich« nur untergeschoben anstatt des anderen, soeben besiegten Kaiserreiches. Ein Kaiser geht ab, der nächste tritt auf. Louis Napoleon oder Wilhelm, die Deutschen haben sich Unterschiede eingebildet – wie hinfällig sind diese geworden! Der Eine erbte vom Anderen die Stellung einer militärisch-politischen Vormacht, mitsamt der immer gegenwärtigen Gefahr, sich zu übernehmen und zu stürzen. Er erbte den kapitalistischen Glanzpunkt, mitsamt der unveräußerlichen Bestimmung des Kapitalismus, an Grenzen zu stoßen und Katastrophen auszulösen. Der zweite Kaiser erbte vom vorigen sogar das Illegitime, Abenteurerhafte; und aus dem Enkel vieler Preußenherrscher wurde ein Einzelner, ein gewagtes Provisorium, noch keine fünfzig Jahre sollte es vorhalten.

Da der alte Wilhelm für die Fragwürdigkeit seiner Verwandlung ungefähr das Gefühl gehabt hat, läßt sich von Bismarck mehr vermuten. Er wußte mehr: er hatte, gründlicher als ein Fürst, mit diesem Volk zu tun. Eigentlich nur dieses Volk, mit dem anders nichts anzufangen war, nötigte ihn, Monarchist zu sein. Er hätte das Zeug gehabt, jeden besseren Weg zu gehen als diesen pomphaften und blutigen. Wer 48 und das Folgende auf Seiten der Junker erlebt hatte, ließ diese grade deshalb hinter sich; er bekam auch jede Gelegenheit zur Verachtung der Herrscherhäuser, das preußische eingeschlossen. Leider mußte er sich auf Grund aller Erfahrungen überzeugt halten, daß aus den Deutschen allein das »Reich«, nach dem sie jammerten und lechzten, nie hervorgehen würde. Sie waren noch genau so unfähig wie im sechzehnten Jahrhundert. Sollte der vieldeutige Versuch überhaupt gemacht werden, dann nur durch Diktat. Revolutionen sind in Deutschland fehlgeschlagen, außer solchen, die das Volk als Objekt hatten. Infolge dieser Einblicke nannte Bismarck sich Monarchist »bis auf die Knochen«. Die Knochen, mag angehen; aber nicht grade der Kopf. Wer hat »die ganze

Nacht gehaßt«, den Hof, die Klüngel, den Betrieb der Monarchie? Wer hat in dem jungen Wilhelm das Unheil selbst in ganzer Gestalt heraufsteigen gesehen – und ihm ausgeliefert ein wehrloses Volk, eine Nation, die er selbst nicht mehr erziehen konnte: im Gegenteil, er stellte ihr noch den »großen Mann«, durch ihn wurde sie vollends unselbständig und fähig aller verantwortungslosen Ausschreitungen des Hochgefühls.

Er behauptete, Deutschland in den Sattel gesetzt zu haben, und »reiten wird es schon können«, – weil er nämlich grade dies nicht glaubte. Er hatte Parteien, die für oder gegen ihn gesinnt waren, und hierin bestand ihr Dasein. Er hatte ein Parlament von Jasagern, oder Junkern, die noch nicht einmal sein »Reich« wollten, oder Demokraten, die sich anfangs noch ausdrückten, wie das alte Deutschland geredet hatte; die Form, nicht der Charakter war ihnen mitgegeben. Umso sicherer war ihre Entschlußlosigkeit. »Wir Deutsche fürchten Gott, sonst niemand in der Welt«, sagte er dieser Gesellschaft, und so sehen seine großen Aussprüche aus. Sie bedeuten immer auch das Gegenteil. Deutschland hatte sehr viele, es hatte alles zu fürchten, sobald es keinen Bismarck mehr hatte. Sein Schicksal war, daß er zu viel und fast ein Diktator sein mußte: was entweder nicht sein Wille oder ein tragischer Wille war. Die Deutschen ließen ihm nicht die Wahl, haben übrigens nie begriffen, daß sein Nachfolger kein Einzelner mehr sein durfte; sie selbst waren bei Leib und Leben dazu angehalten. Wie ist er wohl gestorben? Die Deutschen meinen: im besten Einverständnis mit ihnen. Sie standen aber zu ihm in denselben schwachen Beziehungen wie zu allen ihren großen Männern, denen sie nie nachfolgen, und die bei ihnen Fremde bleiben. Ein großer Mann ist für sie olympisch oder eisern, so viel schnappen sie auf. Von jeder dieser hohen Existenzen wären Festigkeit und Vernunft zu lernen, aber darauf verfallen sie nicht.

Noch bei seinen Lebzeiten liefen sie in heller Begeisterung zu dem »herrlichen jungen Kaiser« über. So nannten sie eine dreiste Null. Sie waren außer sich über all die Dynamik, die jetzt hereinbrach, die großen Reden, herausfordernden Streiche, über die unausgesetzte Spannung der Welt. Nur keinen Augenblick vergessen werden, in der Welt voran, Nation im Plakatstil; anders wurde es schlechterdings nicht mehr ertragen. Der wirkliche Sinn des »Reiches« stellte sich erst jetzt heraus: die einst versäumten Vorteile des äußeren Lebens nachzuholen und gemeiner im Genuß zu werden. Als ob andere Völker, nur weil sie schon längst ihren nationalen Staat hatten, sich einzig und allein, ohne eine Minute der Gnade, auf Macht und Reichtum verlegt hätten! Das ist der deutsche, der allzu deutsche Sinn des nationalen Staates. Seitdem er ihnen unverdient beschert worden ist, haben sie vergessen, gesetzt, sie hätten es einmal gewußt, daß die Nation eine Familie ist, mit Tugenden und Schwächen der Familie, mit ihrer lange erzogenen Geistigkeit und Moral. Nein! Ein Unternehmen auf Aktien, Kapitalserhöhung jedes Jahr, der immer erneute Anlaß, sich gewaltiger zu geben, als man ist und sich fühlt – bis der Größenwahn herangediehen ist und auch den geheimen Verfolgungswahn ans Licht zieht. Jetzt werden alle historischen Enttäuschungen zu schnaubender Rache, und Minderwertigkeitsgefühle, erworben durch die unglückliche Geschichte, entladen sich in einer nationalen Bösartigkeit – könnte sie wenigstens Bewunderung erregen. Aber sie ist ohne Glanz und höchstens abscheulich.

Das alles begann mit Wilhelm II. und kommt zum Ablauf mit Hitler. Das »Reich« ist in den vorigen Krieg geraten, eigentlich weil es am Weltkapitalismus die faulste Stelle war, schon damals. Seitdem hat das Wesen des Reiches sich nicht, wie angenommen wird, verändert, es ist nicht veränderlich. Die Fäulnis ist fortgeschritten, eine

Niederlage trennt das dritte vom ersten Reich: vielmehr verbindet sie die beiden. Noch mehr verbindet sie das mit dem Reich selbst empfangene Gesetz des Krieges. Dies Reich ist durch einen äußeren Krieg gemacht worden, anstatt aus der Nation frei aufzuwachsen. Folglich wird es seine wirtschaftlichen Verlegenheiten, seine ruchlose Übervölkerung und ein Unmaß inneren Hasses – alles wird es mit Krieg beantworten wollen, solange es noch da ist.

Theodor Fontane: Wo Bismarck liegen soll

Nicht in Dom und Füstengruft,
Er ruh' in Gottes freier Luft
Draußen auf Berg und Halde,
Noch besser: tief, tief im Walde;
Widukind lädt ihn zu sich ein:
»Ein Sachse war er, drum ist er m e i n,
Im Sachsenwald soll er begraben sein.«

Der Leib zerfällt, der Stein zerfällt,
Aber der Sachsenwald, der hält;
Und kommen nach dreitausend Jahren
Fremde hier des Weges gefahren
Und sehen, geborgen vorm Licht der Sonnen,
Den Waldgrund in Efeu tief eingesponnen
Und staunen der Schönheit und jauchzen froh,
So gebietet einer: »Lärmt nicht so! –
Hier unten liegt Bismarck irgendwo.«

Die Deutschen wiederholen sich

Empörend ist nicht nur die Gegenwart; auch die Deutschen, die dem Dritten Reich um einiges vorangingen, haben reichlich Anlaß gegeben zu staunen oder die Hände zu ringen. Sehr die Frage, welcher deutsche Umschwung instinktloser und schlechtrassiger war, der von der Republik zu Hitler oder von Bismarck zum jungen Wilhelm. Ein Umschwung erklärt den anderen, und da der erste sich vollziehen konnte, durfte der nächste nicht ausbleiben. Man glaube nur nicht, daß Wilhelm II. mit weniger Fez und Hallo wäre empfangen worden als nachher sein Abklatsch. Auch er war ein Messias à la manque, auch um diesen Einzigen wurden die Deutschen von der Welt beneidet; und dieselbe Reklame, die es ihnen weismachte, verschaffte dem glänzenden und beredten Herrscher tatsächlich Bewunderer überall. Das ging schon in vorgoebbelsschen Tagen. Was nicht anging zu liberalistischen Zeiten, war die düstere Glorie um das geweihte Haupt, alle die Hinrichtungen, Entleibungen jeder Art, nicht zu reden von der großen Entgeistigung. Man konnte der Nation noch nicht ihre Rechte wegnehmen und den Leuten noch nicht ihr Geld. Man durfte so furchtbar nicht sein, wie man gern gewesen wäre. »Ich führe euch herrlichen Tagen entgegen«, bleibt aber verhältnismäßig schwach, wenn nicht nachgeholfen werden kann durch Furchtbarkeit. Erst eine äußerst schreckliche Haltung des Staates und seines Herrn erweckt heute bei dem durchschnittlichen Reichsangehörigen ohne Bürgerrechte das wahre Vertrauen. Solange sie ihrer Habe und ihres Lebens noch sicher waren, erschien ihr Gebieter nicht mächtig genug. Umso mehr war damals der Kaiser der geheimen und direkten Wähler, die er gern mal gründlich nach Hause geschickt hätte, auf Worte angewiesen. Worte prägen war sein Teil, so viel verlangte der Untertan von seinem

Reichswilhelm, samt häufigem Wechsel der Uniform. Er hat sich seinen Deutschen gemäß benommen, als er in Worten rasselte, drohte, unaufhörlich die Weltöffentlichkeit in Atem hielt, und das sogar aufdringlicher, man denke, als jetzt Hitler.

Man ermesse, daß dies geschah, als die Deutschen noch Wähler waren, als sie zur Kritik zugelassen waren, als sie nicht nur passiv die Mitverantwortung und Mitschuld trugen. Was bleibt dann heute zu sagen. Halten wir nun erst hinzu, daß damals die Ausschweifungen ihrer nationalen Rauschsucht auf Bismarck gefolgt sind, unmittelbar auf seine nüchterne Festigkeit. Auch in seinen Reden stehen stolze Worte, die sich nachsprechen ließen und dafür bestimmt waren, aber kein leeres, und alles, nur keine Herausforderung. Er hat die Fragwürdigkeit, die tiefe Schwierigkeit seines Reiches und dieser durch ihn vorübergehend normalisierten Nation von Grund auf gekannt. Nach ihm hat kaum jemand noch eine Ahnung verraten von all dem. Er war in Wahrheit sofort vergessen. Wie ist das hiernach, zwischen den Deutschen und ihren großen Männern? Sie haben einen einzigen Staatsmann ersten Ranges und begreifen weder die Mäßigung hinter seinen starken Worten, noch in seinen Handlungen die gefestigte Vernunft. Die innerste Haltung jedes hohen Menschen ist Nüchternheit. Sie konnten diese nach Belieben von Goethe oder Beethoven absehen, und auch ihr Schiller hätte sie ihnen mitgeteilt. Nein! Wo die Deutschen sich erheben an irgend einer Größe, legt der Einzelne sein Bewußtsein ab, das doch klarer und gefestigter werden sollte durch das Beispiel; ihr Charakter verzichtet, eine liederliche Massenhaftigkeit tritt für ihn ein, und sie werden mystisch, ihr ganzes Wesen bezecht sich. Die deutsche Rauschsucht ist es, die bei jedem ihrer »großen Männer« diese merkwürdige Kälte gegen sie erzeugt hat. Sein Ruhm, soweit er deutsch war, hat jedem Sorge gemacht und war ihm verdächtig. Es ist gewiß, daß große Deutsche, mehr als andere menschliche Ausnahmen, ihre Bestätigung durch die Welt gebraucht haben. Sie haben gewünscht, weniger urteilslos und zuverlässiger verehrt zu werden. Ihr Ehrgeiz ist niemals gewesen, das schwelgerische Gefühl und das Aussetzen der geistigen Fähigkeiten zu veranlassen. Sie haben durchaus gewußt, daß die Deutschen sofort bereit wären abzufallen und dieselbe Abdankung und wertlose Hingabe auch für einen gespielten Helden zu vollziehen. Bismarck sah es leibhaftig: solche Bitternis ist selten erlebt worden. Man ist doch nie auf alles vorbereitet.

Sie machten keine Ausnahme zu Gunsten eines Mannes voll Tat und Erkenntnis, weil auch ein kraftloser Schwätzer ihnen Gelegenheit zu Hochgefühlen gab, und der noch mehr. Der führte das »Reich« als Jahrmarkt ein, Rummel das ganze Jahr, tägliches Auftreten der ganz großen Attraktion Deutscher Kaiser. Bismarck hatte sich in seinem ernsten Leben ein einziges äußeres Vorrecht genommen: durch das Vorgewölbe zum alten Reichstag durfte nur sein Wagen fahren. Wilhelm II. überschritt die zugewiesenen Grenzen überall, und nichts anderes war eigentlich, was die Deutschen begeisterte. Aufgegeben wurde ihre vorübergehende Normalisierung, sie mußten sich nicht länger benehmen wie mittlere Europäer, mit Rechten, die zu wahren, und Verantwortlichkeiten, die zu erwägen sind. Sie konnten sich überbieten in orgiastischer Untertänigkeit, niemandem kam es gelegener, wenn nicht ihrem Kaiser; denn was wäre der gewesen ohne Untertanen, ohne die Empfänge und Gesänge, den immer dampfenden Extrazug, ohne seine Schmähreden auf den Sozialismus, Drohreden in die Welt hinein, Zornausbrüche gegen die »Miesmacher«, Anbiederungen an Gott. Erkennt man dies alles wieder? Den Stellvertreter Gottes in Deutschland? Den auffallendsten Erdbewohner, keine Zeitung des In- und Auslandes, die jemals aufhört ihn zu nennen, sonst wär' er schon nicht mehr da. Er zeichnet, dichtet, komponiert und dringt spielend in jede Wissenschaft ein, ein halbstündiges Gespräch mit dem Spezialisten genügt. Das Entwerfen von Uniformen und Denkmälern ist zwar dankbarer, dennoch ermüdet er nicht in seinen Warnungen vor düsteren Gefahren aus dem Osten. Der Bolschewismus ist das noch nicht; gleichviel, erkennt man es? Warnt uneigennützig das ganze brave Europa, das ihn nicht riechen kann. Erkennt man den Lieblingstyp der Deutschen in puncto Führer? Sie hatten ihn schon, ein militärischer Unglücksfall hat ihn seinen Kunden entrissen, nach kurzem Schwanken haben sie ihn sich zurückgeholt, in weiter vorgeschrittenem Zustand, wie man begreift und billigt.

Von ihrem Führer verlangen die üblichsten Deutschen, damit sie ihn ganz genießen können: erstens eine Ideologie des Irrsinns, die Übersteigerung einer eingeführten Funktion, wie der des Staatschefs, bis ins rauschhaft Widervernünftige. Zweitens Gefährlichkeit, für sie und andere, immer soll etwas am Ausbruch sein, die Zerschmetterung von Verrätern und Feinden, die Katastrophe schlechthin. Drittens, und vor allem: er soll ihnen ihre schlechten Instinkte beglaubigen. Wilhelm II. tat genau das: auch er hatte sich dafür schon England und die Juden erkoren. Wilhelm II. hat ein Mitglied des Hauses Wagner gnädiger betrachtet als den Alten selbst, der war ihm zu groß geworden. »Wat is er'n? Janz jewöhnlicher Kapellmeister.« Der Schwiegersohn hatte einen antisemitischen Wälzer verfaßt, alle Achtung, da regt sich etwas in Wilhelm; wenn nicht alles täuscht, ist es der Geist des Kleinbürgers, von Jahn bis Hitler. Letzterer Führer konnte sich »Mein Kampf« schon allein machen, hundert Jahre Spießerei hatten ihm sein »Deutschtum« vorgekaut. Das »Deutschtum« Wilhelms behalf sich noch mit dem Wagnerschen Schwiegersohn.

So geht es vorwärts mit den Führern. Die Hohenzollern sind selten anders gewesen als ordinär. Die Meisten haben weder mit dem gebildeten Hochadel Deutschlands noch mit seinem alten Bürgertum viel gemein gehabt, umso mehr mit der Schicht Pachulke. Wilhelm stimmte mit der Schicht überein im Klassen- und im Rassenhaß. Er war auch, trotz persönlicher Schwäche für Kunst und Wissenschaft, der geistigen Unterdrückung der Deutschen zugetan. Von den gesetzgeberischen Taten der wilhelminischen Ära ist unvergessen geblieben die lex Heinze. Der Name gehörte einem Zuhälter – gradezu eine Anspielung auf das Dritte Reich, besonders im Hinblick auf die fascistischen Absichten des Gesetzes, das die liberalistische Laienschule beseitigte. Als der Herrscher sah, daß es nicht durchgehen würde, ließ er seinen Kultusminister fallen. »Ohne Hinrichtungen konnte ich nichts machen«, soll er kürzlich geäußert haben in seinem unverdienten Exil. Er gehört nach Deutschland: die Deutschen haben es bewiesen. Die Diktatur schuldeten sie dem Vorläufer seiner selbst, der sich einfach fortgesetzt hätte, und diesmal mit der düsteren Glorie.

Auch hierin beispielhaft, verzeichnete das wilhelminische Zeitalter nicht Erfolge, sondern Skandale, und statt der Taten nur diplomatische Machenschaften, alberne Streiche des Kaisers, das prahlerische, drohende Vereinsleben des Untertans, sein Flottenverein, sein Alldeutscher Verband. Das alles ging auf die Störung Europas aus, wie auch heute. Die Skandale betrafen die Diebstähle des herrschenden Klüngels und seine erotischen Besonderheiten: in beides war schon damals der höchste Herr halb, immer nur halb hineingezogen. Die Regierung Bismarcks hat drei starke Erinnerungen hinterlassen, Berliner Kongreß, Kulturkampf, Sozialgesetzgebung. Das war: die sichtbare Bestätigung einer ehrenhaften Haltung vor der Welt. Das war zweitens: eine vergebliche Machtprobe, ein Verzicht um der Ordnung und Gesittung willen. Das Dritte hieß: die Tür in eine gute Zukunft öffnen. Diese zu betreten, war Wilhelm weit entfernt, und Hitler hat die Tür zugeschlagen. Wahrhaftig, über untergegangene Geschlechter hinweg verstehen die Beiden einander – Messiasse à la manque, oberste Kriegsherren, Erwecker des »Deutschtums«, Helden ungezählter Witze. Seitdem es zwei sind, beleuchtet einer umso besser den anderen, wobei viel Licht auf Deutschland fällt. Eine Nation wird von ihrem Auserwählten, man kann sagen, nackt ausgezogen und den versammelten Völkern vorgeführt. Nun erscheint es unanständiger, eine Nation entblößt zu sehen als ihren Führer. Indessen faßt seine beispielhafte Person sie wirklich zusammen, und wäre es nur an diesem Punkt ihres nationalen Lebens – faßt hier den Größenwahn der Nation zusammen, mitsamt den Bedenken, die sie gegen sich hegt. Ihr Führer ist das Bild ihrer eigenen Ruhelosigkeit, ihrer Furcht vor Verfolgern, ihres Neides, ihres unerschöpflichen Neides auf jedes andere Volk, das im Verdacht steht, glücklicher zu sein.

Die Unfähigkeit zum Glück: dies gerade ist der deutsche Abgrund und das Wort, das ihn entzaubert. Ein einfaches geschichtliches Ergebnis, anstatt eine Eigenheit des Blutes oder Geistes: die »Liebe zum Tode« ist es genannt worden. Tatsächlich, was, außer dem Tode, sollte eine nationale Gemeinschaft wohl noch lieben, wenn sie das gemeinsame Glück verschüttet hat, sie weiß nicht wie und wo. Daraus erklären sich ihr »Heldentum«, als Ersatz für Glück, und ihr »Dynamismus« als Erkrankung durch langes Unglück. Auch wäre zu verstehen, wenn es die Ausflucht und Vergeltung dieser Nation wäre, das Glück der anderen zu durchkreuzen und der Störenfried Europas zu werden. Sie sucht den viel berufenen »Platz an der Sonne«? Wenn sie nur nicht weit lebhafter darauf bestände, daß über andere endlich Schatten fällt!

Das geht ohne Rückschläge nicht ab. Auf dem vorgezeichneten Weg, der unfehlbar zu Katastrophen führt, liegen die verzweifelten Widerstände einer falsch aufgebrochenen Nation gegen sich selbst – denn schließlich besteht sie aus Einzelnen. Besonders während »liberalistischer« Zustände dürfen Einzelne noch mitreden, dürfen sich mit ihrem Inneren beraten, wobei die sonderbarste Tatsache hervortritt. Der mittlere Deutsche, sich selbst überlassen, ist nicht gleichzusetzen mit Deutschland; kaum, daß »Deutschland« wiederzuerkennen wäre in seinen oft vernünftigen, nicht selten menschenfreundlichen Einzelpersonen. Alle zusammen haben aus ihrem verspäteten Nationalstaat etwas gemacht – sie selbst sind das nicht, der beste Teil ihrer Überlieferung ist ausgelassen, die wesentliche Leistung ihrer Jahrhunderte fehlt. Das gibt es nicht noch einmal, diese Fremdheit zwischen einer nationalen Politik und der gleichen Literatur, oder der Abstand eines »Reiches« von der erreichten Höhe derer, die seine Höhe eigentlich bestimmen müßten. Sogar die mittleren deutschen Eigenschaften, jedem fremden Gast fällt ihre Nichtübereinstimmung mit der öffentlichen Haltung ins Auge, er sagt: »Diese Deutschen sind höflich, gutmütig, sogar uneigennützig, sogar gerecht, – wie schade um sie!« Allerdings, wie bedauerlich für den mittleren Deutschen, er muß mit einem »Reich« leben: er selbst hat es sich eingebrockt, aber manchmal übersteigt es seine Ausdauer.

Dann entstehen die deutschen Krisen, ihr Verlauf ist immer derselbe. Anstatt einzugestehen, daß sie sich selbst satt bekommen hat, veranstaltet die Nation einen Ausbruch gegen ihren Auserwählten, dem sie bis zu diesem Tage die ungeheuersten Opfer an Vernunft und Menschenwürde dargebracht hatte. Die Erscheinung weist kein anderes Volk auf. Plötzlich soll der Auserwählte die Nation mißbraucht und vor der Welt in Verruf gebracht haben; er und sie kennen einander nicht mehr. Ein solcher ungeahnter Tag des Gerichtes konnte im Schutz liberaler Gesetze wahrhaftig eintreten. Deutschland hat das eine Mal seinem Kaiser die Meinung gezeigt. Er entfloh nach Donaueschingen und bemühte sich, muntere Allotria zu treiben, indes sein »Reich« sich in Krämpfen der Selbstverachtung wand. Man glaubt das nicht, man traut dem Gedächtnis nicht: ein alter General, als Ballettmädchen verkleidet, tanzt vor dem Kaiser, und bricht auf einmal tot nieder vor dem Kaiser, dem zur gleichen Stunde in Berlin der Prozeß gemacht wird – von seinem Reichstag, seinem Kanzler, seinen Deutschen. Wohin gehört diese schaurige Posse: in das Erste Reich? Nicht vielmehr in das Dritte – das bis jetzt die Ausbrüche der deutschen Selbstverachtung nur zurückdrängt dank dem Schrecken und der düsteren Glorie?

Es hat guten Grund, schrecklich zu sein. Der Gerichtstag, eine tiefe Neigung der Deutschen, wird von einem Kaiser allenfalls noch überstanden. Da sie ihn aber im Grunde über sich selbst abhalten, kommt es darauf an, wie viel sie sich gerade vorzuwerfen haben, genauer,: wie tief sie gesunken sind. Ein »Führer« hätte wenig Aussicht, den Gerichtstag zu überstehen. Vorsicht scheint geraten, und nicht einmal den Besitz der Ukraine hat Deutschland so nötig wie seine Gestapo. Die Leibwachen des Dritten Reiches, die rasenden Autos, in denen hoch bezahlte Doppelgänger sich Attentaten aussetzen, die geheimen Nachtflüge und weithin abgesperrten Landsitze: das ist nicht Wilhelm, wohl aber ist es sein letzter Ausdruck. Er selbst ritt noch, frei und allein, die Linden entlang, und fiel einer vor Begeisterung in die Pfütze, dann lachte Wilhelm hochgemut.

Nietzsche:

In unseren Schulen wird die jüdische Geschichte als die heilige vorgetragen… Das jetzige europäische Gefühl für die Bibel ist der größte Sieg über die Beschränktheit der Rasse und über den Dünkel, daß für jeden eigentlich nur wertvoll sei, was sein Großvater und dessen Großvater gesagt hat. *(Nachlaß)*

Nietzsche:

Was Europa den Juden verdankt? – Vielerlei, Gutes und Schlimmes, und vor allem Eins, das vom Besten und Schlimmsten zugleich ist: den großen Stil in der Moral, die Furchtbarkeit und Majestät unendlicher Forderungen, unendlicher Bedeutungen, die ganze Romantik und Erhabenheit der moralischen Fragwürdigkeiten.

(Jenseits von Gut und Böse)

Die Deutschen und ihre Juden

Die deutschen Juden werden planmäßig vernichtet, daran ist nicht mehr zu zweifeln. Vorsichtige ältere Juden sagten vor zwei Jahren: »Wir leben doch in einem Rechtsstaat« – was sie für den unabänderlichen Schutz halten wollten gegen alle noch drohenden Ausschreitungen des Gefühls und der Propaganda. Damals waren die ersten Pogrome schon gewesen. Da dann Ruhe eintrat, konnte man sich einreden, das Gesetz wäre dennoch der stärkere Teil, nicht aber die Volksseele und ihre Lenker. Jetzt glaubt das niemand mehr. Es ist erwiesen, daß das nationalsozialistische Interesse über dem Gesetz steht und daß es Gesetze macht. Recht ist inzwischen geworden, was »dem deutschen Volke nützt«, auch das Bösartigste, auch das Infamste.

Es ist dahin gekommen, daß die Juden auf die Gewalttaten der ersten Zeit wahrscheinlich zurückblicken wie auf ein Idyll. Sie wurden manchmal niedergeschlagen, manchmal verhöhnt und mit Plakaten auf der Brust durch die Straßen gejagt. Ihre Läden wurden tageweise boykottiert und einmalig geplündert: das alles ging noch. Sie konnten es auf Rechnung der bewegten Umstände, überhaupt der »Bewegung« setzen. Selbst die »Bewegung« braucht auf die Dauer die Norm, anstatt der Willkür. Gewiß – und grade die Willkür ist seitdem normalisiert worden. Pogrom und Boykott sind in die regelmäßigen sozialen Beziehungen eingeführt worden, sie haben jetzt ihre ordentliche Bestimmung sowohl im menschlichen Verkehr wie im Geschäftsleben. Der Jude, der 1935 mit einem sozusagen arischen Kaufmann über den Verkauf seines Geschäftes verhandeln muß, würde weit lieber den sozusagen arischen Janhagel von 1933 bei sich sehen. Der zertrümmerte die Einrichtung und stahl die Kasse; das läßt sich verschmerzen. Ein einsichtsvoller Jude, wie sie oft sind, erkennt darin die überschwengliche Laune eines Völkchens, das ihm wohlgefällig, ja, ein Gegenstand seiner wehmütigen Bewunderung wäre, wollte es nur nicht grade ihn als Opfer ausersehen.

Aber der arische Kaufmann 1935 handelt bewußt, anstatt im Rausch, alkoholischer oder nationaler Rausch. Keine Rede kann davon sein bei dem arischen Kaufmann, der dem Juden sein Geschäft abnehmen will für ein Zwanzigstel des Wertes. Er drückt sich zwar aus, wie ein normaler Unterhändler jederzeit gesprochen hätte; in der ganzen Welt sind solche Abschlüsse mit ähnlichen Sätzen eingeleitet worden. Anzug und Manieren des arischen Kaufmannes entsprechen gleichfalls der Übung und Übereinkunft, – wodurch die Täuschung erhöht wird.

Denn vom ersten Wort an und schon vorher hat der Jude durchaus gewußt, daß hier nicht Gleichgestellte eine gesittete Auseinandersetzung haben: sondern es wird vergewaltigt, es wird enteignet, und die Zustimmung des Verkäufers wird erpreßt mit außergeschäftlichen Machtmitteln. Es sind nicht die Machtmittel des einzelnen arischen Kaufmannes, – man kann höchstens fragen: woher nimmt er den Mut, vor zwei Jahren hätte er dem nicht geglaubt, der ihm die Szene und seine Rolle darin vorhergesagt hätte. Wer aber durch ihn eigentlich handelt, ist sein Verein, eine Organisation zum zwangsweisen Aufkauf der jüdischen Geschäfte – dahinter steht drohend die Partei oder der Staat, man kann beides sagen, es ist dasselbe.

Während kurzer Wochen hatten die Juden vielleicht gehofft, daß die »Judengesetzgebung« das gegen sie erlaubte Unrecht festlegen und begrenzen würde. Es gibt eine Judengesetzgebung: so sieht jetzt der Rechtsstaat aus. Nein, auch die Judengesetze sagen nichts über die letzten wirklichen Erlebnisse der Juden, zum Beispiel über den Zwangsaufkauf ihrer Geschäfte. Ein Gesetz darüber wird vielleicht später erlassen werden, wenn das Verfahren alt genug ist und niemand mehr aufregt. Die Judengesetzgebung bleibt absichtlich hinter den Ereignissen zurück. Zuerst kommt jedesmal ein neuer Rechtsbruch, er wird geduldet, dringt in die Sitten und Gebräuche ein: dann folgt, in einem günstigen Augenblick, seine Rechtfertigung durch ein Gesetz. Die Welt muß gerade anderweitig stark beansprucht sein und darf nicht genau hinsehen. Zu der Zeit als in Nürnberg die ersten Judengesetze verkündet wurden, erregte Mussolini mehr Ärgernis bei der Welt als sie.

Außerdem betrafen sie nur die bürgerlichen Rechte der Juden, die allerdings auf nichts herabgesetzt wurden; praktisch waren sie aber schon vorher bei nichts angelangt. Die Stellung der Juden in der Wirtschaft dagegen ist gesetzlich auch jetzt noch gar nicht berührt worden, bis vor kurzem wurde sie sogar amtlich für unberührt erklärt. Inzwischen werden sie, unter Mitwirkung der Partei und des Staates, von sogenannten Ariern einzeln enteignet. Auch »Rassenschande« war lange nur der Vorwand dirigierter Ausschreitungen, bevor der Staat sie ordentlich in Paragraphen faßte. Der nationalsozialistische Staat hatte den Begriff der Rassenschande selbst aufgebracht und seinem Anhang eine neue Betätigung verschafft, Lynchjustiz gegen Rassenschande. Dann greift er ein und übernimmt die gesetzliche Bestrafung. Neuerdings wird die Bevölkerung angeregt, an Juden nichts Eßbares abzugeben. Vorbehalten bleibt, etwa infolge der Knappheit von Lebensmitteln, die vollständige, gnadenlose Aushungerung der Juden zum öffentlichen Recht zu erheben.

Das wäre der letzte Schritt. Sie sind keine Bürger mehr, haben keinen Anspruch auf die freie Geschlechtswahl, haben in Wirklichkeit auch die Freizügigkeit verloren, da jeder Ort einzeln sie mit der Aufschrift »unerwünscht« empfängt. Die Sicherheit des Eigentums ist nur für sie allein beseitigt worden, wenigstens offenkundig geschieht es vorerst nur ihnen. Die körperliche Sicherheit wird ihnen nicht mehr verbürgt: wer sie angreift, handelt in Notwehr, ihre Gefährlichkeit gilt für bewiesen durch ihr bloßes Dasein. Ihr Geld liegt fest, größere Abhebungen von einem jüdischen Guthaben werden verfolgt. Sie können das Land nur als Bettler verlassen, und können auch das nicht, denn alle Länder haben Bettler genug. Auf den ersten Blick erscheint das Schicksal dieser Menschen außerhalb jedes Vergleiches, ihr Lebensgefühl nahezu unvorstellbar. Das ist es aber mit nichten. Ihre Erlebnisse liegen durchaus auf dem deutschen Wege, und was jüdisch ist, das heißt in einem verkürzten, zusammengerafften Sinne: deutsch.

Die deutschen Juden sind, abgerechnet daß sie auch Juden sind, so deutsch wie alle anderen – und sind es mehr als manche Deutsche, die nicht in der tiefen Mitte der Nation sitzen, wie sie. Das sind lauter Kleinbürger und beflissene Schüler des deutschen Wesens, wenn nicht einfach seine unwissenden Erzeugnisse. Sie kennen kein anderes Wesen als das deutsche, keinem andern Schlag als dem deutschen haben sie sich auf Erden verbunden gefühlt. Die Kategorien des deutschen Denkens, nicht weniger als alle Gemeinplätze und Besonderheiten der deutschen Lebensgemeinschaft, die Juden sind darin völlig befangen. Eigentümlichkeiten zu pflegen, hatten sie schon längst weder Sinn noch Beruf. Eigentümlich, im Verhältnis zu Europa, sind die Deutschen selbst, und ihre Juden waren es mit ihnen. Größere Begabtheit, gesetzt, die Juden hätten sie oft, stempelt noch niemanden zur nationalen Ausnahme. Intellektualismus überhaupt ist eine soziale Tatsache, er ist nur das. Er kann so wenig »artwidrig« als »artgemäß« sein. Bedauerlich genug, daß Wahrheiten wie diese erst noch vorgetragen werden müssen.

Wären die deutschen Juden weniger deutsch, dann hätten sie es gerade dem Dritten Reich beweisen können – durch Widerstand gegen seine Angriffe. Das sollte nicht gehen? Sie wären zu wenige? Aber die rumänischen Juden zum Beispiel sind nicht zahlreicher; sie sind nur aufgewachsen in Gewohnheiten, die nichts Deutsches haben und weder von Gesetzfrömmigkeit noch vom Vertrauen auf den Staat bestimmt werden. Ein rumänischer Jude hat zu einem deutschen gesagt: »Ihr macht uns Schande, wie viel ihr euch bieten laßt. Bei uns zu Lande kommen Pogrome vor. Aber wenn die Leute eindringen in mein Haus, auf meinen Hof, ruf' ich: Halt! Oder alles fliegt in die Luft, mit mir und mit euch.« – »Bluff«, war bei dieser Erzählung der erste Gedanke des deutschen Juden. »Es wäre nichts aufgeflogen.« Der Rumäne aber: »Doch. Alles.« Nun ist dies eine exotische Art, das Leben zu nehmen; es wäre ungerecht, sie von jedem zu verlangen; in deutschen Bureaus, an deutschen Stammtischen ist sie bis gestern nicht gediehen. Die deutschen Juden hatten keine Zeit gehabt, sie sich anzueignen, als es nützlich gewesen wäre. Die Nationalsozialisten haben sie in einem gesitteten Zustand der Wehrlosigkeit vorgefunden, wie übrigens alle anderen Deutschen. Darum eben besteht das Dritte Reich.

Das Schicksal der deutschen Juden ist furchtbar; verfolgt man indessen seine Fortsetzung, dann hat man das der Deutschen, ihrer untrennbaren Gefährten. Die Ausführungsbestimmungen der »Judengesetze« sind genau so kleinlich und peinlich wie alles, was durch die Hände des deutschen Spießers geht, besonders auf dem Gebiet des Grausigen. Die Einzelheiten der Hexen-Prozeßordnung überließen damals auch nichts dem Zufall; festgelegt war, wie die Fingernägel der Frauen beschaffen sein müßten, damit sie als Hexen verbrannt würden. Das ist deutsch, nur deutsch, die Genauigkeit im Abscheulichen. Derart sind jetzt die Blutmischungen sortiert, dreiviertel jüdisches, halbjüdisches, einviertel jüdisches Blut, und jede Sorte wird besonderen Befehlen oder Verboten unterworfen. Viertelsjuden dürfen nur arisch heiraten – als ob der Rassenzüchter vorhersehen könnte, was dabei herauskommt. Nachdem aber alles pedantisch eingereiht ist, erscheint ein einzelner Herr und behält sich vor, »Dispense« zu erteilen. Der einzelne Herr kann machen, daß ein Jude kein Jude mehr ist. Sein Belieben stößt die Natur um, es siegt über die »Rasse«, um deretwillen das Gesetz vorgeblich beschlossen ist. Das ist deutsch, nur deutsch, der Trick und die Ungläubigkeit angesichts beschworener Grundsätze.

So wird mit allen Deutschen umgesprungen, keineswegs nur mit Juden. Die Menschenmenge, die das Objekt der Judengesetzgebung geworden ist, besteht nicht entfernt aus Juden: ein »Arier« wird wegen Verkehrs mit Jüdinnen eingesperrt. Schon im »Rassischen« sind die Grenzen überschritten. Wie erst, was die bürgerliche Entrechtung betrifft, wie erst in Hinsicht der willkürlichen Enteignungen. Die große Mehrheit der Deutschen unterliegt Gesetzen, die den »Judengesetzen« kaum nachstehen. Aber sie stehen ihnen um etwas nach. Man könnte daher meinen, daß die »Judengesetze« nur gemacht worden sind als Entschädigung der Deutschen für ihre eigene Knechtschaft. Zwölf Millionen Vollbürger spielen in Deutschland eine Herrenkaste, ihnen unterworfen sind vierundfünfzig Millionen, einschließlich der Juden. Über das ersparte Vermögen der vierundfünfzig Millionen wird verfügt von denen, die sich Schlösser bauen und Leibwachen halten, aber ihre Lehr- und Wanderjahre vergingen einst in Anstalten für Minderwertige und Asylen für Entgleiste. Die Deutschen, denen ihre Ernährung täglich mehr erschwert wird, müssen sich sagen lassen, daß Kanonen wichtiger sind als Butter. »Weltherrschaft«, auf so etwas vertröstet man eine heruntergekommene Gesellschaft von Deutschen, die noch nicht einmal sich selbst haben beherrschen können, und grade darum sind sie in solche Hände gefallen.

Wahrhaftig, die Deutschen nehmen den Weg ihrer Juden, erkennen sich übrigens in ihnen genau. Selbst unterworfen, selbst rechtlos, der äußeren Armut nahe und vernichtenden Katastrophen entgegengetrieben – geht eine größere Zahl von ihnen in der sittlichen Entartung weit genug, um das alles zu rächen an den noch Gequälteren. Grade dies war auch die Absicht ihrer Erzieher. Die Juden, sie müssen Ungeheures erleiden, weil die übrigen Deutschen vieles erleiden. Alle zusammen sind dahin gelangt – nicht unvermittelt, nicht von gestern auf heute, sondern ausführlich und planmäßig bearbeitet durch eine Schicht, ach, zuerst war es nicht mehr als ein Haufe Ungeziefer. Aber die Schicht hat sich eingefunden und gebildet; sie ist keine Klasse, einige Klassen haben zu ihr beigetragen. Die Schicht, die jetzt herrscht, versammelt in sich alles, was bei den Deutschen durchaus schlecht und zweifellos lebensfeindlich ist. Das regierende Ungeziefer und seine zwölf Millionen Vollbürger: das konnte zur Macht kommen – mußte es sogar, weil lebensfeindliche Instinkte, mehr als anderswo, in Deutschland herangezogen worden sind, durch lange Jahrhunderte einer unglücklichen Geschichte. Jetzt leidet! Eure Juden machen es euch vor, sie sind durch Leiden um einiges über euch erhöht. Der Berg des Leidens, den sie bewohnen, verläuft aber in das Land, und einmal höher, einmal tiefer, es ist dasselbe überall.

Theodor Fontane: Aber es bleibt auf dem alten Fleck

»Wie konnt' ich das tun, wie konnt' ich das sagen«
So hört man nicht auf, sich anzuklagen,
Bei jeder Dummheit, bei jedem Verlieren
Heißt es: »Das soll dir nicht wieder passieren.«
Irrtum! Heut traf es bloß Kunzen und Hinzen,
Morgen trifft es schon ganze Provinzen,
Am dritten Tag ganze Konfessionen,
Oder die »Rassen, die zwischen uns wohnen«,
Immer kriegt man einen Schreck,
Aber es bleibt auf dem alten Fleck.

Nietzsche:

Man muß es in Kauf nehmen, wenn einem Volke, das am nationalen Nervenfieber und politischen Ehrgeize leidet, leiden w i l l *–, mancherlei Wolken und Störungen über den Geist ziehen, kurz, kleine Anfälle von Verdummung: zum Beispiel bei den Deutschen von heute bald die antifranzösische Dummheit, bald die antijüdische, bald die antipolnische, bald die christlich-romantische, bald die Wagnerianische, bald die teutonische, bald die preußische ... und wie sie alle heißen mögen: diese kleinen Benebelungen des deutschen Geistes und Gewissens.*

(Jenseits von Gut und Böse)

Vergessen wir es zuletzt nicht, was eine Kirche ist, und zwar im Gegensatz zu jedem »Staate«: eine Kirche ist vor allem ein Herrschaftsgebilde, das den g e i s t i g e n *Menschen den obersten Rang sichert und an die Macht der Geistigkeit soweit* g l a u b t, *um sich alle gröberen Gewaltmittel zu verbieten, – damit allein ist die Kirche unter allen Umständen eine* v o r n e h m e r e *Institution als der Staat.*

(Die fröhliche Wissenschaft)

Die Deutschen und ihre Christen

Der Hauptpastor von Sankt Marien trat an mein Bett, ich war zwölf Jahre alt und hatte Scharlach gehabt. Er lächelte herzlich und reichte mir einige glatte bunte Bildchen, aus denen ich eines wählen sollte. Es wurde mir schwer, denn verlockend waren alle, besonders aber die figurenreichen, auf denen viel vorging. Diese veranschaulichten nur Geschichten des alten Testaments. Ein einziges der Bildchen stellte den Herrn Jesus dar: das schlichteste, auf den ersten Blick ärmlichste. Der Herr befand sich allein, und keine umgebende Pracht der Farben und Veranstaltungen hob hervor, was er sein sollte: ich begriff, mir sein sollte. Ich weiß nicht mehr, ob ein Gefühl oder eine Erkenntnis mich bewog; genug, ich entsagte den verlockenden Bildern und wählte Jesus. Der Pastor sagte fröhlich: Jetzt behältst du sie alle.

Am Eingang jedes Christenlebens steht er selbst; erst durch ihn bekommen die anderen Bilder ihren Sinn und Wert. Dies wird oft vergessen während der späteren Mühen des Lebens; es bleibt dennoch dabei, der Anfang war die Aufforderung, dich zu ihm zu bekennen und nach seinem Vorgang ein Mensch zu werden. Der Anfang war auch die Einweihung in das Mitleid, eine Form der Liebe, so wenig uneigennützig wie sie selbst, aber dafür die sicherste Verbindung, die wir untereinander haben. Der Erste, für den schon das Kind sein Mitleid entdeckte, war merkwürdigerweise sein Herr und Meister, ein armer Menschensohn eigentlich. Eine so tiefe Lehre verliert sich im Grunde nie: weder die Aufforderung, Du selbst zu sein, noch die frühe Einweihung in das Gefühl. Alle tragen noch die Spur. In Wirklichkeit sehen wir natürlich leichter den entstellten Menschen als den ursprünglichen und halten uns in bequemer Art an das, was die täglichen Praktiken aus ihm gemacht haben. Indessen wäre Ursache zu staunen, wenn einer trotz allem ein reines Gefühl verrät, zwei-, dreimal im Leben, oder wenn er ausnahmsweise sogar auftritt und sich behaupten will, sein inneres Recht wahren will gegen die unwissenden Mächte der Außenwelt.

Ich möchte glauben, daß Pfarrer Niemöller und die Seinen ihre nationalsozialistischen Feinde nicht zuerst hassen, sondern bedauern. Was stellt er selbst vor, was sind dagegen sie? Er war U-Bootkommandant, er hat einen der härtesten Berufe geübt. Vielleicht las er unter See die Schrift, aber es ist wahrscheinlicher, daß er damals durch sein strenges und opfervolles Tun dem Herrn zu folgen hoffte. Seine Feinde

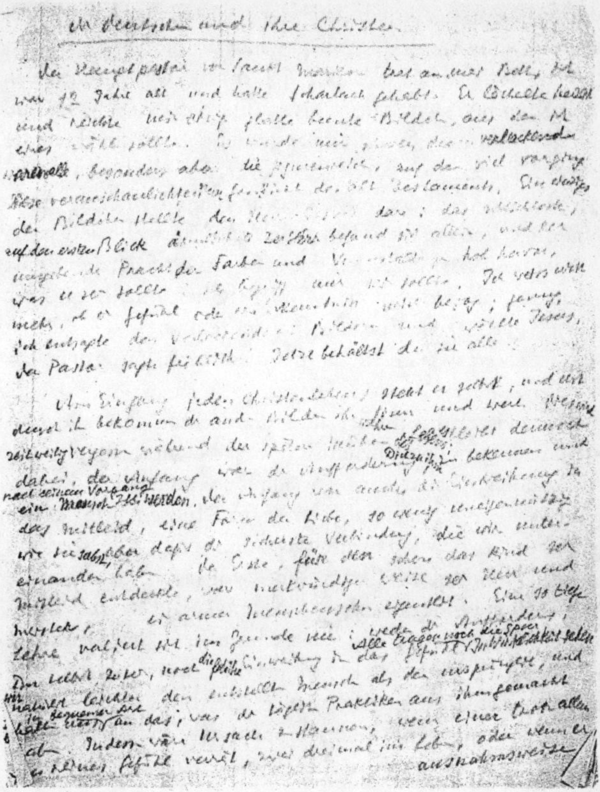

Die erste Manuskriptseite von
Die Deutschen und ihre Christen
in der Handschrift Heinrich Manns

sind während der entsprechenden Lebensjahre allen leiblichen Gefahren sorgfältig ausgewichen, und den Verpflichtungen des Geistes entzieht sich ihresgleichen ohnedies. Sie haben betrügerische Worte unter die Leute gebracht; und daraufhin zur Macht gelangt, kennen sie nur noch die Furcht, diese zu verlieren: dann wären sie ein Nichts, wie vorher. Der frühere Kapitän war niemals nichtig noch Nichtigkeiten ergeben. Er ist ein Arbeiter, wahr und sachlich jetzt als Mann der Kirche wie einst als Offizier. Er ist gläubig, während jene Schwindel treiben mit ihren eigenen Grundsätzen. Er steht für sich ein, sie aber werden sich drücken, sobald sie einmal nicht mehr unterdrücken können.

Die Bekenntniskirche, ihre Geistlichen und die Gemeinde hätten es wahrhaftig leicht, Nachgiebigkeit vorzutäuschen. »Es ist aber der Glaube eine gewisse Zuversicht.« Wenn sie sich in Worten nur fügten, wer wollte nachweisen, daß sie nicht das »deutsche« Christentum meinen, sondern das himmlische, will sagen: das über die Menschheit hingestrahlte, die universale Glaubensgemeinschaft, anstatt einer beschränkten Staatsdoktrin. Dieser beschränkten Lehre schien die protestantische Kirche Deutschlands sich zeitweilig allerdings hinzuneigen, sonst hätte sogar der heutige Staat sich nicht vermessen können, sie zu seiner Sache zu erniedrigen. Die triumphierende Kirche schien einstmals gleichgesetzt zu werden einem triumphierenden Kaiserreich. Damit ist es aus, und eine große Wendung tritt ein. Zehntausend Geistliche erklären dem Dritten Reich, daß sie um des Glaubens willen die Unterwerfung unter das Gesetz verweigern und alle Folgen auf sich nehmen. Sie schleudern diese Herausforderung einem Staat hin, der im Lande »total« und unvergleichlich gewalttätiger als jeder frühere ist. Das ist die Wendung, gesetzt sogar, nicht alle zehntausend hätten sie voll begriffen.

Die Kirche wird gereinigt von den Schwachen, den Abtrünnigen, eine Auslese der Bekenner vollzieht sich, »für die führenden Männer kann es um Leib und Leben gehen«, nicht anders als einstmals für den Begründer der Religion. Es ist das unverhoffteste Glück für die Kirche: sie verliert die ermattende Sicherheit, das bewegte Leben erfaßt sie. Welch ein Glücksfall für den Nachwuchs der Theologen; er hatte sich seinen Beruf so bedeutend nicht mehr vorgestellt. Zwanzig junge Pfarrer werden ordiniert: eine illegale Handlung, wie unter Kommunisten; die Kirchentür muß bewacht werden. Selig sind, die Verfolgung leiden um der Gerechtigkeit willen: das ist wieder ein Wort. Es gilt für Arbeiter, die heimlich den Moskauer Sender hören und weinen müssen bei der Anrede »Genossen«. Es gilt auch für Christen. Man wird gestehen, daß der nationalsozialistische Staat, obwohl wider Willen, große menschliche Werte freimacht. Ein künftiger Volksstaat wird diese Geistlichen für sich haben. Seine Achtung gebührt allen, die sich behaupteten.

Andererseits beachte man für künftige Zwecke genau, daß kein einziger der katholischen Ordensleute, die vor die Gerichte des Dritten Reiches gezerrt wurden, eine eigennützige Handlung begangen hatte. Ungezählte Nutznießer dieses Reiches bereichern sich schamlos. Die Ordensleute haben ehrlich abgeliefert, in dem guten Gewissen, daß ihr Haus, ob diesseits oder jenseits der Grenze, zurückbekommt, was ihm gehört. Demgemäß verfährt der politische Katholizismus, er erhält nur seinen Bestand. Der sogenannte politische Katholizismus ist natürlich nichts anderes als die soziale Erscheinungsform einer deutschen Minderheit, die aber in der Welt die Mehrheit hat. Man ist alt, war einst die Gesamtheit der abendländischen Gesittung und beharrt auf ihrem vornationalen Begriff. Viel Grund, sich von Anderen abzugrenzen – dies sowohl aus Stolz wie auch zur Vorsicht. Ungeachtet der vierzehn Jahre, in denen sie an der staatlichen Macht teilnahm, bleibt die katholische Kirche auf Kampf und Verfolgung immer vorbereitet. Umso näher hält sie ihre Gläubigen an sich.

Die eigene Not, sie befördert sehr die gesellschaftliche Einigung, die in Deutschland allein vom Katholizismus erreicht wird. Sie haben, ob links oder rechts gerichtet, eine anerkannte Plattform für alle, nicht einmal der Gegensatz von arm und reich kann die Plattform schmälern. Sie bekämpfen einander doch immer auf dem gleichen sittlichen Boden – genau das, was die Nationalsozialisten von ganz Deutschland verlangen und nur vermittels Schrecken vortäuschen können. Die Katholiken haben es von selbst: daher der wüste Haß, der sie trifft. Der wüste Haß gegen die protestantische Bekenntniskirche ist schon benannt, wenn man »Bekenntnis« sagt, wenn man »Gewissen« sagt. Nationalsozialisten fürchten die Gewissen und ihre freie Erforschung. Von der katholischen Kirche fürchten sie die gesellschaftsbildende Kraft.

Gegen beides wird kein Staat recht behalten: am wenigsten aber ein Drittes Reich, das nicht Charaktere, sondern sittliche Krüppel züchtet, während es statt jeder menschlichen Verbundenheit nichts herbeiführt als den allgemeinen Haß und das Chaos. Die Widerstände, denen es begegnet und die es rasend machen, sind ganz einfacher Natur. Man will es nicht, niemand außerhalb seiner Kundschaft will das Dritte Reich, weil es alle Gemeinschaften der Menschen zerreißt und jeden Einzelnen schlechter werden läßt. Die Sozialisten arbeiten unter Todesgefahren an seinem Sturz, und auch die Christen erlernen den Geist der ersten Katakomben; beide aber nehmen das Kreuz auf sich, nicht zuerst, nicht ganz zuerst aus Leidenschaft für eine Sache. Sie wollen leben, was selbstverständlich vor jeder Sache kommt; aber der Lebenswille des Leibes ist vollkommen einig mit dem der Seele.

Das darf niemals vergessen werden. Christen und Sozialisten, die zusammen die große Mehrheit der Deutschen sind, werden in diesen entscheidenden Jahren nicht nur beide verfolgt und sollen »vernichtet« werden leiblich wie seelisch: sie widerstehen auch kraft desselben Gesetzes. Das sollte sich ihnen einprägen für später, nach erfolgtem Sturz des Dritten Reiches, wenn sie für jede Zukunft dieselbe Verantwortung tragen. Die Deutschen werden nach diesem entweder keinen Staat mehr haben, oder er ergibt sich aus Freiwilligkeit, Selbstachtung, gesetzlicher Strenge. Das Gegenteil, ein Zwangsstaat der Gesetz- und Ehrlosen, wird gegenwärtig abgenutzt und tobt auf sein Ende zu. Alle, die durch ihn gelitten haben, wollen sich merken, daß Geschöpfe einer besonderen Gattung in dem nationalsozialistischen Staat ihren befriedigenden Ausdruck gefunden haben. Wer sind die Geschöpfe? Wer hatte denn wirklich die liederliche Unverschämtheit, sich zum Feind des Sozialismus und des Christentums aufzuwerfen (beides Gebilde derselben Sittlichkeit, und es gibt keine andere)?

Die Christenfeindschaft der Deutschen – derer, die am lautesten »deutsch« sagen – ist in der ersten Hälfte des 19. Jahrhunderts bemerkt worden. Sie stimmt zeitlich überein mit dem ersten neueren Ausbruch von Judenfeindschaft. Sie fällt auch zusammen mit dem Aufkommen des kleinbürgerlichen Nationalismus, den frühesten demagogischen Umtrieben, dem Turnverein 1816. Die alte Fürstenmacht hatte sich christlich genannt – mit so wenig Recht, wie man will, nur in einem Punkt bestanden gute Gründe. Die alten Fürstenhäuser waren international, ihre gesamte Familie vereinigte trotz allem unter dem gleichen Dach einen großen Teil der Welt, einen annähernd so großen wie die christlichen Kirchen. Als die Kleinbürger ihre erste Gelegenheit bekamen, sich dreist hervorzutun –: aber welcher Art war die Gelegenheit?

Voran die Rache, die damals zu nehmen war für Napoleon und nicht weniger für das internationale Paktieren der Fürsten. Diese wurden an Nationalgefühl weit überboten von der Mittelklasse, die übrigens hundert Jahre nicht geruht hat, bis die Monarchien am Nationalismus zu Grunde gingen. Einst auf dem Wiener Kongreß zeigte sich ein Bärenhäuter, bedreckte Schaftstiefel, schwarze Fingernägel: der Turner Jahn, der den »feinen Leuten« von damals einen Denkzettel gab, was national heißt. Dabei ist diese Schicht geblieben: auf dem billigen Boden des Nationalen jeden zu schlagen, besonders die Höhergestellten, ob höher durch Rang oder durch Geist. Sonst Bärenhäuter, jetzt Schreckensmänner, aber immer nehmen sie Rache, und an immer mehr Verhaßten. Zu dem »Erbfeind« kommt der ganze Völkerbund; es teilen sich in ihrem Durst nach Venichtung die Liberalen mit den Marxisten. Sie hassen nachgerade das gesamte Denken und endlich ganz offen auch das Christentum.

Der Fall der letzten Nationalisten – es sind die letzten – ist wahrhaft erstaunlich. Die Nachkommen der kleinbürgerlichen Schicht von einst hatten inzwischen die Kontrolle übernommen über Wirtschaft und Wissenschaft; der Staat war mit ihrem Geist durchdrungen, und die Kriege, die sie brauchten, wurden geführt. Die »feinen Leute« waren nachgrade sie selbst. Aber die Zeiten durften nur schlecht genug werden, und es fand eine Rückbildung des Nationalismus statt. Er ist zu seinem primitivsten Ausdruck zurückgekehrt, keine Zugeständnisse an vornehmere Formen mehr, keine überflüssige Vermischung mit der Zivilisation: sondern der Rüpel wie je, und der Mörder, seitdem er es sein kann. Diesmal, die umumschränkte Macht in Händen, denken sie ganze Arbeit zu tun. Grade darum wird sie mit ihnen getan werden. Sie sind ihres Zeichens die Letzten.

Die internationale Solidarität steigt im Wert, weil es ein

Drittes Reich gibt. Der Friede gilt, dank der Drohung »Drittes Reich«, für unteilbar. Dem Sozialismus fließen ungeahnte Kräfte zu – Massen wie auch Persönlichkeiten, und grade diese sind für ihn erst recht gewonnen worden durch das schauderhafte Gegenspiel. Der alte Glanz des Christentumes aber lebt auf. Eine große Wahrheit besinnt sich auf sich selbst und tritt zeitgemäß in den Kampf ein. Die Christen stehen im Begriff, sich von den nationalen Deutschen zu trennen: jetzt kommt für die anderen Teile der deutschen Opposition alles darauf an, ihnen Bürgschaften zu geben für die Gewissensfreiheit im künftigen Volksstaat. Gewissensfreiheit, das ist weder ein privater Begriff, noch erlaubt der Grundsatz der Gewissensfreiheit, den einzelnen Menschen gering zu achten, unter Berufung auf irgend ein Kollektiv. Jedes Kollektiv soll zuerst dem einzelnen Menschen dienen. Kirche, Nation und Staat sind verpflichtet, ihn zu erziehen: nicht für Zwecke, die ihm fremd sind, sondern für sein Glück.

Das Christentum beider Bekenntnisse erklärt sich für den Menschen, das menschliche Einzelwesen, und nimmt es so völlig ernst, daß es ihm eine verantwortliche Seele zuspricht für die Ewigkeit. Keine unserer Handlungen geht verloren, jedes Wort wird gehört, und durch sie dauern wir. Da ich diesen Artikel mit mir selbst begonnen habe, verschlimmert es meine Sache kaum, daß ich ihn auch so schließe. Ich habe einst über das Sakrament der Beichte einen Roman geschrieben und erfuhr im Lauf der Arbeit die ganze unsterbliche Macht einer Lehre, die den Menschen, jedes menschliche Einzelwesen aufnimmt über persönliche Mängel hinweg, anthropologische Schranken hinweg, und es ungeachtet seiner zufälligen Bedeutungslosigkeit namenlos erhöht durch die Ehrfurcht vor seiner unvergänglichen Natur.

Theodor Fontane:

Er kann Unchristlichkeiten nicht leiden und Prinzipienreiterei erst recht nicht; er gehört zu denen, die sich stets den Einzelfall ansehen. *(Der Stechlin)*

Die Ritterschaftsrätin, eine vorzügliche alte Dame, war in allen Stücken ein Original und suchte das, was die Natur, besonders durch starke Backenknochenbildung, nach der wendisch-heidnischen Seite für sie getan hatte, durch christlich-germanische Glaubensstrenge wieder in Ausgleich zu bringen. *(Effi Briest)*

Die Bibel:

Denn meine Gedanken sind nicht eure Gedanken, und eure Wege sind nicht meine Wege; sondern soviel der Himmel höher ist denn die Erde, so sind auch meine Wege höher denn eure Wege, und meine Gedanken denn eure Gedanken. *Jesaja Cap. 55. 8. 9.*

Die Schicht Pachulke

Pachulke ist gottlos. Er hat nichts gelernt; Wissenschaft und Kunst, die für die Religion eintreten können, er besitzt sie so wenig wie diese. Er kennt keine Ehrerbietung, umso eher plagt ihn der Drang, sich zu unterwerfen. Deshalb wird er sich einen Gott-Ersatz machen, aus dem Haupt aller Pachulkes macht er sich seinen Gott-Ersatz.

Pachulke ist unfruchtbar. Er bringt nicht einmal einen Stuhl fertig, viel weniger ein Buch, nicht erst zu reden von einem Staat. Anstatt der gebotenen Selbstbescheidung erhebt er im Gegenteil den Anspruch, die Welt noch einmal

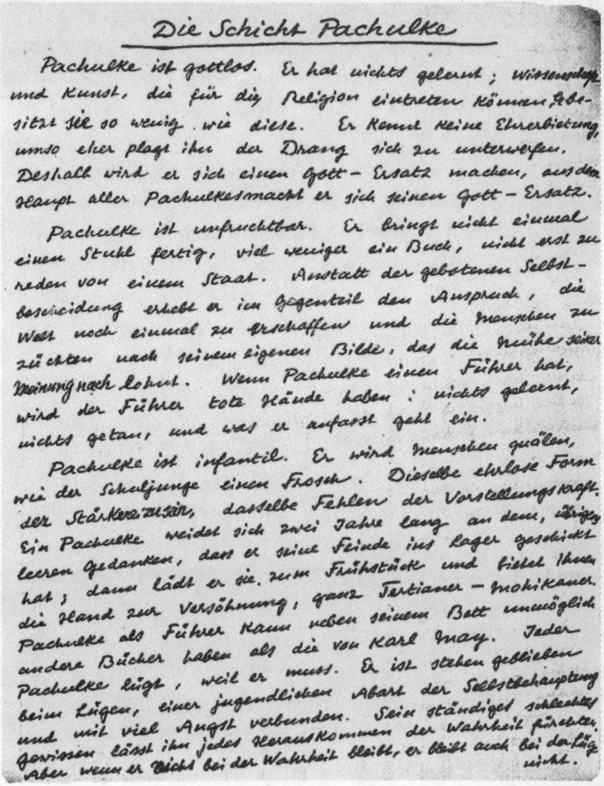
Die Schicht Pachulke

Pachulke ist gottlos. Er hat nichts gelernt; Wissenschaft
und Kunst, die für die Religion eintreten können, besitzt sie so wenig wie diese. Er kennt keine Ehrerbietung,
umso eher plagt ihn der Drang sich zu unterwerfen.
Deshalb wird er sich einen Gott-Ersatz machen, aus dem
Haupt aller Pachulkes macht er sich seinen Gott-Ersatz.

Pachulke ist unfruchtbar. Er bringt nicht einmal
einen Stuhl fertig, viel weniger ein Buch, nicht erst zu
reden von einem Staat. Anstatt der gebotenen Selbst-
bescheidung erhebt er im Gegenteil den Anspruch, die
Welt noch einmal zu erschaffen und die Menschen zu
züchten nach seinem eigenen Bilde, das die Reihe seiner
Meinung nach lohnt. Wenn Pachulke einen Führer hat,
wird der Führer tote Hände haben: nichts gelernt,
nichts getan, und was er anfasst geht ein.

Pachulke ist infantil. Er wird Menschen quälen,
wie der Schuljunge einen Frosch. Dieselbe ehrlose Form
der Stärkereizusär, dasselbe Fehlen der Vorstellungskraft.
Ein Pachulke weidet sich zwei Jahre lang an dem, übrigens
leeren Gedanken, dass er seine Feinde ins Lager geschickt
hat; dann lädt er sie zum Frühstück und bietet ihnen
die Hand zur Versöhnung, ganz Tertianer-Mohikaner.
Pachulke als Führer kann neben seinem Bett unmöglich
andere Bücher haben als die von Karl May. Jeder
Pachulke lügt, weil er muss. Er ist stehen geblieben
beim Lügen, einer jugendlichen Abart der Selbstbehauptung
und mit viel Angst verbunden. Sein ständiges schlechtes
Gewissen lässt ihn jedes Herauskommen der Wahrheit fürchten.
Aber wenn er nicht bei der Wahrheit bleibt, er bleibt auch bei der Lüge
nicht.

Die erste Manuskriptseite von
Die Schicht Pachulke
in der Handschrift Heinrich Manns

zu erschaffen und die Menschen zu züchten nach seinem eigenen Bilde, das die Mühe seiner Meinung nach lohnt. Wenn Pachulke einen Führer hat, wird der Führer tote Hände haben; nichts gelernt, nichts getan, und was er anfaßt, geht ein.

Pachulke ist infantil. Er wird Menschen quälen, wie der Schuljunge einen Frosch. Dieselbe ehrlose Form, der Stärkere zu sein, dasselbe Fehlen der Vorstellungskraft. Ein Pachulke weidet sich zwei Jahre lang an dem, übrigens leeren, Gedanken, daß er seine Feinde ins Lager geschickt hat; dann lädt er sie zum Frühstück und bietet ihnen die Hand zu Versöhnung, ganz Tertianer-Mohikaner. Pachulke als Führer kann neben seinem Bett unmöglich andere Bücher haben als die von Karl May. Jeder Pachulke lügt, weil er muß. Er ist stehen geblieben beim Lügen, einer jugendlichen Abart der Selbstbehauptung und mit viel Angst verbunden. Sein ständiges schlechtes Gewissen läßt ihn jedes Herauskommen der Wahrheit fürchten. Aber wenn er nicht bei der Wahrheit bleibt, er bleibt auch bei der Lüge nicht.

Wer ist Pachulke? Eine Sorte, in Deutschland aufgekommen, vielleicht infolge der Entfernung vom offenen Meer und freien Sinn, jedenfalls aber vermöge einer Geschichte, die einer Schicht von Deutschen nun einmal Minderwertigkeitsgefühle hinterlassen hat. Sie hätten es nicht nötig, aber sie fühlen sich schlecht weggekommen, und schweifen daher vorsätzlich nach der Seite des Selbstgefühles aus. Es springt doch in die Augen, daß der ganze deutsche Übermut gewollt und künstlich ist. Die Sache mit der »Rasse«, auf ihrem Mistbeet ist sie nicht gewachsen, sie vertreten sie auch nur aus Disziplin. Sie sind auf Befehl dünkelhaft, dann aber sind sie es gründlich. Glauben sie wirklich, daß ihnen einst die Welt gehören wird? Teilen sie nicht vielmehr die Ansicht ihres Zwangs-Pg. Nietzsche, daß »die Deutschen keine Zukunft haben«?

Nicht unmöglich, daß sie ernste Zweifel verbergen: woher sonst ihr Wüten gegen alles, was ihre Zweifel bestätigen würde, gegen die Vernunft, gegen die Menschlichkeit und das Recht.

Diesen inneren Zwiespalt einmal angenommen bei Pachulkes, ist über die Schicht das Günstigste schon gesagt. Mehr kann nicht zugestanden werden. In allem Übrigen sind Pachulkes ein Jammer. Sie gereichen ihrem Lande genau so zur Unehre wie der Menschheit, obwohl sie mit dieser nichts gemein haben wollen und jenes sich selber gleich setzen. Sie haben wirklich die Stirn, Deutschland mit sich gleichzusetzen: Pachulke gleich dem Staat, Pachulke total, und kein Deutschland außer Pachulke. So weit gehen sie erst seit ihrer »Machtergreifung«, von der zu rühmen sie nicht satt werden, denn alles andere ist noch weniger rühmlich. Hundert Jahre, seit dem Turnverein 1816, hat Pachulke in Deutschland gewühlt und gehetzt, hat Geschichte gefälscht, in Weltanschauung gemogelt und ein drohendes politisches Vereinsleben geführt mit wechselndem Zielpunkt, mal diese mal jene fremde Macht und fast immer die Juden. Pachulke hat inzwischen auch gemordet, aber besonders hat er unverdrossen seine Namenslisten geführt für die Nacht der langen Messer. Und diese kam.

Sie kommt immer, gesetzt, daß jemand mit Zähigkeit auf sie wartet. Es ist nicht schwer, die Macht zu ergreifen, nur langwierig kann es sein. Es erfordert nicht durchaus Begabung, unerläßlich war im Fall Pachulke ein dickes Fell. Alle die eingesteckten Ohrfeigen seit hundert Jahren! Das Gelächter und Nasenrümpfen über den treudeutschen Rüpel, den »Hinterweltler« (Nietzsche) und seine »Manieren« (Nietzsche)! Ein Hund hätte sich vor Scham verkrochen, Pachulke hat Stand gehalten, und ist belohnt worden mit der Machtergreifung. Zunächst sei mitberechnet, daß ein ausdauernder Machtergreifer im Verlauf der

Zeit doch auch Verbündeten begegnet. Wollen sie in Wirklichkeit von ihm nichts wissen, wie Nietzsche, dann verstellt er ihnen den Weg und führt sie kurzweg ab. Indessen haben andere sich eine Strecke weit mit ihm eingelassen, die nationalistischen Historiker: mag sein, sie meinten ihn gar nicht. Gleichviel, Pachulke bezog alles auf sich.

Die nationalistischen Historiker haben eine Lehre in deutsche Köpfe genagelt, sie ist ein auffallend alberner Unfug, sogar die nationalistischen Historiker hätten ihn für eigene Rechnung vielleicht nicht unternommen: das Vorhandensein einer ganzen Schicht Pachulke begeisterte sie dazu. Deutschland soll tausend Jahre lang absichtlich benachteiligt sein, ohne daß man fragt, warum es sich nicht wehrte. Die deutschen Fürsten sollen immer verraten haben, und warum jagte man sie nicht zum Teufel? Frankreich und England haben vorgeblich allein die Schuld an der späten und mangelhaften Einigung Deutschlands, – als ob England und Haus Österreich nicht auch versucht hätten, die Einigung Frankreichs aufzuhalten. Sie kamen nur an den Unrechten, und bei Deutschland kam man an die rechte Schmiede. Mißbräuchlich wollen späte Deutsche ein so altes nationales Versagen auf Andere abwälzen. In unehrlicher Art, wenn nicht aus Dummheit, spielen späte Deutsche sich als die Jüngeren, Unverbrauchten auf, während sie doch ebenso lange, ebenso viel Kraft ausgegeben haben, nur unwirtschaftlicher und im Ergebnis weniger glücklich. Daraus folgt nicht, daß Verspätete sich zu rächen haben an den Angelangten oder daß den Gehemmten das Reich und die Herrlichkeit zustehen. Dummheit ist es kaum, was die nationalistischen Historiker zu dieser Annahme bewog. Eher haben sie aus vertracktem Geist und einer paradoxalen Gefügigkeit die These der Dummheit zu der ihren gemacht.

Die Schicht Pachulke ist intellektuell bestärkt worden, es war ihr bester Zufall, und kein Undank kann schnöder sein, als ihr Haß gegen die Intellektualität. Pachulkes sind indessen geschaffen, sie zu hassen: da hilft keine Gefügigkeit der Intellektuellen. Pachulke, ein Unfruchtbarer, dem weder Stuhl noch Buch noch Staat gelingt, ist der lebensgesetzliche Feind jedes »Werktätigen«, welches Werk er auch tue. Pachulke haßt gleichmäßig das Proletariat und die Hochschulen. Sein »Reich« ist sein Triumph über beide – ungerechnet, daß sein »Reich« auch die geschichtlichen Mächte aussticht und überwindet: keine Fürsten, kein Adel, Bismarck wird zum Vorläufer Pachulkes, der an die Stelle Christi tritt. Sogar das Bürgertum nicht mehr und weder Monarchie noch Republik; sondern schlechthin die traditionslose Anarchie unter dem bon plaisir Pachulkes persönlich. Dies wird natürlich beschönigt und hinter dem Rücken versteckt mit infantilen Ausreden. Pachulke – bei diesem Gesicht, Nacken, Gestell und sittlichen Befund – will trotz dem Augenschein nun einmal »Rasse« haben, und eine besondere obendrein. Er besteht darauf, verzweifelt wie der Schuljunge, der »gestern seinen Nepos noch gekonnt hat«. Bloß heute hat er ihn vergessen.

Pachulke macht sich zum Schrecknis vermittels des »Nationalen«. Er hat das »Deutschtum« allen anderen abgenommen, Sozialisten wie »Reaktionären« – warum? Damit er selbst das große Schrecknis ist. Was bliebe dem Unfruchtbaren sonst? Was hätte der Gottlose und der Infantile weiter? Pachulkes spielen Räuber und Soldat, darin erschöpft sich ihre Auffassung des Lebens und der Geschichte. Pachulkes sind die Räuber, sie stehen jenseits des Gesetzes, »Recht ist, was uns Pachulkes nützt«. Sie haben die überlieferte Sittlichkeit hinter sich gelassen und werfen sich zu Feinden des Christentums auf, bei Vierzehnjährigen gehört es allenfalls zum Übergangsalter.

Pachulkes erhalten sich beständig in diesem Alter; es wird so sehr ein Gebot der Not als der Natur sein. Richtig Erwachsene könnten unmöglich die anderen Schichten der Deutschen abwechselnd aus dem Hinterhalt überfallen. Auch ist es offenbar kindisch, den Verprügelten einzureden, jetzt aber sollten sie unter Pachulke persönlich alle auswärtigen Feinde schlagen und die Welt erobern. Die Deutschen haben überhaupt nicht diesen Beruf. Mußten sie es aber noch dartun, dann haben sie es dadurch bewiesen, daß sie das Reich Pachulke herankommen ließen.

Den Deutschen ist aufrichtig anzuraten, daß sie Pachulke zur Ruhe bringen, und lange darf es nicht mehr anstehen. Die »Machtergreifung« samt ihren Folgen hat der Schicht erheblichen Zulauf gebracht; ein Fünftel aller Deutschen konnten bis jetzt zu Pachulkeschen Vollbürgern gemacht werden: mehr vertrüge die Nation nicht. Der wahrhaft tragische Ausgang des nächsten Krieges wäre die letzte Belehrung einer Nation, die in derselben Stunde aufhört zu existieren. Die Deutschen – es ist rätselhaft, nach so vielen Nackenschlägen ihrer Geschichte glauben sie nur noch grundloser, ihnen wäre alles erlaubt. Ein leichtfertiges Volk, sie lassen jemand regieren, der sich, lange vor jeder Leistung, weltpolitisch aufspielt, sie selbst aber sind ihm gleichgültiger, als einstmals dem Kurfürsten von Hessen seine verkauften Landeskinder waren. Das nationalste aller Regime ist das Regime, für das die Deutschen nicht mitzählen. Sie werden wie Tiere gezüchtet, werden in widerlicher Massenhaftigkeit abgerichtet für ein größeres »Reich«, das niemals kommen wird, und gewiß nicht mit ihnen. Sie selbst unterscheiden das nicht; sie glauben sich wichtig genommen, seit in Redensarten alles ausbündig »deutsch« ist. In Wahrheit ist es pachulkisch. Denn pachulkisch ist gerade, in allem Innerdeutschen ganz leer und verlegen zu sein, so daß man sogar den

Antisemitismus ernsthaft in Angriff nimmt. Nur das Auswärtige hat man auf der Bierbank geübt. Aber jetzt rächt sich, daß die Monarchie immer versäumt hat, ihre Deutschen die Selbstregierung zu lehren. Je weniger sie an ihrer eigenen Geschichte beteiligt waren, je leichter betrügt man sie jetzt.

Nur nichts richtig unterscheiden! Der Grundstock der Schicht Pachulke sind denn auch die ganz Ahnungslosen: haben weder sozialpolitische Kämpfe geführt, noch waren sie jemals regierungsfähig, nicht Herrenklasse nicht Arbeiter. Läßt sich darum behaupten, daß nur die Mittelschicht die Pachulkes liefert? Pachulkes werden allerdings geboren, dennoch entdecken seit der Machtergreifung auch Leute, denen niemand es angesehen hatte, ihren inneren Pachulke. Ein Weg führt über die nationalistischen Historiker, ein anderer über die Wirtschaft, wenn man mit ihr den liederlichen Unfug treibt wie mit der Geschichte. Verräterisch wird für das Regime vor allem die rege Beteiligung der Auchdeutschen von außerhalb, Sudetendeutsche, Balten, was noch. Während der gesamten deutschen Vergangenheit waren sie anderweitig beansprucht, und oft genug gegen uns. Heute sind sie zur Stelle, der Anführer des Ganzen ist ihr Mann; und das befiehlt jetzt in irgend einem unanständigen Dialekt, das treibt Deutsche aus dem Lande oder foltert sie: wahrhaftig, eine weißrussische »Legion« des Dritten Reiches darf sich an Deutschen vergreifen. Das weiß allein, was deutsch ist: vor allem, was deutsches Geld ist, das klauen sie. Zu wünschen wäre, daß diesem Veitstanz des nationalen »Ersatz« alsbald sein Gegenteil folgte: die Erziehung der Deutschen zur echten, äußerst strengen Volkstümlichkeit – und grade diese wäre ihre sichere Versöhnung mit der Welt. Deutschland suche nicht »Raum«, es gebe sich Gehalt. Es werde durchaus nicht größer, es werde mit sich selbst vertraut.

Dann werden die Deutschen vieles erkennen, worunter

sie heute unwissend leiden. Warum gab es bei ihnen eine Zeit der »Machtergreifung« für dumme Jungen, für Nichtskönner und traurige Gestalten, die es nicht weiter bringen als den Heiland zu leugnen? Wer ohne wahre Ehrerbietung ist, gerade der unterwirft sich blind. Unwissenheit und Unglaube zusammengenommen machen für den Pachulke reif. Übrigens ist das protestantische England kirchlich, und in jedem Voltairianer steckt mit Recht ein katholischer Moralist. Man ist gottlos, weil für den Pachulke ausersehen, aber mit der Freiheit zugleich erlernt man die Ehrerbietung vor dem Gesetz Gottes und der Menschheit.

Man lügt nicht, als Erwachsener, redlich Arbeitender. Künftige Deutsche, von denen wir annehmen, sie hätten zur Wahrheit hingefunden, werden untersuchen, warum eine Zeitlang bei ihnen gelogen werden konnte über alles bekannte Maß. Frei erfunden wurde eine »bolschewistische Gefahr« und eine »Rettung des Weltkapitalismus« von seiten betrügerischer Bankerottierer. Die Erhaltung des Friedens log man sich an, während man Jahraus Jahrein das innere Morden fortsetzte und jedes Kind mit nationalem Haß erfüllte. Ein Idealist war, wer seinen Nächsten sterilisierte; besonders vordringliche Frontkämpfer aber entpuppten sich gern als Deserteure. Nicht nur die »Rasse«, sogar den Rassenhaß betrieb man im Grunde geschäftlich und ohne Überzeugung. Man blieb bei der Lüge so wenig wie bei der Wahrheit. Zwar ahmte einer, dessen Stimme zwangsweise gehört wurde, vor allem Volk einem Ostjuden nach: einem Ostjuden, vor allem Volk, Pachulke persönlich. Litt derselbe aber am Kehlkopf, dann konsultierte er einen ausländischen Ostjuden und wurde hinausgeworfen. Die gewohnte Ohrfeige. Alle die eingesteckten Ohrfeigen seit hundert Jahren, nicht einmal die »Machtergreifung« hat ihre Inempfangnahme unterbrochen. Hier ist wieder eine.

Coudenhove-Kalergi: Europäische Rasse

Im gleichen welthistorischen Augenblick, in dem Japan den Versuch wagt, die ganze gelbe Rasse unter seiner Führung zu einen – unternimmt es der deutsche Nationalsozialismus, die weiße Rasse, die sich bisher als Gemeinschaft empfand, in Arier und Nicht-Arier zu spalten.

Eine bekannte Tatsache, die jeder überprüfen kann, führt die ganze arische Rassentheorie ad absurdum. Die Tatsache der Verdoppelung der Ahnenzahl von Generation zu Generation. Da der Mensch zwei Eltern hat, vier Großeltern und acht Urgroßeltern, steigt in einem Jahrtausend die theoretische Zahl seiner Ahnen auf 2^{33} *das ist 8600 Millionen. Die wirkliche Zahl seiner Vorfahren zur Zeit der Karolinger war viel kleiner, da durch den sogenannten Ahnenverlust viele Ahnen gleichzeitig in mehreren Ahnenreihen auftreten. Jedenfalls genügt der kurze Geschichtsabschnitt von 33 Generationen, um die damals lebende Zahl der Ahnen eines jeden Menschen auf viele Millionen zu bringen. Da zu jener Zeit Europa ungleich dünner bevölkert war als heute und jede Generation zurück die Ahnenzahl verdoppelt, erreicht die Ziffer der Ahnen sehr bald die Zahl aller damals lebenden Europäer.*

In Deutschland ist der germanische Typus nur im Nordwesten vorherrschend: in Niedersachsen, Westfalen, Schleswig-Holstein. Vor der Besiedelung Deutschlands durch die Germanen war es keltisch; was es vor der keltischen Zeit war, weiß niemand. Die Nachkommen der Germanen und Kelten, vermischt mit den Nachkommen jener vorkeltischen Deutschen, bilden die deutsche Nation. Östlich der Elbe sind die Deutschen in der Hauptsache Slawen mit germanischem Einschlag. Noch zur Zeit der Karolinger war die Elbe die Ostgrenze des Deutschtums.

Es gibt wohl keinen europäischen Nichtjuden, in dessen Adern kein jüdisches Blut fließt – und keinen europäischen Juden, in dessen Adern nicht Blut anderer europäischer Völker strömt. Auch das Judentum ist keine eigene Rasse, sondern eine Spielart der europäischen.

Eines Tages werden die Völker Europas zur Erkenntnis kommen, daß sie Opfer eines ungeheuren Betruges geworden sind. Daß die Tatsache ihrer Sprachverschiedenheit von gewissenlosen Demagogen und größenwahnsinnigen Halbgebildeten dazu mißbraucht wurde, sie gegen einander zu hetzen und so ihre gemeine Zukunft zu bedrohen. – Dann wird Europa sich auf die Mission und die Zukunft seiner großen Rasse besinnen. Es wird diese Zukunft sichern durch den Aufbau des europäischen Staatenbundes.

Immanuel Kant: Über den Völkerbund

Das Problem der Errichtung einer vollkommenen bürgerlichen Verfassung ist von dem Problem eines gesetzmäßigen äußeren Staatenverhältnisses abhängig und kann ohne das letztere nicht aufgelöst werden... Die Natur hat die Unvertragsamkeit der Menschen, selbst der großen Gesellschaften und Staatskörper dieser Art Geschöpfe, wieder zu einem Mittel gebraucht, um in dem unvermeidlichen Antagonismus derselben einen Zustand der Ruhe und Sicherheit auszufinden; d. i., sie treibt durch die Kriege, durch die überspannte und niemals nachlassende Zurüstung zu den selben, durch die Not, die dadurch endlich ein jeder Staat, selbst mitten im Frieden, innerlich fühlen muß, zu anfänglich unvollkommenen Versuchen, endlich aber nach vielen Verwüstungen, Umkippungen und selbst durchgängiger innerer Erschöpfung ihrer Kräfte zu dem, was ihnen die Vernunft auch ohne so viel traurige Erfahrungen hätte sagen können, nämlich: aus dem gesetzlosen Zustand der Wilden hinauszugehen, und in einen Völkerbund zu treten; wo jeder, auch der kleinste Staat, seine Sicherheit und Rechte, nicht von eigener Macht oder eigener rechtlichen Beurteilung, sondern allein von diesem großen Völkerbund, von einer vereinigten Macht und von der Entscheidung nach Gesetzen des vereinigten Willens erwarten könnte. So schwärmerisch diese Idee auch zu sein scheint...: so ist es doch der unvermeidliche Ausgang der Not, worein sich die Menschen einander versetzen, die die Staaten zu eben der Entschließung (so schwer es ihnen auch eingeht) zwingen muß, wozu der wilde Mann ebenso ungern gezwungen ward, nämlich: seine brutale Freiheit aufzugeben und in einer gesetzmäßigen Verfassung Ruhe und Sicherheit zu suchen.

Die Bibel:

Du machst uns zur Schmach unsern Nachbarn, zum Spott und Hohn derjenigen, die um uns her sind... Du machst uns zum Beispiel unter den Völkern, so daß sie das Haupt über uns schütteln. *Psalm 44. 14. 15*

Es ist eine Art, die ihrem Vater flucht und ihre Mutter nicht segnet; eine Art, die sich rein dünkt und ist doch von ihrem Kot nicht gewaschen. *Sprüche Salomos Cap. 30. 11. 12*

Es ist besser, einem Bären begegnen, dem die Jungen geraubt sind, denn einem Narren in seiner Narrheit.
Sprüche Salomos Cap. 17. 12

Ihr habt Blut vergossen und ihr meint, ihr wollt das Land besitzen? *Hesekiel Cap. 33. 26*

Der Sieg kommt vom Himmel und wird nicht durch große Menge erlangt. *1. Makkabäer Cap. 3. 19*

Die deutsche Lebenslüge

Eine unglückliche Geschichte ist nicht auszulöschen. So lebendig ist keine andere geblieben wie die unglückliche Geschichte Deutschlands. Sein Volk büßt heute Versäumnisse, die vierhundert Jahre alt sind. Es zehrt an überlebten Mißerfolgen. Eine historische Scheelsucht ist der eigentliche Boden seines merkwürdigen nationalen Bewußtseins. Dies Volk hängt an Mythen, die seine Lebenslügen sind. Eine Lebenslüge kann armselig, aber wohltätig sein. Deutschland belügt sich seit siebzig Jahren mit zunehmender Bösartigkeit. Seine Rachepläne gegen die Welt sind nur ausschweifender geworden, sein Wüten gegen sich selbst nur trister. Dem Träger einer unglücklichen Geschichte, der sich dauernd verkennt und vermißt, kann Gutes nicht bevorstehen. Nach ungezählten falschen Schritten drängt es die Deutschen des heutigen Zustandes zu dem letzten falschen Schritt. Das wäre der Krieg, für den sie rüsten.

An dem unglücklichen Ende ihres Krieges, viel zu spät würden sie bemerken, was sie aufs Spiel gesetzt hatten: mehr als ihre Einheit, die ohnedies noch niemals verwirklicht war; mehr als ihre eingebildete Weltmacht, wie wenn ihnen eine Weltmacht je wäre zugedacht gewesen; auch mehr als ihren Rassenmythos, ihren Mythos vom auserwählten Volk und den übrigen Inhalt ihrer Lebenslüge – viel mehr. Das Land, das Land selbst, in dem sie wohnen, es ist ihr Einsatz; um ihr Land wird es gehen in dem von

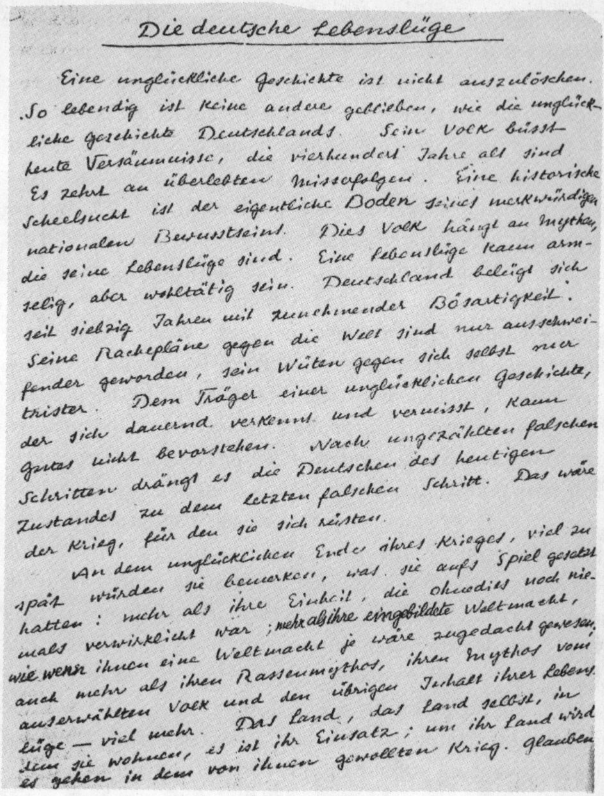

Die deutsche Lebenslüge

Eine unglückliche Geschichte ist nicht auszulöschen. So lebendig ist keine andere geblieben, wie die unglückliche Geschichte Deutschlands. Sein Volk büsst heute Versäumnisse, die vierhundert Jahre alt sind. Es zehrt an überlebten Misserfolgen. Eine historische Scheelsucht ist der eigentliche Boden seines merkwürdigen nationalen Bewusstseins. Dies Volk hängt an Mythen, die seine Lebenslüge sind. Eine Lebenslüge kann armselig, aber wohltätig sein. Deutschland belügt sich seit siebzig Jahren mit zunehmender Bösartigkeit. Seine Rachepläne gegen die Welt sind nur ausschweifender geworden, sein Wüten gegen sich selbst nur trister. Dem Träger einer unglücklichen Geschichte, der sich dauernd verkennt und vermisst, kann Gutes nicht bevorstehen. Nach ungezählten falschen Schritten drängt es die Deutschen des heutigen Zustandes zu dem letzten falschen Schritt. Das wäre der Krieg, für den sie sich rüsten.

An dem unglücklichen Ende ihres Krieges, viel zu spät würden sie bemerken, was sie aufs Spiel gesetzt hatten: mehr als ihre Einheit, die ohnedies noch niemals verwirklicht war; mehr als ihre eingebildete Weltmacht, wie wenn ihnen eine Weltmacht je wäre zugedacht gewesen; auch mehr als ihren Rassenmythos, ihren Mythos vom auserwählten Volk und den übrigen Inhalt ihrer Lebenslüge — viel mehr. Das Land, das Land selbst, in dem sie wohnen, es ist ihr Einsatz; um ihr Land wird es gehen in dem von ihnen gewollten Krieg. Glauben

Die erste Manuskriptseite von
Die deutsche Lebenslüge
in der Handschrift Heinrich Manns

ihnen gewollten Krieg. Glauben sie denn, daß nur andere Länder durch Niederlagen in Kolonien verwandelt werden könnten? Sie finden es ganz natürlich, die Ukraine oder sogar das halbe Frankreich in deutsche Kolonien zu verwandeln. Bedingung ist allein, daß gesiegt wird. Wenn aber die anderen siegen? Kein Wehrwissenschaftler scheint sich überlegt zu haben, daß auch Deutschland geeignetes Kolonialgebiet liefern könnte, und gerade das deutsche Menschenmaterial, willig und tüchtig wie es ist, würde dem Kolonisator jede Chance bieten.

Mit Kolonien wird herkömmlicher Weise nicht gefakkelt. Die Bevölkerung wird zu einem Teil am Leben gelassen, zum anderen nicht. Es gibt zeitgemäße Methoden: die Deutschen selbst erproben sie soeben an ihren Juden und an ihren Staatsfeinden. Aushungern, ausbürgern, in Lagern verkommen lassen, das Verfahren kann ausgebaut und vertieft werden. Ausrottung selbst im größten Maßstab wird immer annehmbar und erlaubt scheinen, solange sie sich an die moderne Technik hält. Sterilisierung der Geschlechter, Abtreibung der wirtschaftlichen Existenz haben als Formen der Ausrottung noch eine große Zukunft. Niemand ist davon durchdrungen wie die Deutschen, die dies alles im Kleinen, dann im mittleren Maßstab zu Hause betrieben haben; und ganz groß gedenken sie vorzugehen, sobald sie ihre Eroberungen getätigt haben. Sie hätten auch nicht die Wahl. Die Einwohner sogar der am dünnsten bevölkerten Länder wären für den Kolonisator noch zu zahlreich. Wozu die ganze Eroberung, wenn die Eroberten im Besitz des Landes und der Produktionsmittel blieben oder das Bürgerrecht behielten. Man bedenke, daß im Staat der Deutschen von 66 Millionen nur 12 Millionen vollgültige Bürger sind. Danach kann ermessen werden, was den Ureinwohnern der vorgesehenen Kolonien bevorstände, falls sie sich von Deutschland unterwerfen ließen. Übrigens denken sie nicht daran.

Sowohl Frankreich als die Ukraine sind gegen Überraschungen von Seiten dieses Deutschlandes zweifellos gesichert: zuerst moralisch, dann militärisch. Eines bedingt das andere. Der geistig Geradgewachsene wird der bessere Krieger sein. Ein Krieger schlägt sich niemals belangvoller als für sein gutes Gewissen. Wer hat in Deutschland ein gutes Gewissen? Es ist weder leicht noch bekömmlich, zweitausend Jahre Recht abzuschaffen, sei es mit allen Behelfen des Schreckens, und dagegen die Rache an der eigenen Geschichte, das sinnlose Haßgefühl und die nackte Gewalt für Recht zu erklären. Zwar meldet sich in dem allen nur wieder die längst bekannte deutsche Lebenslüge, dies aber ist ihr gefährlichstes Auftreten. Die deutsche Lebenslüge ist in das offene Tribunal gestiegen, und sie allein entscheidet jetzt dortzulande. Nun läßt sich in Menschen die nationale Verlogenheit wohl züchten. Die Schrecken des Krieges sind noch etwas größer. Nach allem Ermessen muß die nationale Lebenslüge unter ihnen zusammenbrechen. Indessen noch ist Vorkrieg, die deutsche Lebenslüge hat den Rest ihres Weges zu machen.

Was für ein Zustand unter der Gewaltherrschaft der nationalen Lebenslüge, welche Phantastik aller Einzelheiten! Der Deutsche ist gehalten, seine Briefe in keinen anderen Kasten zu werfen als den nächsten bei seinem Haus. Ingenieure, die aus der Sowjet-Union nach Deutschland zurückgekehrt sind, werden bei Leib und Leben verpflichtet, nichts verlauten zu lassen von allem, was sie gesehen und an Kenntnissen mitgebracht. In Deutschland muß viel ausgekundschaftet, aber nichts darf bekannt werden, damit der Lügenbau des Staates notdürftig zusammenhält noch die genaue Zeit. Gerade damit steht es anders in den von Deutschland begehrlich angeäugten Ländern. Diese dürfen im Gegenteil über Deutschland alles wissen, sie können nicht genug wissen über Deutschland; die Nachrichten sind höchst ungeeignet, ihre Völker zu verführen. Weder der französische Proletarier noch ein Soldat der roten Armee werden im künftigen Krieg an der Hinschlachtung Deutscher sittlich gehemmt sein durch verbotene Neigungen für das Dritte Reich. Darauf ist nicht zu rechnen. Etwas ganz Anderes ist statt dessen zu fürchten.

Die Deutschen trompeten ihre »Weltanschauung« hinaus in die Welt, der sie vielmehr strengstens verheimlichen sollten, wie Deutschland sie anschaut. Bücher wie die von Rosenberg und Hitler hätten niemals als Massenartikel auftreten dürfen; im kleinsten Kreis, durchaus wie die nahe verwandten »Weisen von Zion«, hätten auch diese Rabbiner der Weltherrschaft sich genügen müssen. Hitler und Rosenberg antworten, daß die Weisen von Zion es leicht haben den Mund zu halten, da sie ja nicht existieren. Aber auch was die Deutschen ihre Wehrwissenschaft nennen, hätte jenseits ihrer Grenzen niemand erfahren dürfen. Was tun sie indessen? Sie veranstalten eigens ein Buchdumping, damit das Ausland zu Schleuderpreisen sich alles aneignen kann, was jetzt deutsch ist. Da lernt dann das Ausland, staunt, entsetzt sich, verachtet und haßt, was es lernt; aber unmöglich ist, den deutschen Lehren fremd zu bleiben. Deutschland will übrigens, daß alle werden sollen, was es selbst aus sich gemacht hat. Welch eine helle Freude über jeden bekehrten Westeuropäer, dem Deutschland durch Goethe nichts zu sagen hatte, aber um Hitlers willen verehrt er es! Solche Gestalten sind die ständigen Gäste Berlins, sie lösen einander ab, lange Reihen, aus Ost und West; und was sie erleben und mitnehmen –

Was sie mitnehmen, ist die unmenschlichste Geisteshaltung in geschichtlicher Zeit, eine Ausgeburt menschlicher Verwüstung und Niedertracht. Aber es macht Eindruck, weil es ungehemmt durch Vernunft und im Sittlichen orgiastisch ist. Mit Menschen umspringen wollen wie mit

Zuchtvieh, glänzend! Nach Gutdünken entscheiden, wer leben darf und wer nicht, ein Fest! Den Völkern, sobald man sie in der Hand haben wird, dasselbe versprechen, was an Menschen, die man in der Hand hat, schon jetzt geschieht, zu schön, um wahr zu sein! Die Botschaft ist sicher, Glauben zu finden, das Beispiel wirkt. Die sittlich Minderwertigen aller Gegenden kehren aus Berlin und Nürnberg zurück und haben ihr Mekka gesehen. Unter Hemden in jeder Farbe klopfen dieselben tatbereiten Herzen; und die Unzucht am Menschengeschlecht, die sie zu treiben gedenken, der Mord am Menschentum, den sie sich vorsetzen, die Verhöhnung und Erniedrigung des Namens Mensch, worin sie zum Gipfel streben – aus Deutschland bringen die vereinigten Minderwertigen es heim, all das ist deutscher Überfluß, das besitzt ein sonst verschuldetes Land, und hierin sind alle in seiner Schuld. Nie zu vergessen: aus Deutschland kehren die Hemden in ihr Land zurück, um mit frischem Mut herauszufordern alle, die im Herzen noch Ehre und Gesittung tragen. Wer fordert wirklich heraus? Deutschland. Das sollte sich an allen rächen, nur nicht an Deutschland?

Das deutsche Treiben ist gefährlich, bei weitem am gefährlichsten ist es für Deutschland, wie sich noch herausstellen wird. Aber dieses ist offenbar gesetzmäßig so weit gelangt, es handelt nach dem unausweichlichen Gesetz seiner Geschichte. Wer ewig an überlebten Mißerfolgen weiterzehrt, wird es allerdings mit denen, die ihm die Mißerfolge vorgeblich zugefügt haben, zuletzt nicht mehr aushalten. Der Weltteil soll deutsch werden oder untergehen – was außerdem längst vorher durch Rundfunk überall verbreitet werden muß. Denn die immer zunehmende Bösartigkeit macht »dynamisch«; aber sie macht auch geschwätzig. Man verrät sich, und den Selbstverrat nennt man Propaganda. Dazwischen entsinnt man sich der gebotenen Schlauheit, dann steigt unvermittelt ein Hymnus auf den Frieden, man gebärdet sich wütend vor Pazifismus und droht mit dem Ölzweig wie sonst mit der Bombe. Listig wie nur die Dummheit – kein Mensch glaubt ein Wort. Der Ton der Friedensreden enthüllte alles, niemand muß ihre Sprache verstehen. Auf der Straße, im fremden Land steht ein Wagen, die deutsche Radiostimme schallt hervor, unausgebildet und roh, ein Gebell. Die angesammelten Neugierigen wissen beim zehnten Wort, was das ist; verstehen nicht, sondern hören: da kündet sich das Unheil an. Es ist das letzte und äußerste, das sich ankündet, nachher kann keins mehr unsere Welt befallen, sie wird ausgelitten haben.

Die Drohung aber kommt immer aus derselben Richtung. Die entsetzliche Spannung, die unerträgliche Gefährdung unserer Tage, jedes armen Lebenstages und, bei der ersten Anwandlung von Vertrauen, ein ahnungsvoller Blick zum Himmel, sind das schon die Bombenflugzeuge? Immer aus derselben Richtung. Das wird nicht mehr lange gut gehen. Deutschland verlasse sich darauf. Es wird die Welt nicht auf die Dauer reizen, mit Furcht und Schrecken quälen und sie beleidigen in dem Einzigen, das ihr wahrhaft heilig ist: das ist ihr Friede. Jeder weiß es, der Friede ist heute mehr wert als in Jahrhunderten. Er ist erfüllt mit Aufgaben wie nur zu den seltensten Zeiten; die Wirtschaft der Völker, ihr internationales Recht, das Bewußtsein der bisher souveränen Staaten von ihren Pflichten gegen die Gesamtheit – alles ruft laut nach Erneuerung. Der Wille zur praktischen Hilfe, damit endlich nach mehr als genug technischen Fortschritten ein sittlicher erreicht wird, der Wille ist nahe daran, alle Schranken zu durchbrechen, und sein Gebot ist Friede. Der Krieg war noch niemals wirklich verboten gewesen: heute ist er es. Er ist es mit einer Leidenschaft und einer Unbedingtheit, von der nur die Unkundigsten sich noch keine Vorstellung machen, aber sie wird ihnen beigebracht werden. Wie schnell sind dem Diktator Italiens die Augen auf- und übergegangen!

Deutschland, als ob nichts wäre, lauert weiter hinter den Ereignissen und wartet auf seine Stunde. Hetzt und wartet oder tut gleichgültig und wartet – wird so und so nicht vergebens warten. Seine Stunde kommt, nur anders als es denkt. Kein Deutscher, keiner ahnt die Erbitterung, die jetzt anwächst gegen den nächsten Friedensbrecher – umso mehr, da es der bekannte ist, vom vorigen Mal. Während der späteren Jahre der Republik hatte schon niemand mehr von der deutschen Alleinschuld am vorigen Kriege gesprochen. Nur deutsche Abenteurer, die nachher an ihr Ziel gelangt sind, bellten von der »Kriegsschuldlüge«. Seit Hitler nennt die ganze Welt den Schuldigen wieder höchst geläufig beim Namen. Zweifel an der vorigen Kriegsschuld können nicht mehr aufkommen, da die nächste schon jetzt felsenfeststeht. Das bedeutet, wie die Menschheit nachgerade gesonnen und gewillt ist, für den künftigen Besiegten die Vernichtung. Deutschland, das gar nichts weiß, wird auch die lebenswichtigste Tatsache nicht erfahren, solange noch Zeit wäre. Es wiegt sich in Hoffnungen, daß die »schwachen Demokratien«, wenn Deutschland wieder »unbesiegt« den Kampf aufgäbe, es verschonen würden wie das vorige Mal. Gefehlt, sie werden es vernichten. Inzwischen hat sich einiges geändert. Der Krieg ist das schlechthin Verbotene und Deutschland der allgemeine Feind, noch ehe es losschlägt. Entweder besteht eine deutsche Macht wie diese heutige, oder Europa speit sie aus und lebt, anstatt an Deutschland zu ersticken.

Europa will leben, und deutsche Kolonien wird es hier nicht geben. Aber nach seinem letzten verlorenen Krieg wird aus Deutschland eine Kolonie, mit verändertem Namen übrigens. Nichts wird zurückbleiben. Die künftigen Sieger wissen heute selbst noch nicht, wessen sie fähig sein werden. Erst im Krieg und durch ihn sollen sie das Letzte lernen. Bis dahin gehen sie durch die gute Schule der deutschen Propaganda: die macht sie reif, einst Deutschland zu vernichten.

Matthias Claudius: Kriegslied

's ist Krieg! 's ist Krieg! O Gottes Engel wehre
Und rede Du darein!
's ist leider Krieg – und ich begehre
Nicht schuld daran zu sein.

Was sollt' ich machen, wenn im Schlaf mit Grämen
Und blutig, bleich und blaß,
Die Geister der Erschlagenen zu mir kämen,
Und vor mir weinten, was?

Wenn wackre Männer, die sich Ehre suchten,
Verstümmelt und halb tot
Im Staub sich vor mir wälzten, und mir fluchten
In ihrer Todesnot?

Wenn tausend, tausend Väter, Mütter, Bräute,
So glücklich vor dem Krieg,
Nun alle elend, alle arme Leute,
Wehklagten über mich?

Wenn Hunger, böse Seuch' und ihre Nöten
Freund, Fremd und Feind ins Grab
Versammelten, und mir zu Ehren krähten
Von einer Leich' herab?

Was hülf' mir Kron' und Land und Gold und Ehre?
Die könnten mich nicht freun!
's ist leider Krieg – und ich begehre
Nicht schuld daran zu sein!

Doch Friede schaffen, Fried' im Land und Meere:
Das wäre Freude nun!
Ihr Fürsten, ach! wenn's irgend möglich wäre!!
Was könnt ihr Größers tun?

II

Verachten

Der Mensch kennt seine Zeit nicht: sondern wie die Fische gefangen werden mit einem verderblichen Haken, und wie die Vögel mit einem Strick gefangen werden, so werden auch die Menschen berückt zur bösen Zeit, wenn sie plötzlich über sie fällt.

Prediger Salomo Cap. 9. 12.

Das ewig Komische

Die großen Menschenbezwinger haben ihre komische Seite – das ist der Zwang der Tatsachen. Denn schließlich, wer läßt sich ganz beherrschen? Schwächlinge, Feiglinge und dazu die Heuchler. Ein besonders leuchtender Ruhm ist aber nicht zu holen durch die Unterjochung von Menschen, die dafür wie geschaffen sind. »Ich bin es satt, über Sklaven zu herrschen«, sagte ein königlicher Philosoph und Freund Voltaires; denn er fühlte deutlich, wie viel Demütigendes sein Beruf auch für ihn selbst hatte.

Andere Herrschsüchtige sind keine Freunde Voltaires und machen sich um so lächerlicher, je ernster sie sich nehmen. Wenn man sie hört, halten sie im Griff ihrer Faust – ihrer totalitären Faust – Millionen der verschiedensten Menschen. Alle denken vorgeblich genau wie der Häuptling und folgen ihm wie sein Schatten. Da es nun in Wirklichkeit nicht angeht, die Gesamtheit der Gehirne gleichzuschalten, muß das ganze System eine einzige Tricknummer sein. Nie könnte sonst auch nur der Schein der völligen Einheit erreicht werden. Da ist die Wahl des Staatsobersten, der als Kandidat überhaupt keinen Gegner hat. Ebensowenig wird ihm im Parlament jemand entgegentreten, er gibt ganz allein an. Und dann seine Rundfunk-Botschaften an ein Volk, das gar nicht da ist, so sehr schweigt es! Man denkt an einen Boxer, der im Ring seine Stöße gegen nichts und niemanden führt. Jeder, der ihn vielleicht knock out schlagen könnte, ist grade verhindert. Kampf ist das nicht. Gesiegt wird trotzdem, und der Sieger steht von vornherein fest.

Es sind Gefälligkeitssiege, bestehend aus der Verlegenheit der Zuschauer sowie aus ihrem Schamgefühl. Sie sind innerlich geteilt und warten auf ein ungewöhnliches Ereignis, das aus dem falschen Triumphator einen echten machen soll. Für wahrscheinlicher halten sie, daß er zu Boden gestreckt wird, sobald ein Feind, der das nötige Gewicht hat, sich die Mühe nimmt. Soll man es hoffen, muß man es fürchten? Die unterjochte Nation fürchtet es im Grunde. Die Niederlage des Despoten wäre das Ende seiner Tricknummer: aus wäre der ganze Schwindel von Ordnung und Macht, den er mühselig hinschleppt, und sie glauben, mit ihm und seinem totalitären Staat fiele überhaupt alles in Trümmer. Daher wird er gestützt, so wenig man ihn ernst nimmt. Man zittert, und zum Trost macht man Witze. So sind die Untertanen von Diktatoren. Wären sie anders und wären sie Männer, dann gäbe es keine Diktatoren. Und hätten die Diktatoren Sinn für Lächerlichkeit, sie dankten schleunigst ab.

Man betrachte dies Individuum auf seinem Nachtflug durch das schlafende Land. Angelangt holt es einige seiner eigenen Kumpane aus den Betten und murkst sie ab. Das ergreifende Unternehmen ist nicht abgegangen ohne gewagte Auftritte. Die gleichen Brüder und gleichen Kappen haben einander beschimpft wie Fuhrknechte, bevor der eine den anderen umlegte; und alle Hotelgäste hörten sie schreien. Einer schrie immer lauter als der andre: »Du Gauner! Du Schwindler! Du alter Schuft!« Die Komik dieses Schimpfkonzerts wird gewiß reichlich ausgeglichen durch das Übermaß von Grausen, das darauf folgte. Dennoch habe ich gleich an einen Schwank von Courteline gedacht; er heißt »Häuslicher Friede«. Auch hier übten sich ein paar Hampelmänner darin, alles kurz und klein zu schlagen, obwohl sie miteinander verheiratet waren. Ihren vollen Sinn erhielten die Vorgänge aber erst etwas später, als der Überlebende aus dem »Häuslichen Frieden«

durchaus Staatsober werden wollte. Damals äußerte er die denkwürdigen Worte: »Ich darf versprechen, daß ich dem Namen meines hohen Amtes neuen Glanz verleihen werde.«

Und so war es auch. Mancher Dreck schillert in allen Farben, aber man kann es Glanz nennen. Die zwanzig Hotelgäste hatten einer glänzenden Haupt- und Staatsaktion beigewohnt; kein andrer Träger des hohen Amtes konnte sowas aufweisen. So oft künftig der Mann der Vorsehung sein Rad schlagen wird vor einem hohen Adel und geehrten Publikum, so oft er täuschend nachmachen wird, wie man Ehre und Recht der Nation wahrt: die zwanzig Zeugen aus dem Landhotel hören alsbald den Nachklang von einst. Wieder tönt in ihre Ohren das nächtliche Geschrei der beiden unsäglichen Schächer: »Du Gauner! Du Schwindler! Du alter Schuft!« Was die Mitwisser übrigens nicht verhindern wird, für den Sieger zu stimmen; er kann sich auf sie verlassen. Es ist auch festgestellt worden, daß die Insassen eines jüdischen Asyls, achtzig alte jüdische Leute, dem berühmten Kandidaten ihre Stimme gegeben haben. Sie sehen in ihm vielleicht nicht grade den Wohltäter ihrer Gattung; aber sie möchten das Schlimmste aufhalten und sind wohl auch nicht ohne Sinn für Komik. Es ist ein großes Elend; aber dem menschlichen Elend entspringen das Tragische und das Komische, die daher ewig sind.

Hat man bemerkt, daß gewisse Staatsmänner auf ihren Photographien nicht wissen, wohin mit den Händen? Sie scheinen das Gefühl zu haben, daß es von ihren Händen rötlich träufelt. Meistens verstecken sie diese unter einem Hut, und den halten sie quer über die Mitte des Körpers, was gleichfalls seinen Sinn haben dürfte. Ein Film hat kürzlich den sprechenden Ausdruck eines schlechten Gewissens festgehalten; er lag auf dem Gesicht eines Diktators, der in Venedig Gast eines andern Diktators war. Sein schlechtes Gewissen kam daher, daß er während der ganzen Zusammenkunft den Kollegen in einemfort angelogen hatte und jetzt auf seine unverhohlene Verachtung gefaßt war. Geheimes Elend – für den Betrachter wird daraus die Verbiesterung eines Filmkomikers.

Die Untertanen der ruhmbedeckten Persönlichkeit denken noch nicht daran, ihn loszuwerden; und wie sollten sie das auch machen? Aber vielen fällt es wie Schuppen von den Augen. Manche Biedermänner der ehemaligen Rechten schreiben jetzt vertrauliche Briefe; darin klagen sie in ihrer leisetreterischen Art über die jüngsten Heldentaten ihres gewesenen Abgotts. Früher verdauten sie davon schmerzlos eine ganze Menge; neuerdings fühlen sie, daß es nicht mehr rutscht. Ihnen geht allmählich auf, daß das System unter all seinem Theater und seiner Großmäuligkeit nichts aufzuweisen hat als Pech und Schande. Nicht genug damit, daß die Welt einen moralischen Pestkordon gezogen hat um das verseuchte Land – die Welt lacht auch schon über dies Land, und das ist schlimmer. Eines Tages erschallt das Gelächter dieses Landes.

Es wird ein grausiges Gelächter sein; so klingt es meistens, wenn das große Lachen sich erhebt an den Wendepunkten der Geschichte. »Ha, ha! Alles war falsch: ihre Unbestechlichkeit, ihr Mut und ihre Kraft. Ihr Nationalismus, Sozialismus, Totalitarismus, – ein Sammelsurium offenkundiger Fälschungen; und wir haben uns neppen lassen, an so etwas hängten wir unsere arme Hoffnung! Hatten uns einen einzigen, allmächtigen Häuptling angeschafft – ha! Und alles womit er groß tat, war fauler Zauber – in Wirklichkeit führte er sich einfach zu, soviel nicht niet- und nagelfest war, Waffenfabriken, Zeitungen, hastewas verschiebstewas, heil und ha, ha! Verdient ebenso an dem Schicksal, das seine Zeitungen machen, wie an den Flinten aus seiner Fabrik. Warte nur, bis einmal das Schicksal die Flinte abschießt! Alle neune, da liegen wir, und Du mit. Ha, ha! Heil!«

Die Hochzeit

1906 auf 07 heiratete der erste Sohn des Kaisers. Der neue Wäschebestand der Braut war vorher öffentlich ausgestellt in den Fenstern des Hohenzollern-Kaufhauses, Leipzigerstraße. Die Menge der Frauen, die das sehen wollten, stand über den Damm. Sie drückten einander wegen der Spitzenhemden, bis sie ohnmächtig fortgetragen wurden. Um dieselbe Zeit bemerkte man bei Tietz unter allen anderen Massenartikeln einen, der hervorstach durch seine Romantik. Es war ein Glassturz und darunter etwas Rätselhaftes, aber eine Inschrift gab die Erklärung: Die wundertätige Alraunwurzel.

1935 hat Göring geheiratet – ein Fräulein Sonnemann, hoffentlich mehr oder weniger verwandt mit dem Gründer der »Frankfurter Zeitung«; für einen Göring wäre das so gut wie der Adel und endlich einmal eine Verbesserung der Rasse. Die Leute haben 150 Mark gezahlt, um die kirchliche Trauung mit ansehen zu dürfen.

Die Hochzeit war auf eine Reihe von Tagen und Nächten verteilt. Sie hätte ebenso gut ganze Wochen währen können. Brunnen mit Gilka und Mampe hätten auf den Plätzen fließen müssen. Die Flieger des Generals würden Juxbomben abgeworfen haben, und diesen wären Überraschungen entfallen: ein Block, ein Beil, eine Morphiumspritze, lauter sinnige Kleinigkeiten. Ausgestellt wäre nicht nur die Wäsche der Braut, obwohl sie sicherlich sehenswerter gewesen ist als die der kaiserlichen Prinzessin. Dem Volk waren zu zeigen alle Attribute des Bräutigams, ein brennender Reichstag in der ersten Vitrine, ein Dimitroff in der nächsten. Dann kußechte Nachbildungen der

Konzentrationslager, ihrer Insassen, ihrer Folterer, alles in voller Tätigkeit, elektrisch betrieben. Es folgten natürlich Flugzeuge, jedes mit dem Originalscheck der Provision, die es eingebracht hat. Es folgten Uniformen, Typ schlichter Soldat bis Märchenprinz, dieser aus Goldstoff mit Purpurmantel. Der goldene Dolch ist da, auch der innen zu tragende Stahlpanzer ist vertreten. Unter einem Glassturz indessen – anstatt der wundertätigen Alraunwurzel, auf die frühere Geschlechter sich verließen – steht dargeboten ein schwedisches Irrenhaus. Denn daher kommt schließlich alles übrige. Dort entspringt es. Und weil es Irrsinn ist, hält es sich – in einem Volk, das lieber Zaubermännchen als seinen eigenen Verstand gebraucht. Seine Vorstellungen der Wirklichkeit übernimmt es gern aus den Halluzinationen labiler Naturen.

Das war so und ist so geblieben. Der Abstand von jetzt und früher wird gekennzeichnet durch das Aufgebot von Truppen in der Stärke eines Armeekorps, zwischen denen hin der Göringsche Hochzeitsmarsch stattfand. Haus Hohenzollern hatte das nicht nötig. Erstens fühlten das hohe Paar sowie der kaiserliche Vater sich ihres Lebens sicher. Außerdem wußte ohnedies jeder, daß sie ein Heer hatten. Besonders aber war das ihr allseits anerkanntes Recht, und Göring oder Seinesgleichen halten es durchaus nicht für ihr Recht. Sie gehen vielmehr umher mit dem schlechten Gewissen: es stimmt weder mit dem Dritten Reich noch mit uns selbst. Unsere List und Gewalt, unsere Staats- und Lebensführung sind nichts weiter als Erinnerungen an ein Haus, das auf unserer Hochzeit hätte hergezeigt werden müssen unter Glassturz. Davor hätten sich die begeisterten Massen wenigstens totgedrückt.

Menschenraub

Das arme Europa unterhält sich mit seinem Grauen über den neuesten Kriminalfilm der Gestapo. Den Reiz der früheren hatte das arme Europa noch nicht erfaßt; es dachte, das »geht uns nichts an«. Das arme Europa ist in einer Verfassung, daß es von den wirklichen Tatsachen am liebsten garnichts wüßte. Das Geständnis, ein voll gerüsteter Militärstaat zu sein, hätte das Dritte Reich sich in schonender Weise versagen sollen. Für das arme Europa sind nicht die deutsche Aufrüstung und Wehrpflicht das Peinlichste, sondern daß es davon jetzt Kenntnis haben soll. Dasselbe ist es mit der Gestapo. Das arme Europa hat zugesehen, wortlos, reglos, voll höflicher Neutralität hat es zugelassen, daß in jedem seiner Länder ein mörderischer Geheimbund sich einnistete. Auch dieser neue Assassinenorden empfängt wieder die Befehle eines Alten vom Berge. Bisher war niemals laut erörtert worden, wo der sitzt. Das wäre ja Einmischung in die inneren Angelegenheiten eines fremden Staates, befürchtete das arme Europa.

Da nun die Schweiz es satt hat und nicht mehr mitspielt, sind die Gefühle der europäischen Umwelt geteilt. Kriminalfilme können in der Wirklichkeit, besonders in dieser heutigen, viel weiter reichen als auf der Leinwand, wo die Gangster samt ihrem Führer doch nur kleine Leute sind. Das sind sie durchaus nicht alle in dem neuesten Gestapo-Film: die französische Polizei ist im Begriff, es nachzuweisen. Sie, nicht die Schweizer Behörde, hat diese Seite der Sache zu der ihren gemacht. Der Police judiciaire zufolge hätte dieselbe hohe Persönlichkeit aus der Umgebung des Reichsführers, Reichskanzlers, obersten Kriegsherrn und Hauptinhabers von Eher & Co. – derselbe Würdenträger hätte nicht nur das eine Opfer auf den Blubo des Dritten Reiches verschleppt. Auch französische

Kriegsteilnehmer wollte er schon dorthin locken. Diesen sollte nicht das Columbiahaus, sondern die deutsche Friedensliebe gezeigt werden – sinnigerweise von einem Mitglied der Gestapo, das für jeden seiner verschiedenartigen Aufträge eine andere Maske macht. Jacob und die anciens combattants haben dasselbe Individuum kennen gelernt, obwohl es sich bei dem Einen als Paßfälscher ausgab und bei den Anderen als Frontkämpfer. Seinen Befehl und Auftrag hatte es, hier wie dort, von dem Alten vom Berge. Das reicht weit, es reicht zu weit und verwirrt das Gefühl des armen Europas.

In London sind zwei deutsche Emigrantinnen tot aufgefunden worden, und unter Millionen Frauen, die in allen Häusern Londons sitzen, waren es genau diese beiden, die dem Baseler Untersuchungsrichter etwas über den Fall Jacob erzählt hatten. Gerade die sitzen plötzlich tot da, und lebten augenscheinlich gern. Trotz allem wird es wohl beim Selbstmord bleiben müssen; denn manches reicht zu weit, und das Gefühl ist sich nicht klar. Die internationale Höflichkeit verlangt wieder einmal, daß die Sache »uns nichts angeht«. Der Sinn für das Recht tritt seinerseits auf und möchte sich durchsetzen. Er wird es nachgerade schwer haben, obwohl mehrere wichtige Rechte mitsprechen: die Unverletzlichkeit des Menschenlebens, das Hoheitsrecht eines Staates – und allenfalls das Recht einer gesitteten Nation auf die Wahrheit. Aber diese Rechte sind samt und sonders oft gebrochen worden in neuerer Zeit. Die gesitteten Nationen haben auf die Wahrheit, besonders auf die Wahrheit über das Dritte Reich, seufzend verzichtet, wenn sie peinlich war. In einigen Fällen hat ein Staat von seinen Hoheitsrechten abgesehen und hat nicht einmal Widerspruch erhoben, wenn das Dritte Reich in Gestalt seiner Gestapo sich über sie hinwegsetzte. Dabei entfiel von selbst auch die Unverletzlichkeit des Menschenlebens.

Jetzt soll das alles zurückgefordert und hergestellt werden; wer wollte behaupten, daß es zu spät ist. Die Schweiz zeigt sich mutig, Frankreich steht ihr bei. Beide tun, was von Rechtsstaaten jemals wäre zu erwarten gewesen in Zeiten des gefestigten Rechtssinnes. Umso verdienstvoller, daß sie es in einem Augenblick des überall geschwächten Rechtssinnes tun. Das arme Europa ist in keinem guten Zustand hinsichtlich seines Sinnes für das Recht, seines Willens zum Recht. In seiner breiten Mitte hat es ein Land ohne Recht, ein Land, das vom Recht zur Gewalt übergegangen ist und diesen sittlichen Szenenwechsel für epochal ausschreit. Von seiner Mitte her wird Europa unablässig unter Gewalt gesetzt, und das sowohl durch Gewalthandlungen wie auch vermittels der zielbewußten Reklame für die Gewalt. Das Ziel der Reklame ist natürlich nicht, auch die anderen Staaten zu Gewalt- und Gestapo-Staaten zu machen: das wäre ein Hereinfall. Das Dritte Reich fürchtet den Hereinfall nicht, wie könnten »schwache Demokratien« sich aufraffen und Gestapostaaten werden. Das Ziel der Reklame ist, die Überlegenheit des Dritten Reiches für echt zu verkaufen und Europa zu durchdringen mit dem Glauben an die neudeutsche Unbesiegbarkeit.

Ihr seid veraltet, sagen die Lautsprecher des Dritten Reiches; nur wir sind auf der Höhe. Ihr haltet noch beim Recht. Aber die zweitausend Jahre, in denen man sich auf das Recht mit mehr oder weniger Erfolg berufen konnte, sind abgelaufen, wir eröffnen die nächsten zweitausend Jahre, die gehören der Gewalt! Die Lautsprecher schwanken in den Ziffern; mal sollen es dreihundert, dann sogar zehntausend Jahre sein. Die voraussichtliche Lebensdauer Hitlers wird mit jeder der Angaben überschritten. Ihr könnt nichts machen, behaupten die Lautsprecher des Dritten Reiches. Wir sind jung und gewissenlos wie Siegfried persönlich. Wir tun, was uns beliebt. Wir schaffen

Tatsachen. Nachher kommt ihr und stellt Untersuchungen an, werdet aber nichts zurückholen, was wir uns genommen haben und künftig nehmen wollen durch Plebiszit, Terror, Raub – weder einen Emigranten, noch eine Grenzstadt, noch auch weit mehr als das: ihr wagt es nicht. Wollt ihr wegen Jacob Krieg anfangen? Ihr tätet es wegen Österreich nicht! Der Stärkere ist, wer Gewalt übt selbst auf die Gefahr des Krieges.

Das möchte hingehen, wenn hier wirklich der Stärkere, Entschlossenere spräche. All und jeder Grund besteht, daran zu zweifeln. Der Gegenbeweis könnte leicht schon in dem jetzt vorliegenden Fall erbracht werden. Die Schweiz wird gewiß standhaft bleiben innerhalb der Grenzen des Rechtes. Darüber hinaus wird sie schwerlich gehen, und sollte sogar entgegen einem Urteil des Schiedsgerichtshofes der Entführte ihr nicht zurückgegeben werden, die Schweiz wird das Dritte Reich nur einfach seiner Schande überlassen. Wenn es aber anders wäre? Die Schweiz beschlösse, zur Vergeltung, deutsche Guthaben zu beschlagnahmen, was dann? Oder sie würde nicht nur finanz-politisch, sondern auch im Gebrauch der Polizei die Sitten des Dritten Reiches übernehmen. Gesetzt, sie holte einen höheren Nazi mit List und Gewalt über die Grenze – etwa den, der in Basel und Paris so verschiedene Masken trug, obwohl er jedesmal aus der Nähe des Alten vom Berge kam? Was dann? Würde das Dritte Reich in die Schweiz seine Bomben abwerfen und den Krieg entfesseln? Die große Abrechnung, an deren Ende es vielleicht mit anderen, ganz sicher aber mit ihm selbst aus wäre? Nein. Das täte das Dritte Reich durchaus nicht. Es müßte sich auf Proteste beschränken, wie die Schweiz. Die Kraft, den Krieg zu führen, der endgültig über sein Dasein entscheidet und auch den Fall Deutschland gleich mitbeendet – die Kraft hat das Dritte Reich weder, noch glaubt es ernstlich, sie zu haben. Es ist nicht stärker als die Schweiz, mit allen seinen Rüstungen und Soldaten nicht besser gefaßt auf das Schicksal als der Schwächste. Die anderen scheuen den Krieg, sie vertagen ihn? Niemand vertagt ihn so gern wie das Dritte Reich. Niemand hat so viel Grund, ihn zu scheuen.

Es nährt fortwährend die Kriegsgefahr: das ist seine Bestimmung. Es ist dazu geschaffen, während des Friedens kriegerisch zu sein und im Krieg zusammenzubrechen. Es kann nicht anders, als ihn fortwährend in greifbare Nähe zu holen. Dann überläßt es anderen, die Drohung wieder einmal beizulegen. Der Tag kommt vielleicht, an dem sie das Kunststück nicht mehr können. Das ist möglich oder wahrscheinlich; wer es aber bis jetzt überhaupt nicht in Rechnung stellt, ist das Dritte Reich. Es »schafft Tatsachen« und hofft, noch lange so weiter zu machen. Es würde sich nicht wundern, wenn es nach Gewaltstreichen, die geflissentlich übersehen werden, zuletzt alles durchgesetzt hätte, was es will, und das im Frieden. Die halbe Welt erobern ohne Krieg – bis man stark genug ist, um die andere Hälfte mit Krieg zu erobern: etwas ähnliches haben diese Dummköpfe sich allen Ernstes vorgenommen.

Sie sind innerlich kraftlos: erster, nie zu vergessender Satz. Wenn das Recht etwas eingebüßt hat von seiner Kraft, in derselben Welt, demselben Zeitalter ist die Gewalt von sich selbst nicht besser überzeugt als das Recht. Eins gehört zum anderen, eine Erscheinung ergänzt die andere. Heute kann die Gewalt nur greisenhaft, ungesund und verbrecherisch sein, nichts weiter kann sie sein als die erpresserische Auflehnung gegen die Gesittung, von der sie lebt und schmarotzt. Mag das Recht zu Zeiten geschwächt sein, aber diese Gewalt atmet Fäulnis aus anstatt der behaupteten Jugend. Die Gewalt, Marke Drittes Reich, hat keine anderen menschlichen Ursprünge als nur die beschämendsten. Sie ist schlechter Affekt, die Antwort auf selbst verschuldete Fehlschläge und Demütigungen. Sie ist Unzulänglichkeit und Rückständigkeit, nur zu einfach erklärbar aus der durchweg unglücklichen Geschichte eines Volkes. Sie ist ein Ergebnis kollektiven Niederganges, des Verfalls einer Nation – so wurde er nie beobachtet.

Der Geheimstaat

Der Staat, der gemeint ist, hat eine Fassade, die ist für die Blicke der Welt bestimmt. Was dahinter in Wirklichkeit vorgeht, kann immer abgeleugnet werden.

Der Staat hat keine eigene Öffentlichkeit und keine glaubwürdige Verbindung mit der Öffentlichkeit anderer Staaten: kein Parlament, keine Presse. Er ist verschlossen gegen Nachrichten von außen: sie sind das private Vorrecht weniger Personen. Er ist abgedichtet gegen Wahrheiten, die das Land verlassen möchten: den Weg finden nur Gerüchte. Der und jener soll auf eine verdächtige, aber unverbürgte Art gestorben sein. Attentate werden gemeldet, aber gegen wen eigentlich sollen sie begangen worden sein? Wer war der Täter, was ist aus ihm geworden?

Ein rastloser, bedenkenloser Kampf um die Macht wird geführt von wenigen Individuen hinter den undurchdringlichen Grenzen. Der Einsatz des Kampfes sind einige sechzig Millionen Menschen und nicht nur sie. Die ganze Welt wird am Ende die Verluste zu tragen haben. Sie weiß indessen nicht: wieso, weshalb, wofür.

Die innere Wirklichkeit dieses Staates bleibt ganz unbekannt. Ein tiefes Geheimnis ist das Maß seiner kriegerischen Vorbereitung, ein noch tieferes der Sinn seiner überstürzten Rüstung. Das tiefste ist die Denkart seiner führenden Männer, und ob sie überhaupt denken. Die Spra-

che dient ihnen scheinbar nur, um ihre Gedanken zu verbergen. Aber was verbergen sie? Was steckt in dieser Finsternis? Wie steht's um diese wenigen Machthaber und um ihre sechzig Millionen Untertanen? Was soll dieser ganze Geheimstaat?

Von Zeit zu Zeit zeigt er sich bei Tag und tut etwas Greifbares, Unbestreitbares. Er hat dann aus seinen Grenzen einige Verschwörer entsendet in ein anderes Land, wo sie für Rechnung des Geheimstaates jemand ermorden. In der Tschechoslowakei wurde jetzt jemand ermordet. Die Vollstrecker des Beschlusses sind im bequemen Wagen ruhig dorthin gefahren, haben mit einem Mißliebigen abgerechnet, und da wegen der späten Stunde die Zollschranken geschlossen waren, sind sie zu Fuß über die Grenze zurückgekehrt. Als die Schranken wieder offen waren, haben sie auch noch das Automobil abgeholt. Wegen eines Mordes läßt man kein Auto im Stich. Der Vorfall erregt lebhafte Entrüstung in dem Lande, das als Schauplatz herhalten mußte. Wie denn auch nicht! Das ist ein Land, man erinnere sich, wo jeder Hühnerdieb sicher ist, vor seinen ordentlichen Richter zu kommen. So sind diese Länder mit römischem Recht, bürgerlichen Freiheiten und mit öffentlicher Beaufsichtigung der Staatsgewalten. Plötzlich bricht eine fremde Staatsgewalt dort ein, im Schutz der Nacht begeht sie einen Mord und verschwindet spurlos.

Gegen alle Wahrscheinlichkeit wird sogar bezweifelt werden, daß hier wirklich eine Tat des Geheimstaates vorliegt. Was kann man anstandshalber sonst tun? Ein Beweisverfahren läßt er nicht einmal für seine inneren Verbrechen zu: wie viel weniger bei einem Mord außerhalb seiner Grenzen, der ihn »gar nichts angeht«. Übrigens mischen Demokratien sich nicht in die Angelegenheiten anderer Staaten ein. In ihre eigenen Kämpfe, Nöte und Skandale hat alle Welt offenen Einblick; aber mit einem Geheimstaat, von dem niemand nichts weiß, schließen die

Demokratien seelenruhig ihre Verträge und Gentlemen Agreements. Der Geheimstaat allerdings nimmt es weniger genau mit der Nichteinmischung. Er geht auf demokratischen Boden – um dort zu morden.

Horaz: Epist. I. I. 51.

Cui sit conditio dulcis sine pulvere palmae.
Das wär' mal nett, als feiger Hund zu siegen.

Rüstung

Am 16. März ist ein Herr Hitler von Berchtesgaden nach Berlin geflogen, eigens um Deutschland die verlorene Ehre zurückzugeben. Es scheint, daß er das kann. Der Vorgang sah dann so aus, daß eine geschlossene Gesellschaft, die Reichsminister, sich ihr eigenes Machwerk über die allgemeine Dienstpflicht vorlasen, worauf alle Heil brüllten, ganz für sich allein, wie in einer Gummizelle. Für Verbreitung war trotzdem gesorgt.

In den deutschen Rundfunk wurde gebrüllt: Deutschland erwache! Rache, Rache, Rache! Hierauf brach im ganzen Dritten Reich die bekannte Begeisterung los, Marke Drittes Reich. Es hat aber, solange es besteht, in heller Begeisterung seine Tage verbracht. Dienen mußte jeder auch schon vor dem 16. März. Das gesamte Einkommen der Nation wurde schon vorher für Rüstungen ausgegeben. Sie lebte schon vorher nur für den nächsten Krieg und wird weiter für ihn leben. Wer spricht von Ehre? Dieselben Herren, die in einemfort Frieden schwören – angesichts aller dieser weltbekannten Tatsachen. Dieselben Herren, die damals die Republik bemogelt haben mit ihrer »Legalität«, wie sie nachher die Mächte betrogen haben mit ihren diebischen Rüstungen und sie weiter betrügen möchten mit ihrer »Friedensliebe«. Haben die Sozialisten gespielt, um die Armen zu beganeffen, und inzwischen ließen sie sich bezahlen von den Konzernen und den Kanonenhändlern. Haben die Freunde, die sie in ihrem Volksverrat vielleicht noch stören konnten, unter ihrer persönlichen Aufsicht umbringen lassen. Haben jeden belogen und betrogen, mit dem sie zu tun bekamen: manchen, der zu wohl erzogen war, um die passende Antwort zu finden, und einen, der sie am Brenner allerdings laut genug aussprach.

Marschbereite Divisionen sind die Sprache, die das Dritte Reich versteht. Dann zieht es den Schwanz ein und will es nicht gewesen sein. Das ist seine Ehre. Diese Art Ehre kann es der Nation zurückgeben, sonst keine. Dort ist eine Nation von einer Verbrecherbande getreten worden zu glauben: List, solange man nicht die Gewalt hat, ist Ehre. Mit Gewalt vollendete Tatsachen schaffen, ist Ehre, sowie es ehrenvoll ist, die Verachtung der Mitwelt nicht zur Kenntnis zu nehmen, solange sie nicht marschiert. Ehre ist, keinem Widerstand zu begegnen, obwohl er leicht geleistet werden könnte, und dann müßte man den Schwanz einziehen, wie am Brenner. Aber dann würde eine Ehre, Marke Drittes Reich, aus anderen Ersatzstoffen hergestellt werden. Sie haben Ehre, und wenn sie ihre Ehre von der Müllabfuhr beziehen sollten.

Diese Deutschen, Neudeutschen, Jungdeutschen, Abfall- und Auswurfdeutschen, sie schwören ihrem Führer, daß sie gute Soldaten sein wollen: was hoffentlich genau so wahr ist wie seine eigenen Schwüre. Sie sind auch gute Arbeitsdienstler gewesen, sie waren gute Arbeitsfrontler, gute Abonnenten von Eher & Co., gute Heilbrüller, Blubobrüder, Gesinnungslumpen und Folterknechte – Nationalsozialisten und Knechte. Sie telegraphieren ihrem Führer: Wir wollen ebenso gute Soldaten als Nationalsozialisten sein. Dann würden sie also knechtische und feige Soldaten sein. Als Nationalsozialisten haben sie zu der Entwürdigung und Entrechtung der Nation geschwiegen oder sich sogar dafür begeistert. Die Abschaffung der persönlichen Freiheit, der Bürger- und Menschenrechte, ihnen war sie recht. Die Ausrottung des Wissens und der Erkenntnis, ihnen gefiel sie. Die Vertreibung der gefestigten Charaktere, ihnen paßte sie. Sie waren einverstanden, betrügerische Geschäfte mit dem Ausland zu machen und ihm seine Waren herauszuschwindeln ohne Entgelt, vermittels der Reichsbank. Sie lachten sich ins Fäustchen, wenn fremdes, geliehenes Geld in Deutschland zurückbehalten wurde, als wäre das kein Diebstahl. Sie verstanden die Welt, als andere Länder die Waffen, mit denen sie vernichtet werden sollen, selbst lieferten gegen bar. Waffen sind das einzige auf Erden, das man wirklich bezahlen muß: darin versteht sich der Nationalsozialist mit der Welt.

Das Dritte Reich hat keinen einzigen ehrlichen Verbündeten, aber es hat Mitgauner. Es kann sich auf kein Land verlassen, aber auf die Gewinnsucht fremder Rüstungsindustrien. Das Dritte Reich hat seine Chance darin, daß der Weltkapitalismus hinausgewachsen ist über die Nationen und ihr Wohl und Weh, sein Zweck ist nur noch er selbst. Er hat seine Finger im Dritten Reich, und dieses seine Krallen bei ihm. Das Dritte Reich baut darauf, daß in den anderen Ländern die politischen Beauftragten dem eigenen Rüstungskapitalismus nicht widerstehen können und jedem Versuch dazu ausweichen, unter dem Vorwand, daß sie kriegsunlustige Völker regieren. Das vorgeschrittenste der kapitalistischen Reiche ist in Wahrheit das Dritte: hier ist ein geldloser Nationalismus unausweichlich in die Abhängigkeit Fremder geraten. Hier regiert der Weltkriegskapitalismus offen und persönlich. Hier hat er sich, als politische Beauftragte, blutige Komödianten angestellt.

In dieser Tatsache liegt das Schicksal beschlossen. Die

blutigen Komödianten versehen ihr Amt; von einem begeisterten Gebrüll zum anderen, alles nur erst Probe, werden sie plötzlich in die Tragödie geraten, und es wird Abend sein – nicht allein für sie, für die uns bekannte Welt. Das war nicht unbedingt notwendig vor dem Antritt des Dritten Reichs. Seit es da ist, pflanzen sich Ungesetzlichkeit und Unrecht wie eine ewige Krankheit fort. Ein Volk mußte gefunden werden, das, angesiedelt auf einem zusammenhängenden Gebiet, sich zu der echten Würde einer Nation dennoch nie erhoben hat. Es ist mit Wonne unfrei, kritiklos und berauscht. Es neigt zum sinnlosen Lärm und Auftrieb. Mit Rausch betäubt es das Gefühl, schlecht weggekommen zu sein. Diese Deutschen sind die Rechten, um die Vernunft zu verachten! Ein Tag Vernunft, und sie wären aus Scham in den Boden versunken.

Ihre regierenden Komödianten machen ihnen bis jetzt noch nationales Erwachen vor. Die Schmiere spielt Größe und Ehre der Nation. Die Künstler brüllen, bis sie der Schlag trifft, vor einem Weltparterre, das durch seine gesitteten Begriffe verhindert wird, sie von der Bühne zu schießen. Einzig die Deutschen nehmen sie für voll. Die Deutschen merken nicht, daß der gemeinsame Wille eines kapitalistischen Systems, das in sein Verderben rennt, sie ausersehen hat und vorschickt; ihnen diesen Führer angehängt hat; sie im voraus bestimmt hat, Anstifter und Ausführer der Katastrophe zu sein oder dafür herzuhalten im allgemeinen Bewußtsein. Genau genommen sind sie nichts als rauschsüchtige Dummköpfe, regiert von schlechten Komödianten. Siegesfeiern ohne Sieg, große Männer, die nicht einmal Männer sind, Gebrüll ohne Inhalt, Volksverbundenheit in der Lüge, im Selbstbetrug, in der alleräußersten Instinktlosigkeit: das ist der deutsche Fall.

Aussicht besteht, daß er diesmal bis ans Ende führt. Nicht der Führer führt, sondern der Fall Deutschland.

Was den Führer angeht, kann er selbst nachlesen in der Bibel, die ihm mit Recht verhaßt ist: »Wie der Hund zu seinem Gebrochenen zurückkehrt, also der Narr zu seiner Torheit.« Nach Vollendung seiner letzten Torheit, inmitten der Katastrophe sollte er es nachlesen. Solange ist es für ihn ohne Sinn, und wahrscheinlich sogar dann.

Die Schmiere

Die nächste Welttragödie ist im deutschen Rundfunk angekündigt worden mit dem Gebrüll: »Deutschland erwache! Rache! Rache! Rache!« Die allgemeine Wehrpflicht konnte nur mit diesen Nebengeräuschen wieder eingeführt werden. Das reimt sich, und es regt die Leute auf. Es ist eine so unmittelbare, echte Regung, siebzehn Jahre nach einem verlorenen Krieg »Rache«, und das Reimwort zu brüllen. Auch stimmt es glänzend überein mit dem, was die Reichsregierung von sich gibt: Verteidigung, nichts als Verteidigung! Die leider kriegsunlustigen Feinde haben sich siebzehn Jahre lang nicht gerührt. Endlich verteidigen wir uns. Rache! (Und das Reimwort.)

Historische Wendungen und Schicksalsstunden sind bei den neuen Deutschen notwendig von Gebrüll begleitet, und eine verlogene Inszenierung ist unerläßlich. In Saarbrücken, bei der Feier des größten Sieges aller Zeiten ist der größte Mann aller Zeiten nicht etwa eingetroffen wie sonst Personen, die den Ort wechseln. Aus dem Boden gewachsen war er plötzlich – Reichsführer, Reichskanzler und Reichsauto waren dem Reichsblubo entsprungen, man wußte nicht, wieso, und schon redeten sie. Schon stand auch die eiserne Mauer der SS eisern um sie her, um Reichsführer, Reichsauto, Reichskanzler. Keine Maus hätte hindurchgekonnt. Aber ein Mütterchen aus dem Volk und an ihrer abgearbeiteten Hand ein kleines Kind aus dem Volk, die gelangten dennoch hindurch und machten es täuschend, wie man vor dem größten Mann der Weltgeschichte verwirrt, aber treu dasteht. Beide waren aus einem Staatstheater bezogen. Der größte Mann seinerseits machte sofort und ohne Besinnen alles, was in die Szene gehörte: gerührtes Lächeln, Händedruck und Huld, dicke Huld, und Volksverbundenheit, faustdicke Volksverbundenheit. So sieht sie aus, so wird sie gespielt und gedreht.

Wie sieht Begeisterung aus? Eine Regierung – das Letzte auf Erden, was sich begeistert, aber auch sie kann nicht anders, die Reichsregierung führt dem ganzen Orbis pictus begeistert vor, wie sie begeistert ist über die wiedererrungene allgemeine Wehrpflicht. Im Reichssitzungszimmer ziehen die Reichsminister nach Verlesung ihres eigenen Beschlusses einen Klamauk auf, das war nicht da. Zehn oder zwölf Personen in einem geschlossenen Raum, und rufen Heil! Heil der Reichsführer! Umarmen einander und küssen sich auf die Reichsbacken. Eine Spitzenleistung für die Wochenschau. Heil! Je mehr Heilrufe, umso heilloser nachher die Tragödie. Aber schlechte Komödianten pflegen das Stück, das sie spielen, nicht zu kennen.

Sie verstehen es nicht. Sie sehen in ihren Rollen nur Gelegenheiten für falsche Töne, Knalleffekte und Wichtigtuerei. Immer das Gröbste, und die ordinäre Zuversicht, daß es zieht. Die Schuld an der Wiedereinführung der allgemeinen Wehrpflicht soll auf Frankreich abgewälzt werden, wegen des Alibis für den kommenden Verteidigungskrieg. Niemals werden sie begreifen, wie solche Künste wirken, was man empfindet für die Künstler. Man empfindet Bedauern über so viel Hemmungs- und Schamlosigkeit. Man ist untröstlich über die eingefleischte Lügenhaftigkeit, die von Ehre faselt, nationaler Ehre, und die verloren gegangen war mangels der allgemeinen Wehrpflicht.

Vom Reichsführer und Reichskanzler, der im Reichsflugzeug mit seinem Reichsflugzeugführer nach Berlin eilte aus Berchtesgaden – nicht zu vergessen Berchtesgaden, ist der Nation am 16. März die Ehre zurückgegeben worden. Wer hatte sie vermißt? Niemand. Wer glaubt das alles? Kein Mensch. Ein guter Schauspieler sagte einst zu einem weniger guten: »Gehen sie in die Wirtschaft, bestellen Sie ein Butterbrot und ein Glas Bier: man glaubt es Ihnen nicht!« So sind sie. Von solchen Untalenten – wie beschämend für alles, was Menschengesicht trägt! – wird der erste Satz der nächsten Welttragödie gesprochen werden.

Betrug an der Jugend

Was beim ersten Blick auffällt: die jungen Geschlechter im Dienst der Diktaturen sind eine recht seltsame Mischung aus Empörergeist und Drang nach Unterordnung. Unehrerbietig bis zum äußersten gegen alles, was nicht zu ihnen gehört; aber das gleichen sie reichlich dadurch aus, daß sie unter ihren eigens gewählten Herren auf jede Selbstbestimmung verzichten. Wahrscheinlich finden sie das besonders ehrenvoll, von wegen des Führerprinzips. Dafür nützen ihre Führer sie gründlich aus. Den Führern ist es gelungen, beträchtlich vielen Jungen den Glauben beizubringen, daß nichts so sehr herunterbringt und zersetzt wie selbständiges Denken – womit den Jungen zugleich verboten ist, über ihre eigene Zukunft ernstlich nachzudenken. In hoher Achtung steht dagegen bei ihnen das Gemeinschaftsdenken, obwohl der Gedanke, der in Menschenmassen aufgelöst wird, keiner mehr ist. Nichts bleibt zurück außer Schlagworten und unerlebtem Gerede. Das Denken einer verantwortungslos und in Unterwerfung erhaltenen Masse kommt darauf hinaus, was der

Führer denkt, und der denkt vielleicht nichts. Die Prüfung ist verboten.

Diese Art Jugend ist demnach empörerisch mit der Neigung, sich sogleich wieder unterzuordnen; ist geistfeindlich, aber eingestellt auf unüberlegte Begeisterungen und truppweises Auftreten. Zu riesigen Verbänden zusammengeschlossen, hat sie den Diktaturen geholfen Fuß zu fassen und hat sie von vornherein bejubelt – dies allerdings nur erst in Ländern, die sich kaum jemals frei regieren konnten und keine staatsbürgerliche Erziehung gekannt haben. Da ist es nicht weiter erstaunlich, daß solche Jungmannschaften hereinfallen konnten auf jedes marktschreierische Geschwätz über Verderbtheit und Schwäche der Demokratien. Erstens hatten sie keine Ahnung. Außerdem hätten sie nur mit ernsthafter Arbeit aus den Demokratien etwas Besseres machen können. Natürlich war es leichter, in Massenaufzügen mitzulaufen, besonders für die Jungen unter zwanzig Jahren, wie in Deutschland.

Übrigens kann es nicht anders sein, als daß die Jungen desselben Zeitalters einander überall mehr oder weniger ähnlich sehn. Gesinnungen, wie gewisse Sprößlinge der alten Demokratien sie bekennen, sind manchmal ganz die gleichen, die ihre Altersgenossen in den Diktaturländern schon verwirklicht finden. Auch in den alten Demokratien fühlt eine Minderheit der Jungen einen unüberlegten Haß auf alles, was vor ihnen da war, und um jeden Preis möchten sie revolutionär sein. Gerade so war den jungen Deutschen zumut, bis ihr Jammer einige von ihnen darüber belehrte, daß sie für die genau entgegengesetzten Zwecke mißbraucht worden waren: zur Verlängerung überlebter Vorrechte und Interessen. Reich gegen arm – ist die nackte Tatsache. Aber betrogene arme Jungen geben sich her für Diktaturen, deren geschminkte Gewalt nichts ist als eine faule Ausrede, um alt und erbärmlich zu sein.

An die jungen Deutschen gab kürzlich einer ihrer Führer den Befehl aus, mit den Kämpfen der Generationen habe es gefälligst aufzuhören, genau wie mit den Klassenkämpfen. Das hieß, daß diesen Revolutionären jetzt, da sie ihre Schuldigkeit getan hatten, jeder Empörergeist verboten wurde. Sollen sie in Reih und Glied bleiben und kuschen. Die Jugend, heißt es ausdrücklich, ist nur ein »Stand«, eine »Korporation« wie die andern, die jede ihren unverrückbaren Platz angewiesen bekommen in diesem Staat und seiner wiedererrichteten mittelalterlichen Ständeordnung. Das ist herausgekommen bei den Bemühungen einer Jugend, die vor noch gar nicht langer Zeit sich selbst für revolutionär hielt.

Man unterscheidet nicht mehr, ist es Verzweiflung, Stumpfheit, Schwäche, weshalb diese Jungen alle die Lügen ihrer Führer noch weiter hinnehmen und mitmachen. Da sind die Rüstungen und daneben das unverschämte Windmachen, um nur ja unschuldig dazustehen im Fall eines neuen Krieges, einer neuen Niederlage. Da ist eine schwindelerregende Korruption, neben ihr verblassen sämtliche Skandale aller Demokratien. Das Elend aber wird nicht wirklich verdrängt, nur weggezaubert wird es mit Kniffen und Pfiffen; wer arbeitet, verdient weniger als sonst der Arbeitslose. Aber die sogenannten Arbeitgeber, die nicht viel zu vergeben haben, versichern die sogenannten Arbeitnehmer, anstatt sonstiger Lohntüten, ihrer Achtung – im Namen der gemeinschaftlichen Rasse. Schnickschnack, um ein Volk, das darauf hereinfällt, in erniedrigender Abhängigkeit zu erhalten. Die Staats- und Hitlerjugend nimmt ihn für recht und wahr. Sie frißt sich mit einer verlogenen Gehässigkeit voll: Deutschenhaß gegen die Mehrheit ihrer Landsleute und nationaler Welthaß, dieser so unredlich wie jener. Die seelische Haltung des Dritten Reiches entsprach bis in die neueste Zeit genau dem Zustand seiner eingeschworenen, einverleibten Jugend – noch nicht mitgerechnet die blutigen Taten, an denen diese sich gleichfalls mitschuldig gemacht hat während der Periode ihrer Verzückung, als sie einer Menschengattung ohne Treu und Glauben zur Macht verholfen hatte. Sie kann sich Glück wünschen; nur das Recht hat sie nicht, Anklage zu erheben gegen die Männer der vorigen Geschlechter. Die mögen Trümmer verursacht haben, aber das ist nichts, der Welt steht ganz anderes bevor dank den gelehrigen Jungen.

Gewiß kommt es vor, daß junge Deutsche nachträglich Reue empfinden. Manche täten, was sie getan haben, wohl nicht noch einmal, zum Beispiel die Referendare und künftigen Studienräte, die sich, unter Hitler in Lager gesperrt, auf ihre Prüfungen vorbereiten dürfen. Sie sollen merken, daß niemand geistige Arbeit vorzuschützen hat. Körperliche, militärische Ertüchtigung muß sein, und nicht das Wissen. Es gibt nur eine starre Lehre und keine freie Meinung. Der Austausch freier Meinungen könnte am Ende dazu führen, daß sie zu verstehen anfangen und denken lernen. Aber macht nicht auch das Verbot des Denkens, daß die besser Begabten der Gewalt widerstehen und wenigstens die Ohren öffnen? Ist es so weit? Dann wäre es an der Zeit, zu ihnen zu sprechen.

So zu sprechen:

Studenten!

Ich bin Ihnen nicht ganz unbekannt, meine Herren, denn der Führer Ihrer Hochschulen, Reichsminister Dr. Rust, hat als preußischer Kultusminister Februar 1933 zu Ihnen über mich gesprochen. Sie haben damals mit ihm darin übereingestimmt, daß meiner Laufbahn ein jähes Ende bereitet werden müßte: was auch alsbald geschah, wenigstens in dem Machtbereich Rustens und seiner Kumpane. Das war noch vor dem Reichstagsbrand, man hatte es eilig mit mir, darauf berufe ich mich heute. Wenn sie Februar 1933 besonders wenig Gutes von mir hielten, müßten Sie August 1935 mit – sagen wir: mit Rührung meiner gedenken. Ich war das erste Opfer eines Irrsinnigen, der Ihnen heute als irrsinnig bekannt ist. Seine Kumpane sind mittlerweile von Ihnen durchschaut; Sie wissen auch Bescheid über einen Staat, der von lauter Minderwertigen beherrscht wird. Diese Minderwertigen sind ihres Selbstschutzes wegen die Feinde des Intellektes, während Sie, meine Herren, nun einmal Intellektuelle sind, ob Sie wollen oder nicht.

1933 meinten Sie, antiintellektuell handeln zu dürfen. Es wird befürchtet, daß einige mehr getan haben, als sich jemals vergessen ließe. Von ihnen ist anzunehmen, daß sie nach wie vor der Überzeugung sind, um der Rasse willen wären Verfolgungen erlaubt, und wer national sei, habe das Recht zu töten. Die meisten derer, die in ihrem Leben keine unwiderrufliche Tat haben, sollen 1935 gründlich anders denken, über fast alles, und besonders über das Nationale. Ich weiß nicht, ob sie wirklich nach zwei Jahren von Grund auf verändert sein können. Ich war nicht national, vielleicht kostet es die Herren auch jetzt noch Überwindung, mich anzuhören. Dann wird gebeten, sich zu überwinden. Mir selbst fällt es nicht leicht, zu Ihnen zu sprechen, die vor kurzem so national waren.

Es sollte unterstellt werden, daß Sie sich von nationalen Hochstaplern nicht mehr beschwindeln und hinreißen lassen. Sie haben Zusammenhänge begriffen zwischen der Gesunkenheit des Wortes national und dem Tiefstand derer, die Geschäfte damit machen. Die Nation, einst ein geistiger Begriff Schillers, ist erniedrigt zum Gebrauchsgegenstand Ihres Irrsinnigen und seiner Kumpane, lauter Minderwertige. Sie würden fehlgehen, wenn Sie dies für zufällig ansähen. Es ist ein Gesetz. Die Ideale, schlecht behütet, fallen in die Hände von Interessenten; und die letzte Garnitur der Interessenten sieht so aus wie Ihr Irrsinniger und seine Kumpane. Ich halte mich nicht lange dabei auf zu versichern, daß die Heimatliebe bestehen bleibt. Was den Nationalismus betrifft, ist sein endgültiger Ausdruck das Dritte Reich. Genau wie dieses, ist er niedrig, gemein und eine Sache des menschlichen Abhubs.

Versichert wird, daß Sie, meine Herren, das Dritte Reich je eher je lieber verschwinden sähen. Ich frage: mit Ihrer Hilfe? Und rufe Ihnen zu: Nur mit Ihrer Hilfe! Wollen Sie bedenken, wessen das Dritte Reich sich erfrecht hat gegen den Intellekt. Es hat lügenhafte, abscheuliche Lehren benutzt, um ihn zu beleidigen, zu verdrängen. Es betätigt eine nichtswürdige Leidenschaft für die Austreibung des Wissens, die Stillegung der Erkenntnis, den Tod der Vernunft. Merken Sie wohl, daß alle seine Handlungen und das ganze Wesen dieses Reiches zuletzt gegen Sie selbst gehen! Hier sind Sie, die den Intellekt gewählt haben für Ihr ganzes Leben – dort aber ein Staat, der ihn haßt und sich erst sicher fühlen könnte nach seiner Niederkämpfung. Jeden ihrer anderen Feinde hassen die Herren des Dritten Reiches auch deshalb, weil das wahrhafte Denken für den Feind und gegen das Reich entscheidet. Den Intellekt allein hassen sie ganz und gar um seiner selbst willen. Ihr seid die Hauptperson im Drama, Studenten!

Erfaßt es tief! Laßt euch von mir, den ihr übrigens verstehen mögt oder nicht, wenigstens das Eine sagen und bis nah ans Herz bringen: Denken und Erkennen sind die einzige Art, das Leben zu verbringen, die zuletzt gelohnt hat. Darum verpflichtet sie auch. Ihr habt die Art gewählt, ihr seid verpflichtet, euch einzusetzen für eure Wahrhaftigkeit. Bekennt und handelt! Verständigt euch und seid einig! Menschen, die wahrhaftig sein wollen, heute trennt sie nichts, besonders keine Wirtschaftsdoktrin. Die künftigen Einrichtungen ergeben sich aus den heutigen Tatsachen. Das Dritte Reich war da, um desto sicherer sein Gegenteil heraufzuführen. Dies Reich ist gemacht aus schlechten Instinkten und verrotteten Interessen. Was verlangt wird, Studenten, ist echte Jugend, die für hochherzig gilt, und die Wahrhaftigkeit, die euer Beruf sein soll.

Der Pimpf

Das einzig Richtige ist wirklich eingetreten: die deutschen Jungen sind zu Pimpfen ernannt worden. Pimpfe huldigen dem Führer. Pimpfe überreichen ihre selbstgefertigten Geschenke. Pimpfe treiben Leibesübungen, lehnen geistige Betätigung indessen ab, da sie die Entstehung sexueller Vorstellungen begünstigt, wie in dem Buch aller Deutschen »Mein Kampf« zu lesen steht. Das letzte Ziel ist allerdings, daß kein Pimpf mehr lesen kann. Nur noch, bis »Mein Kampf« die Weltauflage der Bibel überschritten hat, dann Schluß, es wird ausschließlich geturnt.

Nun ist zu unterscheiden zwischen Instinkt und Überlegung. Durchaus überlegt sagt man dummen Jungen: Ihr könnt so bleiben, braucht weder etwas zu lernen noch eure knabenhafte Roheit zu beherrschen; und die gedankenlose Selbstsucht, die jedes Kind von Natur hat, die erhaltet euch das ganze Leben hindurch, die ist die männlichste Tugend! Wer das der Jugend sagt, der hat sie. Etwas anderes will sie ja gar nicht, das ganze Menschengeschlecht hat eigentlich nichts weiter im Sinn gehabt als nur seine körperlichen Verrichtungen, die ohne Mühe von selbst eintreten: laufen, die Fäuste gebrauchen und den Darm entleeren. Alles Übrige ist von wenigen durchgesetzt worden unter unsäglichen Anstrengungen. Diese erlitten immer wieder Pausen dadurch, daß Priester und Weise tot geschlagen wurden von denen, die roh und dumm bleiben wollten: von den Nationalsozialisten aller Zeiten.

Soviel tut bei der Behandlung der Pimpfe die Berechnung – die aber nicht überschätzt werden soll. Niemand bekommt die Pimpfe auf seine Seite, er wäre denn selbst einer. Sein Instinkt muß mit dem ihren übereinstimmen, wie es bei einem Führer ohne weiteres der Fall ist. Was wollen sowohl der Führer als der Pimpf? Sie wollen ihr Gehirn aus dem Spiel lassen, dagegen viel brüllen, körperliche Verrichtungen und Gebrüll. Ferner ist alles ihr Recht, was sie sich wünschen. Mit Gewalt kann man einem schwächeren Pimpf die Murmeln abnehmen. Dem starken Krämer muß man die Pralinen heimlich klauen. Auf einem, der am Boden liegt, wird herumgetrampelt mit kindlicher Grausamkeit; ja, ein ganz kleiner Pimpf, der mit der Axt spielt, sagt etwa zu seinem Schwesterchen: »Leg' dich hin, Dolfi haut dir Topf ab!« Es kommt auf die Umstände an, ob rechtzeitig jemand einschreitet.

In München hatte das Wort Pimpf, wenn ich mich noch erinnere, nicht einfach den Sinn von Stift oder kleiner Junge: viel Geringschätzung klang mit. Pimpf dalketer, das sagte man. A so a gescheiter Pimpf wird im Volksmund nicht vorgekommen sein. Übrigens bezeichnete der Ausdruck auch Erwachsene, die man herabzusetzen wünschte: fader Pimpf. Pimpf damischer, gehst weg! Das können die Deutschen heute nicht sagen zu ihren großen Oberpimpfen, besonders nicht zu dem höchsten. Die Deutschen haben sich mit ihrer gewohnten Knetbarkeit samt und sonders zu Pimpfen machen lassen. Jetzt geht das Spiel weiter, unaufhaltsam. »Do legst di hi, Dolfi haut dir Topf ab!«

Deutsche Menschen und Dinge enthalten mehr, als die Welt weiß, von infantiler Freudigkeit. Ein Staat, der nie fertig werden konnte, eine Nation, die keine erwachsene Nation ist, und Menschen, die nicht als Fachleute, aber als Menschen um Jahrhunderte zurück sind, feiern gerade dies als ihren Dynamismus. Das Wort Pimpf trifft die Sa-

che besser. Die Gesichter der Sportler, die mit gereckten Armen und unfehlbar das Maul aufgerissen zum Gebrüll, ihren Führer grüßen, stimmen genau überein mit seinem eigenen: er ist von sich so begeistert wie sie von ihm. Warum trägt er immer den Regenmantel? Unter Kaiser Wilhelm war Hohenzollernwetter, jetzt scheint es dort in einemfort zu regnen. Ganz gleich, von unten aufgenommen, so daß der Photographierte sehr viel Mund und gar keine Stirn hat, mustert er trotzig den Regenhimmel, und mit ihm alle Pimpfe.

Kiekt man! Jahrhunderte, die ihr versäumt habt und rückgängig machen möchtet, blicken auf euch herab. Heil Pimpf!

Betrug an den Völkern

Das Berliner Auswärtige Amt schickte kürzlich seinen diplomatischen Vertretungen gewisse Anweisungen, die zwar geheim bleiben sollten und auch wirklich das Licht scheuten; aber schließlich kommt so etwas immer heraus. Wie dort ersichtlich, hat das Dritte Reich das Bestreben, von der übrigen Welt allein gelassen zu werden. Vielleicht ist das Alleinbleiben in Wirklichkeit weniger seinem Bestreben zu danken als seinem Versagen. Genug, die Tatsache, die ja wirklich eingetreten ist, wird von dem Minister auf seine langfristigen Pläne geschoben; denn diese müssen undurchsichtig bleiben.

In dem Schriftstück gesteht dieselbe Regierung, daß England ihr noch nicht freie Hand gelassen hat gegen Rußland. Sie hofft es aber bald zu erreichen, wenn sie dem Unternehmen, in den Augen der bürgerlichen Demokratien des Westens, einen Anstrich von »Kreuzung gegen Bolschewismus« gibt. In Wahrheit will die deutsche Regierung gerade verhindern, daß die Nationen sich über irgend etwas einig werden. Die Anweisungen sprechen von der »Aushöhlung« aller Pakte und davon, daß Deutschland alle Versuche, den Frieden zu befestigen, stören solle. Genug, ein Ausfluß schöner Seelen.

Dagegen soll das Dritte Reich, stark wie es ist, alle Pakte selbst in die Hand nehmen und die gesamten Kräfte der Welt zu seinem persönlichen Vorteil ausnutzen. Was die Welt sich von solchen Dummköpfen bereitwillig gefallen lassen wird. Diese Leute sind entschlossen, ein Heer zu haben, zweimal so stark wie das französische – »entsprechend der Bevölkerungsziffer«. Übrigens hat das französische Imperium hundert Millionen Einwohner. Von dem mitteilsamen Minister erfährt man noch, daß in allernächster Zeit auch in Österreich die Nazis zur Macht kommen werden: Papen hat es selbst gesagt. Das bedeutet dann nicht nur den Anschluß, sondern eine große Koalition mit Berlin an der Spitze. Wie praktisch, daß vorher Barthou »auf der Flucht erschossen« worden ist. Von dem Tage an besteht der offene Anspruch auf die Leitung der europäischen Geschäfte seitens des einzigen Staates, der einzigen Regierung, die jemals einmütig angeprangert sind wegen sittlicher Minderwertigkeit – und das von der Vertreterschaft alle anderen Nationen des Völkerbundes, in seiner feierlichsten Sitzung. Das sittliche Urteil der Menschen für nichts zu halten, sich einzubilden, entgegen dem sittlichen Urteil könnte man die Führung der Welt an sich reißen: wer hat diese nordische Chuzpe? Die größten Dummköpfe, die seit tausend Jahren aufgetreten sind; man soll sie doch bei Namen nennen.

Den Diplomaten, die den Auftrag bekommen, wird empfohlen, in Gesprächen besonders hinzuweisen auf die »Gefahr«, die das Dritte Reich schon jetzt darstelle. Dadurch sollen sie die »Unentschlossenheit« der Gegner noch vermehren. Unter den Diplomaten ist indessen dem einen oder anderen bekannt, was in Berlin niemand weiß:

daß die Unentschlossenheit abnimmt in dem Grade, wie die sittliche Verurteilung feststeht.

Die besagten Instruktionen sind ein Zeugnis ausgemachter Bosheit, aber ihre Dummheit ist noch größer. Solche Sachen schreibt man nicht hin, solange man einen Rest von Verstand hat. In den deutschen Botschaften und Gesandtschaften gibt es Personen, die für die Naziwirtschaft nur Verachtung hegen: darin unterscheiden sie sich von keinem anderen Deutschen mit Verstand und Gewissen. Es ist unsinnig, immer neue Schrecken zu ersinnen für eine ohnehin geängstete Welt, zu der man selbst gehört. Wem es endlich gelänge, sie »auszuhöhlen«, der stürzt mit ein, und Kriege oder »Kreuzzüge« stellen sich am teuersten grade für den, der sie gar nicht erwarten kann. Denn seine Erkrankung und sein innerer Verfall sind offenbar am weitesten vorgeschritten. Herr Hitler soll Machiavelli gelesen haben; aber mit Schlichen, die vierhundert Jahre alt sind, wird man nicht Herr über eine Welt, die auf nichts so begierig ist wie auf Klarheit, ja, Güte.

Wäre es anders, dann hätte der Völkerbund sich schon längst aufgelöst. Er ist schwach, er ist widerspruchsvoll und so langsam? Gewiß; und noch andere hat er von den gewöhnlichen Nachteilen der Menschennatur. Aber nicht ihretwegen ist er geschaffen und dauert: sondern weil tatsächlich eine neue Idee vom Zusammenleben der Völker ihr Organ braucht; das wird dauern und erstarken. Die sittliche Verurteilung des Hitlerschen Staates ist keine Ausflucht und Verlegenheit, sie ist das Stärkste, was gegen einen unzeitgemäßen Staat getan werden kann. Ihm wird gesagt, daß er veraltet ist; denn Staaten, die im Geringsten an der Zukunft sollen teilhaben, können sittlich nicht verurteilt werden. Das Gefühl und die Scham würden sich weigern. Wer das neue Rußland nicht brauchen konnte, hat anfangs versucht, es niederzuschlagen. Niemals hat das neue Rußland eine einmütige sittliche Verurteilung erfahren.

Dem Hitlerschen Staat wird durch Genfer Beschluß eröffnet, daß er veraltet ist durch die Ungeheuerlichkeit seiner Ansprüche, denn sie sind leer und ohne Gegenstand. Weltherrschaft, das war einmal. Sie konnte auch niemals von Nationalisten unternommen werden, grade von ihnen nicht. Der Internationalist Bonaparte hat den Versuch einer Einigung Europas machen können, mit Mitteln, die beinahe zureichten: sie waren nicht allein militärisch, sie waren sittlich. Der Kaiser zog nur die Folgerung aus der Tatsache, daß im achtzehnten Jahrhundert die Einigung Europas hergestellt worden war auf Grund französischer Ideen. Die Schriftsteller hatten Erfolg gehabt, der Soldat brauchte nicht zu unterliegen. Er unterlag durch eigene Fehler; einer war, daß er Preußen, 1808 ein Land von sieben Millionen Einwohnern, groß entwaffnete. Er hätte sie weiter exerzieren lassen sollen, bis sie schwarz wurden.

Der nationale Rummel, der auf die erste Entwaffnung folgte, ist seit der zweiten, 1919, nachgeahmt und noch weit überboten worden: Jetzt in einem durchaus ungeeigneten Zeitpunkt. Diese Welt ist gegen Waffen eingenommen, wie ein Mann, der Besseres zu tun hat, als um sich zu schießen. Zuletzt betrügt niemand sie in diesem Betracht. Keinem wird verziehen, daß er sich grade heute neu bewaffnet. Er selbst vermutet bei seinen »Gegnern«, den Miteuropäern, einfach »Unentschlossenheit«. Er irrt; es ist vielmehr der Zustand, während dessen neue Begriffe sich bilden und erlösende Beschlüsse reif werden. Davon läßt der »Unterhöhler« sich nichts träumen: er hält bei 1808, Rache und erwache, rüste mich, brüste mich, größtes Schwein nur wir allein. Denn auch die Reimwut hat der Wüterich. Der nationale Wüterich fängt an, in diesem Europa ein archaistischer Typ zu sein. Alle anderen nehmen von ihm Abstand. Er selbst ist stolz auf seine Schrecklichkeit. Zugleich aber führt er den anderen vor Augen, wie man nicht sein, wie man nachgrade auf keinen Fall mehr sein darf. Das ist gut gegen Versuchungen.

Massenbetrug

Der Führer der deutschen Massen hat wieder einmal zu den Weltmassen gesprochen. Es ist ihm zur Gewohnheit geworden. Er wendet sich niemals an seine Deutschen allein, und wozu auch: die wissen ohnedies, was er ihnen zu eröffnen hat. Auch darüber sind sie belehrt, daß sie betrogen werden sollen, und sie machen mit. Man kann es Drill nennen oder sie für Mitschuldige halten. Vielleicht ergeben sie sich auch nur in das Unvermeidliche. Anders als mit den deutschen steht es mit den fremden Massen. Ihnen kann der deutsche Führer nicht alles so sagen, wie er es meint. Er wird ihnen nicht ohne Umschweife sagen, daß er darauf ausgeht, auch sie in Fesseln zu legen, sie erst einmal zu besiegen, jede Nation einzeln, wie es sich gehört, und alsdann ihnen alle erdenklichen Rechte wegzunehmen, sogar das Recht, an Gott zu glauben oder nach Belieben zu heiraten.

Dagegen bemüht sich der deutsche Führer, den internationalen Massen weiszumachen, daß er der Erwählte der Massen ist und mit größerem Recht die Macht ausübt als jeder Vertreter der alten Demokratie. Die neue, viel wuchtigere Demokratie, sie verkörpert sich in ihm, denn ihn haben nicht eine oder mehrere Parteien vorgeschickt. Die gesamte Nation, kein einziges Individuum ausgenommen, für sie steht er da. Auf diesen Trugschluß beruft sich allerdings der nationalsozialistische Staat, wobei jeder weiß, daß es ein Trugschluß ist. Mißverständnisse kann es nicht geben, weder über die Hunderttausende politischer

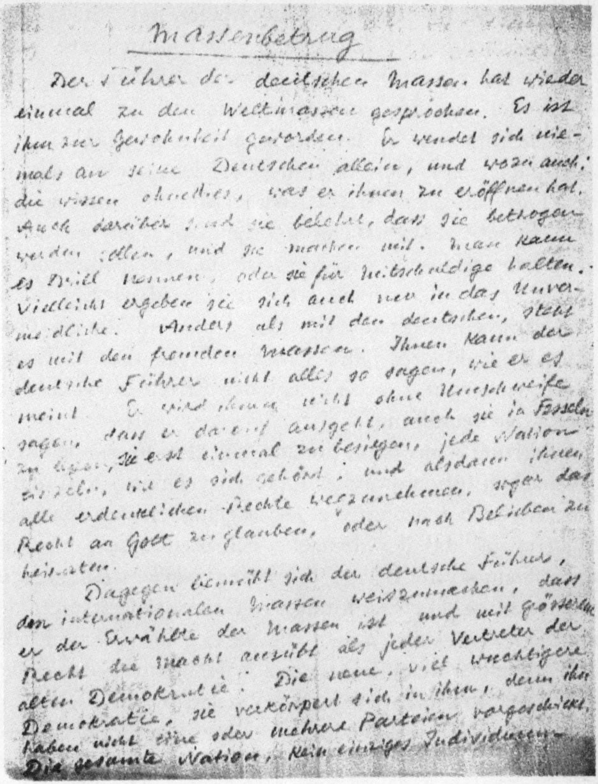

Massenbetrug

Der Führer der deutschen Massen hat wieder einmal zu den Weltmassen gesprochen. Es ist ihm zur Gewohnheit geworden. Er wendet sich niemals an seine Deutschen allein, und wozu auch: die wissen ohnedies, was er ihnen zu eröffnen hat. Auch darüber sind sie belehrt, dass sie betrogen werden sollen, und sie machen mit. Man kann es Drill nennen, oder sie für mitschuldige halten. Vielleicht ergeben sie sich auch nur in das Unvermeidliche. Anders als mit den deutschen, steht es mit den fremden Massen. Ihnen kann der deutsche Führer nicht alles so sagen, wie er es meint. Er wird ihnen nicht ohne Umschweife sagen, dass er darauf ausgeht, auch sie in Fesseln zu legen, sie erst einmal zu besiegen, jede Nation [illegible], wie es sich gehört; und alsdann ihnen alle ordentlichen Rechte wegzunehmen, sogar das Recht an Gott zu glauben, oder nach Belieben zu heiraten.

Dagegen bemüht sich der deutsche Führer, den internationalen Massen weiszumachen, dass er der Erwählte der Massen ist und mit grösserem Recht die Macht ausübt als jeder Vertreter der alten Demokratie. Die neue, viel wichtigere Demokratie, sie verkörpert sich in ihm; denn ihn haben nicht eine oder mehrere Parteien vorgeschickt, kein einziges Individuum – Die gesamte Nation,

Die erste Manuskriptseite von *Massenbetrug* in der Handschrift Heinrich Manns

Gefangener, die offenbar keine Stützen des Totalstaates sind, noch über die Katholiken und Protestanten: auch diese werden verfolgt, man spottet ihrer und setzt sie fest. Noch weniger kann der nationalsozialistische Staat auf die Millionen antifaschistischer Arbeiter zählen. Die Vertrauensratswahlen, die unter Aufsicht der herrschenden Partei in den Betrieben vorgenommen wurden, lassen keinen Zweifel zu. Die Mehrheit, sogar eine erzwungene oder gefälschte Mehrheit, ist nie sehr groß, und oft genug bringt die herrschende Partei es überhaupt nicht zur Stimmenmehrheit. Nun denke man an alle die Gewalt, die bald drei Jahre sich ausläßt an diesem Volk: dann wird man zugeben, daß der Erfolg zurückbleibt hinter der Bemühung.

Schlichter Schrecken, um aus den Massen eine Einheit zu machen, ohne daß dies indessen gelänge – und dann die falsche Behauptung, es wäre gelungen, so sieht das System aus, das der deutsche Führer mit dem Namen einer Demokratie belegt. Jeder sieht, daß es das gerade Gegenteil ist. Die Erfindung der Demokratie stammt sicher von Denkern, denen die vielgeprüfte Menschheit einige Sympathie einflößte, und wäre sie nur gedanklich. Die Demokratie hat nicht den Zweck, die Menschen in Schrecken zu versetzen oder sie anzulügen. Das neunzehnte Jahrhundert, das eigentlich schwerblütig war und doch immer das Beste wollte, hat für die sittliche und bürgerliche Erziehung der Menschen viel getan; infolgedessen glaubte es dann fest, der Aufstieg würde, dank der Wissenschaft und der Arbeit, endlos weitergehen. Die Demokratie war einfach angewendete Philosophie, und für eine solche Weisheit war die Hauptperson immer der Mensch. Nicht auf einen selbstherrlichen Führer kam es an, und auch nicht auf den Staat als unpersönliche Macht: sondern auf die Hebung der Menschen. Im Laufe des Jahrhunderts ist es in mehreren Ländern Europas der

Demokratie gelungen, alle so weit zu bringen, daß sie sich eine tatsächlich begründete Meinung bilden konnten. Wir stellen uns garnicht mehr die Mühe vor, die es gekostet haben muß, ungehobelte Wesen so lange zu bearbeiten, bis sie moderne Menschen wurden und Begriffe bekamen – sogar von Ideen und Interessen, die über ihre tägliche Erfahrung hinausgingen. Nicht ohne Bewegung gedenke ich eines Landes, das ich kannte, mit seinen Volkshochschulen und Arbeiterbibliotheken, den Vorträgen, den öffentlichen Vorlesungen der Lehrer, die von einer Industriestadt zur anderen fuhren – und beseelt war der summende Bienenschwarm von dem Wunsch, die Menschen klüger und besser zu machen.

Eine der ersten Maßnahmen des gegenwärtigen deutschen Führers war, diese Gefahr zu beseitigen. Wer entschlossen ist, sich auf die Dummheit zu stützen, hat keinen ärgeren Feind als den geistigen Erzieher der Massen. In Deutschland hat man sich noch niemals so eifrig um die Intellektuellen gekümmert wie jetzt. Das Dritte Reich mißt ihnen außergewöhnliche Bedeutung bei – allerdings nur, um sie unschädlich zu machen und sie, soweit nötig, zu verfolgen und zu töten. Allein das schon verrät, wie die Gewalt des Dritten Reiches über die Massen aussehen soll. Es braucht Massen, die nicht denken. Sie sollen nicht zusammengesetzt sein aus Einzelwesen, deren jedes in sich eine Welt trägt. Sie sollen »gleichgeschaltet« sein oder tun, als wären sie es. Wenigstens Dummheit heucheln müssen sie, wenn sie nicht wirklich dumm sind. Verlangt werden Unmoral und das Fehlen menschlichen Gemeinsinnes, die Vorschrift heißt: hart sein und schlau sein. Eine ganze Rückwärtserziehung vollzieht sich unter der nationalsozialistischen Herrschaft, ihr gesamtes Sinnen und Trachten ist, den modernen Menschen auf die Stufe des Leibeigenen zu versetzen. Höchst merkwürdig, ein solches Regime erhebt trotzdem Anspruch auf die Bezeichnung

»Demokratie«, weil es vorgeblich die Massen in seiner Gewalt hat.

Nun also, es hat sie; fragt sich nur, was es mit ihnen anfängt. Die echte Demokratie erhebt sie, die falsche drückt sie nieder. Die echte dient ihnen, und die andere mißbraucht sie, die eine lehrt die Massen, sich selbst zu regieren, die andere reizt sie auf, berauscht sie und übertölpelt sie. Die Erfinder der echten Demokratie sahen in ihr den höchsten Achtungsbeweis, den Menschen einander geben können. Der Demokratie-Ersatz beruht dagegen auf Menschenverachtung – Verwilderte oder Gestörte gehen, einmal an der Macht, hinweg über das Wesen und Geschick der Menschen. Den Massen verheimlicht man, wofür man sie hält, vorgeblich ist man mit ihnen ein Herz und eine Seele, mag die Einmütigkeit noch so erzwungen sein. Die Massen müssen ihren Herren helfen, eine Demokratie zu äffen. Sollen sie schon wählen und mehrmals nacheinander für den Führer stimmen. Nach Vollbringung einer Reihe von Gewalthandlungen mit tödlichem Ausgang werden die Massen aufgeboten, um sie zu rechtfertigen dadurch, daß sie dem Täter ihre Stimmen geben. Die Hochzeit eines Ministers wird zum Staatsakt erklärt; an den Massen ist es, ihr den Hochglanz aufzusetzen. In keinem Lande der Welt werden die Massen in so erschöpfender Weise auf den Beinen gehalten, und nirgends gleicht ihr Dasein so sehr dem Nichts, wie in diesem bösen und bejammernswerten Lande.

Nachgerade durchschaut man das alles. Die neueste Rede des deutschen Führers ist richtig verstanden und beantwortet worden. Niemand glaubt ihm mehr, wenn er sich als Demokraten hinstellt oder Pazifist sein will; auch seinem Antibolschewismus merkt man den Neid an. Er ist einfach der Feind des freien, denkenden Menschen, dem er das Triebleben eines abergläubischen Knechtes aufdrängen will. Seine süßlichen Redensarten, die mit Drohungen geladen sind, bewirken einzig und allein, daß die anderen Länder aus seiner Politik die Folgerungen ziehen und umso schneller rüsten. Darüber hinaus ist der nazistische Einfluß auf die europäische Denkungsart in steter Abnahme begriffen. Schweizer und französische Wahlen haben es ebenso sehr bewiesen wie der glänzende Sieg des Präsidenten Beneš. Frankreich besonders hat durch vierundsechzig Jahre demokratischer Erziehung eine bewundernswerte Widerstandskraft erlangt, die maßlose Propaganda der Autokratie von nebenan wird an der Festigkeit dieses Volkes scheitern. Trotzdem, diese Propaganda geht weiter und denkt an kein Nachlassen. Dies System ist schamlos; zieht der eine Schwindel nicht, versucht es den nächsten. Keinen Augenblick darf vergessen werden, was die Rede des deutschen Führers wirklich bedeutet: sie wendet sich an die Weltmassen, ihre Führung maßt der Redner sich an – über den Kopf der legitimen Demokratien hinweg. Massenführer soll nur er sein, ob deutsche oder andere Massen: alle wird er zersetzen wie die deutschen Massen, und gleich diesen wird er sie brechen. So denkt er es sich.

Man weiß genug, hört man nur seine Beschwerden gegen die »Auswüchse der Pressefreiheit« in den anderen Ländern. Er verlangt von anderen Regierungen, sie sollten verbieten, daß gegen sein Regime überhaupt noch geschrieben wird. Er dagegen behält sein Recht, andere Länder und Staaten zu beschimpfen; und der Mißbrauch dieses Rechtes verschlimmert sich dadurch, daß von dem einen Mann die ganze deutsche Presse nicht nur abhängt, größtenteils gehört sie ihm persönlich. Er wünscht heftig, daß ein emigrierter Schriftsteller die Welt nicht mehr soll aufklären dürfen über die Person des deutschen Führers und den wirklichen Zustand der ihm ausgelieferten Nation. Der Wunsch ist verständlich. Vor kaum einem Jahr konnte man in Europa sich offen für ihn erklären. Wenn das jetzt kaum noch angeht, gebührt der Dank teils ihm und seinen Taten. Man wird aber zugeben müssen: auch unserem Wort.

Die tiefste Stufe

Ein Volk hat nur noch Verachtung für seine Regierung, seinen Staat und für den Zustand, dem es selbst verfallen ist. Seine schimpflichen Beherrscher nehmen die Verachtung nicht erst zur Kenntnis, das Oberhaupt spricht in seinen heimischen Lauten: »Können eh nix machen.« Worin er sich indessen täuscht: es ist immer etwas zu machen gegen Macht und Gewalt. Kein Volk erträgt sie mehr, wenn einmal beschlossen ist, sie abzuwerfen. Am Entschluß wird es bis jetzt verhindert durch seine eigene, lähmende Verachtung. Das ist nur eine Pause – und ist die tiefste Stufe.

Im Osten Berlins stand angeschrieben:

»Lieba een Herrscha von Jottesjnaden
Als den Varickten von Berchtesgaden.«

Der Reim muß eine große Erleichterung gewährt haben, als man ihn gefunden hatte; und das war kein Einzelner, es war unbedingt ein Verein. So sieht jetzt die öffentliche Meinung aus. Zur Zeit der Hohenzollern verkündete ein Richter namens Brausewetter, eine öffentliche Meinung gäbe es nicht, – worauf er pünktlich wahnsinnig wurde. Es gab die öffentliche Meinung unter Bismarck; denn seine Minister mußten abgehen infolge einer einzigen Parlamentsrede, worin sie »Kleber« genannt wurden. Die öffentliche Meinung verwandelt sich nur, wenn Parlament und Presse ihr genommen werden. Sie äußert sich in Reimen und durch Schmierkolonnen. Sie pflanzt sich fort, so oft man gebeugte Rücken und tuschelnde Köpfe sieht. Sie ist feige in Zeiten, da auch feige regiert wird. Bismarck fürchtete, wie ältere Leute noch wissen, Gott und sonst nichts in der Welt. Sein unerwünschter Nachfolger hat umgekehrt eine Heidenangst vor all und jedem: nur vor Gott nicht, mit dem er es aber bald zu tun bekommt.

Nie und nirgends ist verachtet worden, wie jetzt im Dritten Reich. Die Welt, die es kennt: dafür sorgt es selbst, es kann nicht anders, es muß in einemfort die Welt mit sich beschäftigen, es prahlt noch mit den Riesenzahlen seiner Hinrichtungen und seiner verschütteten Arbeiter – die Welt somit kennt das Dritte Reich; aber ihre Verachtung, so furchtbar sie ist, reicht nicht bis an die Gefühle des Dritten Reiches für sich selbst. Hier wird behauptet, daß in einer mondbeschienenen süddeutschen Kleinstadt nur darum alte Juden in den romantisch rauschenden Marktbrunnen getaucht worden sind, weil die Bewohner rasten vor Selbstverachtung. Diese wissen genau: menschliche Freiheit haben wir hingegeben, gelassen hat uns der Halunke die tierische. Herr Sontheimer, hinein in den Brunnen – bis wir ihn selbst dereinst ersäufen.

Man halte das Volk nicht jedesmal für betrogen und für dumm, wenn es sich hat gehen lassen und in die schlechtesten Hände gefallen ist. Es weiß genau: das sind Mörderhände, das ist ein Idiotengesicht; der läßt sich abbilden mit gespitztem Mund, lächelnd wie ein Anstaltsinsasse; grade telefoniert er, weil er wieder mal etwas stiehlt aus »Weltanschauung« oder ihr zuliebe einen umbringt. Das Volk kennt sie alle: kein Gauleiter, der nicht stiehlt, unterschlägt, erpreßt, kein Pg ohne rote Hand. Die Bande hat früher viel versprochen, aber eins hat sie sich selbst versprochen: bei ihr sollte es nur Millionäre und Mörder geben. Das hält sie. Das Volk durchschaut alles, wie denn nicht ihre öde Unfähigkeit. »Wenn Göbbels nich mehr weita kann – denn fängt a mit de Juden an.« Alte Sache, nächstens dauert sie drei Jahre, und was dabei rauskommt, ist egal »Weltanschauung«, sonst jarnischt oder allwei nixen, sagt das Volk, das durchaus Bescheid weiß. Man unterschätze es nicht; in eine schmutzige Sache verwickelt, ist es noch unklar darüber, wie es hinausgelangt. Sein Rauschbedürfnis ist nachgerade bestraft, und seine Abneigung gegen das Denken hat sich gerächt.

Dies ist noch die Stufe, auf der ein Volk es mit der Verachtung versucht, um unerwünschte Gebieter loszuwerden. Nun, das ging unter Bismarck, dem eisernen Kanzler der liberalizistischen Zeit. Eine Parlamentsrede, fort waren sie – da sie den Begrif der Ehre wenigstens vom Hörensagen kannten, wenn nicht sogar persönlich. Gegen völlig Ehrlose ist natürlich anders vorzugehen. Aber sieh da, schon erfolgen merkwürdige Einstürze, auffallende Brände; und wer weiß, was alles noch an Überraschungen bevorsteht.

Bereicherung

Reichskanzler Hitler besitzt eine Leib-Kino-Beamtin, Jüdin übrigens, was ihn nicht stört, denn sie hat sich ausgedacht, ihn mit Jesus Christus zu vergleichen. Dieses wegen seiner mehr als menschlichen Reinheit. Als Belohnung hat der Führer dem braven Weib das Vorrecht verliehen, ihn zu filmen, wo immer und in jeder Lebenslage – ausgenommen eine. Sie hat ihn noch nie im Verlag Eher und Co. gezeigt. Dort ist er doch der Hauptaktionär, das Geschäft steht ihm so nahe wie möglich.

Man denke, gegenwärtig verfügen Eher und Co., besonders die berühmte Co., über 216 Tageszeitungen, 93 Wochenblätter und 25 Zeitschriften, die monatlich oder halbmonatlich erscheinen: alles mittel- oder unmittelbar hervorgegangen aus Beschlagnahmungen, Enteignungen und Verboten der bürgerlichen, sozialistischen, katholi-

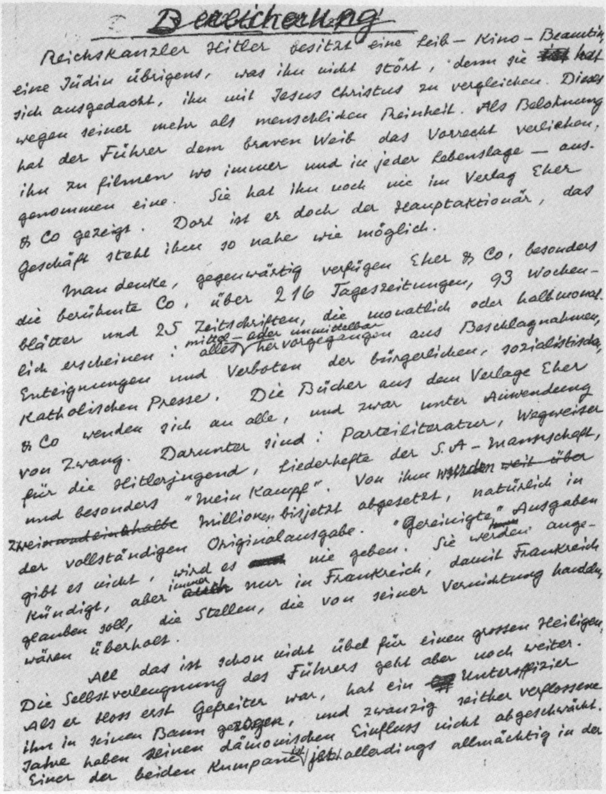

Bereicherung

Reichskanzler Hitler besitzt eine Leib–Kino–Beamtin, eine Jüdin übrigens, was ihn nicht stört, denn sie hat sich ausgedacht, ihn mit Jesus Christus zu vergleichen. Diesen wegen seiner mehr als menschlichen Reinheit. Als Belohnung hat der Führer dem braven Weib das Vorrecht verliehen, ihn zu filmen wo immer und in jeder Lebenslage — ausgenommen eine. Sie hat ihn noch nie im Verlag Eher & Co gezeigt. Dort ist er doch der Hauptaktionär, das Geschäft steht ihm so nahe wie möglich.

Man denke, gegenwärtig verfügen Eher & Co, besonders die berühmte Co, über 216 Tageszeitungen, 93 Wochenblätter und 25 Zeitschriften, die monatlich oder halbmonatlich erscheinen: mittel- oder unmittelbar alles hervorgegangen aus Beschlagnahmen, Enteignungen und Verboten der bürgerlichen, sozialistischen, katholischen Presse. Die Bücher aus dem Verlage Eher & Co wenden sich an alle, und zwar unter Anwendung von Zwang. Darunter sind: Parteiliteratur, Wegweiser für die Hitlerjugend, Liederhefte der S.A.–Mannschaft, und besonders "Mein Kampf". Von ihm Millionen bisjetzt abgesetzt, natürlich in der vollständigen Originalausgabe. "Gereinigte" Ausgaben gibt es nicht, wird es nie geben. Sie werden angekündigt, aber immer nur in Frankreich, damit Frankreich glauben soll, die Stellen, die von seiner Vernichtung handeln, wären überholt.

All das ist schon nicht übel für einen grossen Heiligen. Die Selbstverleugnung des Führers geht aber noch weiter. Als er bloss erst Gefreiter war, hat ein Unteroffizier ihn in seinen Bann gezogen, und zwanzig seither verflossene Jahre haben seinen dämonischen Einfluss nicht abgeschwächt. Einer der beiden Kumpane ist jetzt allerdings allmächtig in der

Die erste Manuskriptseite von *Bereicherung* in der Handschrift Heinrich Manns

schen Presse. Die Bücher aus dem Verlage Eher und Co. wenden sich an alle, und zwar unter Anwendung von Zwang. Darunter sind: Parteiliteratur, Wegweiser für die Hitlerjugend, Liederhefte der S. A.-Mannschaft, und besonders »Mein Kampf«. Von ihm wurden zwei Millionen bis jetzt abgesetzt, natürlich in der vollständigen Originalausgabe. »Gereinigte« Ausgaben gibt es nicht, wird es nie geben. Sie werden angekündigt, aber auch nur in Frankreich, damit Frankreich glauben soll, die Stellen, die von seiner Vernichtung handeln, wären überholt.

All das ist schon nicht übel für einen großen Heiligen. Die Selbstverleugnung des Führers geht aber noch weiter. Als er bloß erst Gefreiter war, hat ein Unteroffizier ihn in seinen Bann gezogen, und zwanzig seither verflossene Jahre haben seinen dämonischen Einfluß nicht abgeschwächt. Einer der beiden Kumpane ist jetzt allmächtig in der ganzen Bedeutung des Wortes; wenn Schrecken und tiefe Betrübnis zu verbreiten sind, hat er nicht Seinesgleichen. Indessen in Sachen Geschäft hält der andere ihn beim Wickel, und so mächtig er seither geworden ist, hierin hat der Gefreite dem Unteroffizier nichts abzuschlagen. Unter anderen Geniestreichen des Letzteren sticht hervor, wie schlankweg er sich, schon zu Zeiten der Republik, viele Millionen zahlen ließ von den Zigarettenfabrikanten. Diese schlossen ein Abkommen mit der Hitlerpartei, so vermieden sie einen Riesenskandal und ganz schlimme Dinge. Nach der »Machtergreifung« kam die Gegenleistung, alle gegen sie anhängigen Prozesse wurden niedergeschlagen. Ihren Generaldirektor machte der Reichsführer zum Tabakführer. Der Tabakführer ist allerdings Jude, aber das ist ja auch die Leib-Kino-Dame. Es gibt Fälle, wo die Rasse nichts ausmacht.

Soll in solcher Verbindung wirklich von Jesus Christus die Rede sein, dann denkt man daran, wie Satan ihn auf einen Berg führte und ihm die Reichtümer der Welt zeigte

– vergeblich, denn er hatte es mit dem wahren Heiland zu tun. Nehmen wir dagegen an, es handelte sich um einen falschen Heiland und um einen nachgemachten Heiligen, der in seiner Jugend das Asyl für Verkommene gekannt hat und mit Erbitterung daran zurückdenkt: dann hängt alles an der Geschicklichkeit des Unteroffiziers, der den Mephisto spielt. Er zieht bei seinem Hampelmann an der Schnur und zischelt: »Du bist Führer, und wenn schon. Wie lange wird es dauern, es waren mehr solche da. Die Macht muß zu Geld gemacht werden, solange noch Zeit ist. Du bist Sieger über die armseligen Republikaner und bist es dir schuldig, alles gründlich anders zu machen als sie. Nun sieh sie dir an, soweit sie noch übrig sind: kaum, daß sie den Bissen Brot haben. In vierzehn Jahren der Schmach haben sie es nicht einmal zum Wohlstand gebracht. Du mit deiner Reinheit und Erhabenheit sollst so regieren, daß du glänzend davon leben kannst.« Da ist der Arme schwach geworden, er ist unter die Großkapitalisten gegangen. Wie sehr hatte er diese einst beneidet, als er in Volksversammlungen gegen sie loszog.

Hier wird eine alte Historie berichtet. Im Lauf der Jahrhunderte widerfuhr dasselbe recht Vielen, die nicht geschaffen waren, andere zu führen: ihre eigene Führung ließ zu wünschen. Diese Versehen des Geschickes sind so bekannt, daß man sie ihm nachsieht. Zuletzt gewöhnt man sich sogar an die Heuchelei, ohne die es nicht abgeht bei den Mächtigen in ihrer Schwäche. Ihre vermeintliche Unbestechlichkeit hat sich vielleicht als Waffe bewährt, dann berufen sie sich darauf noch, wenn sie schon lange Schieber sind. Ein schwerer Fall wird es, wenn sie vorgebliche Säuberungen veranstalten, zum Zweck persönlicher Bereicherung. Manchmal gehen sie bis zu Verfolgungen, und wer zuerst daran verdient, sind sie selbst. Solch eine Diktatur zerschmettert nicht nur politische Gegner: harmlose Privatleute beerbt sie. Irgend ein Zeitungsverleger in der

Provinz, gleichgeschaltet wie er war, hätte sich im Traum nicht gedacht, was für atemraubende Dinge er noch erleben sollte. Eines schönen Tages sammelte sich vor dem Hause des Verlegers eine Menge und murrte auf Befehl. Als der Volkszorn hoch genug gestiegen schien, wurde der Unglückliche herausgeholt, verprügelt und aus der Stadt geschafft, mit der Weisung, nie wieder zu kommen. Er mußte froh sein, daß er seine Zeitung spottbillig abgeben durfte an Eher und Co., ein Verlagshaus, von dessen Anteilen 51 Prozent in den Händen eines bekannten Aktionärs sind.

Dies hat sich zugetragen früher als die Enteignungen der Juden und noch bevor die Simonsche Waffenfabrik, nach einer Entschädigung von Seiten der Besitzer, dem Führer »zur Verfügung gestellt« wurde. Außerdem besucht kein hoher Herr dieses Reiches, weder der »General« Göring noch sonst wer, eine alte deutsche Stadt, ohne daß er das wertvollste Stück daraus fortträgt. Ein silbernes Schiffsmodell, Inkunabeln und hundertjähriger Schmuck, gelegentlich eine kleine Kaiserkrone, der aufgeschirrte Leibhengst Augusts des Starken, ausgestopft, der schönste Junge von Eisleben, lebend: ihr Reisekoffer faßt alles. Wilhelm II. hat dergleichen nie geschenkt bekommen. Mit der Stadt Frankfurt mußte er prozessieren, wegen einer Hotelrechnung. Da sollte man Hitler aus Braunau sehen! Vielleicht aber hat irgend jemand diesem Führer auf seine Fuhre auch schon das »Glück von Edenhall« gepackt? Früher lernte man in der Schule ein Gedicht, das so hieß. Es handelte sich um einen Pokal, der leicht zerbrach, und dann war es geschehen um das Glück des Hauses Hitler beziehentlich Edenhall. Eine kindische Geschichte; aber alles, was »Bereicherung« betrifft, besonders zu schnelle Bereicherung, ist von Grund auf kindisch und endet auch wie in der Fibel.

Geöffnete Tresors

Die Rettung des Kapitalismus ist eine schwere, wenn auch nicht undankbare Aufgabe. Dem Führer kann bestätigt werden, daß sie eine Siphylusarbeit ist, wie ein belesener Schriftsteller seinesgleichen sich ausdrückt. Wer nicht 51 Prozent bei Eher u. Co. hätte, dem würde die Verteidigung der westlichen Zivilisation gegen den drohenden Bolschewismus sich überhaupt nicht lohnen. Was hat man alles zu verhindern! Die Leute würden ja geradezu ihr Geld von der Bank holen, wenn man sie ließe. Sie wären imstande, es sogar zum schlechtesten Kurs in Devisen umzuwechseln, diese aber nicht der Reichsbank auszuliefern, sondern sie einfach zu behalten. Ist das noch Kapitalismus?

Nein, Kapitalismus, die Seele der westlichen Zivilisation, sieht anders aus. Vor allem darf niemand Geld haben, außer Volksgenossen, die um die Partei verdient sind. Das andere Geld hat alles der Staat. Indessen hat der Staat kein Geld. Er muß aber unablässig sämtliche Pg's sowie die Aufrüstung bezahlen, sonst hält nichts mehr das Chaos sowie den Bolschewismus auf. Da bleibt nur eins: Enteignung. Alle Volksgenossen außer Allianz und Langnamverein, I. G.-Farben und den Empfängern der Osthilfe werden schlankweg enteignet. Es fängt damit an, daß zum Sparen ermahnt wird. Alle Lautsprecher und die totalitäre Presse rufen: Sparen! Haben infolgedessen die Banken und die Sparkassen sich gefüllt, dann werden sie genötigt, Staatsanleihen zu zeichnen.

Eines Tages wird der Staat seine Schuldscheine verleugnen, wie jedem Volksgenossen aus unvergessenen Erfahrungen bekannt ist. Aber der Typ, der das Dritte Reich herbeigewünscht hat und es trägt, dieser deutsche Kleinbürger ist von der Art, die den Betrug bewundert, wenn der Betrug ins Ungeheure geht, und einen Gauner verehrt, sobald der Gauner die Gewalt hat. Nur gegen ehrliche Leute wird die Sorte aufsässig.

Welch eine spannende Sache für die Volkgenossen Schlawunke und Käsebier, daß jetzt zur Erhaltung des Kapitalismus auch die Tresors geöffnet werden. Die regierenden Gauner mit ihrer Fachkenntnis haben erraten, daß die Beiden heimlich doch noch etwas besitzen könnten. Nun haben diese allerdings nur die wertlosen Staatspapiere des Dritten Reiches in den streng geheimen Bankfächern liegen; aber jeder der beiden, Käsebier und Schlawunke, hofft für den anderen, daß es richtige Devisen wären, und jetzt kämen sie dran. Inzwischen geschieht folgendes, und wird vermittels Rundfunks in allen Betrieben, allen Wohnungen angesagt: »Mal herhören!«

»Der Führer hat verfügt, daß die höchsten Volksgenossen mit gutem Beispiel vorangehen und selbst ihre Banktresors öffnen. Unter den Klängen des Horst Wessel-Liedes begeben sich die Herren unter Tag. Mal mitsingen! Der erste Tresor wird vom Volksgenossen Ministerpräsident General Göring eröffnet in Gegenwart zahlreicher Zeugen. Das Gemurmel der zahlreichen Zeugen. Verstärktes Gemurmel. Geschrei, und ein Wahnsinnsausbruch. Das ist einer der anwesenden Juweliere. Er sieht im Tresor des Volksgenossen Göring unbezahlbare Kleinodien wieder. Nie hätte er gedacht, daß er sie wiedersehen würde. Unter tierischen Lauten wird der Unglückliche in die Anstalt eingeliefert. Volksgenosse Propagandaminister Dr. Göbbels macht seinen Tresor halb auf; bei ihm darf man nicht so genau hinsehn. Da hören Sie es knacken: das ist der Führer, weit offen steht die Kiste – und ist natürlich leer. Ein reiner Tor, der Führer, und Amann sein Kassierer. Halt! Was ist bei Göbbels los? Die Menge staut sich vor seinem Tresor, sie murrt, sie droht tätlich zu werden. Rücksichtslos schießt SS in den Keller. Dumpfer Fall von Toten. Aus dem Göbbelsschen Tresor wird mit der

Feuerzange hervorgezogen – na was denn? Die jüdische Bibel, aufgeschlagen bei 4. Mose 23, Vers 19.

»Gott ist nicht ein Mensch, daß er lüge. Sollte er etwas sagen und nicht tun? Sollte er etwas reden und nicht halten?«

Neben diesen Worten steht: »Ihr Freund Schacht«.

Franz Grillparzer: Spruch

Der Weg der neueren Menschheit geht
von der Humanität
durch die Nationalität
zur Bestialität.

Umgang mit Menschen

Die Gewerkschaften sind am 2. Mai 1933 aufgelöst worden. Aber im Januar 1936 stehen 600 Gewerkschafter vor Gericht. Das dritte Reich, wirksam und erfolgreich wie es ist, schreitet drei Jahre nach einer Auflösung noch immer gegen die Folgen ein. Nicht, daß es die Löhne der Arbeiter erhöhte, so daß sie leben können. Sondern es schafft durch Verurteilungen einige beiseite und bringt die anderen zeitweilig zur Ruhe. Die Arbeiter in Wuppertal verdienten etwa 15 Mark die Woche, das macht dreißig Pfennig mehr, als wenn Mann, Frau und Kind von der Wohlfahrt erhalten werden. Die Arbeiter bildeten daher illegale Gewerkschaften. Der Staat nannte dies eine staatsfeindliche Betätigung, und sogar die Kinder in den Schulen wurden darüber belehrt, daß sie »Staatsfeinden Vorschub leisteten«, wenn sie nicht ihre Eltern der geheimen Staatspolizei anzeigten. Hier tritt hervor: der Familiensinn des Dritten

Reiches, seine ehrenhaften Methoden und der Wert, in dem bei ihm der arbeitende Mensch steht.

Weder die Kinder noch die Eltern ließen sich belehren, und es erschien die Mordkolonne. Sie tritt auf, so oft das Dritte Reich sich bedroht fühlt. Dieses »Kommando zur besonderen Verwendung« verhaftet erst einmal, wen es findet, gleichgültig wer, nur eine gewisse Zahl muß voll werden. Von Hunderten werden zehn etwas mehr mißhandelt, so daß sie sterben. Jeder der Gefolterten ist außerdem bewogen worden, fünf Namen zu nennen, wieder gleichgültig wen. Die Hauptsache, es ergab elfhundert Verhaftete. An den Toten wurden festgestellt: Würgespuren, Brandwunden, Löcher in den Füßen, der Durchmesser entsprechend dem glühenden Eisen, das hindurch getrieben war; andere Körper waren zerfetzt und im Einzelnen nicht mehr zu begutachten. Einem solchen Schicksal knapp entronnen, stehen die sechshundert noch Verhandlungsfähigen jetzt vor dem »Volksgericht«. Denn das Volk, die Erwürgten, Verbrannten und Zerfetzten selbst, das Volk gibt auch noch den Namen dafür her, daß die Seinen, weil sie essen wollten, in das Lager oder auf den Block geschickt werden.

Dies Volk der Arbeiter kämpft für Brot, aber nicht weniger für Freiheit. Sie sagen es ihren erbärmlichen Richtern ins Gesicht, komme was will. »Ihr seid wohl verrückt geworden!« hat ein Achtzehnjähriger ihnen zugerufen. »In vier Jahren sitzt ihr nicht mehr da oben, dann sitzen wir da!« Ein Alter sagte: »Den Klassenkampf gibt es!« So sprach Galilei sein »Und doch!« Der Prokurist einer großen Firma, früher Demokrat, begründete, warum er jetzt, jetzt da es den Kopf kosten kann, Kommunist ist. Der Terror, den er sah, hat ihn veranlaßt, die Lehre zu überprüfen. Es sind Gewissenhafte, es sind Unerschrockene, ihre Bessergestellten haben sich den Armen angeschlossen, ihre Niederen erblicken sich schon »oben«. Es sind

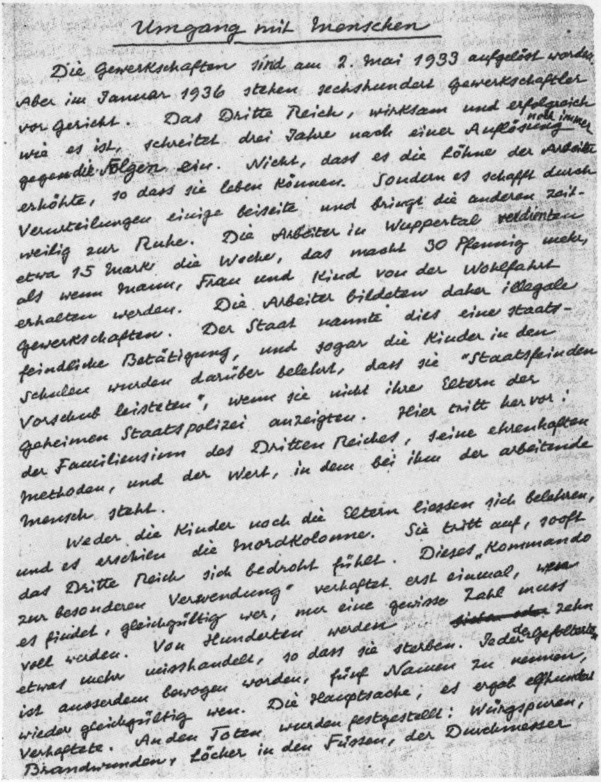

Umgang mit Menschen

Die Gewerkschaften sind am 2. Mai 1933 aufgelöst worden. Aber im Januar 1936 stehen sechshundert Gewerkschaftler vor Gericht. Das Dritte Reich, wirksam und erfolgreich wie es ist, schreitet drei Jahre nach einer Auflösung noch immer gegen die Folgen ein. Nicht, dass es die Löhne der Arbeiter erhöhte, so dass sie leben können. Sondern es schafft durch Verurteilungen einige beiseite und bringt die anderen zeitweilig zur Ruhe. Die Arbeiter in Wuppertal verdienten etwa 15 Mark die Woche, das macht 30 Pfennig mehr, als wenn Mann, Frau und Kind von der Wohlfahrt erhalten werden. Die Arbeiter bildeten daher illegale Gewerkschaften. Der Staat nannte dies eine staatsfeindliche Betätigung, und sogar die Kinder in den Schulen wurden darüber belehrt, dass sie "Staatsfeinden Vorschub leisteten", wenn sie nicht ihre Eltern der Geheimen Staatspolizei anzeigten. Hier tritt hervor: der Familiensinn des Dritten Reiches, seine ehrenhaften Methoden, und der Wert, in dem bei ihm der arbeitende Mensch steht.

Weder die Kinder noch die Eltern liessen sich belehren, und es erschien die Mordkolonne. Sie tritt auf, sooft das Dritte Reich sich bedroht fühlt. Dieses „Kommando zur besonderen Verwendung" verhaftet erst einmal, wen es findet, gleichgültig wer, nur eine gewisse Zahl muss voll werden. Von Hunderten werden ~~sieben oder~~ zehn etwas mehr misshandelt, so dass sie sterben. Jeder der Gefolterten ist ausserdem bewogen worden, fünf Namen zu nennen, wieder gleichgültig wen. Die Hauptsache, es ergab elfhundert Verhaftete. An den Toten wurden festgestellt: Würgspuren, Brandwunden, Löcher in den Füssen, der Durchmesser

Die erste Manuskriptseite von
Umgang mit Menschen
in der Handschrift Heinrich Manns

Menschen, die von der Schande der Zeiten nicht gedemütigt, sondern kühner gemacht sind. Es sind Deutsche: dies ist der seltene Augenblick, den Namen mit Liebe auszusprechen.

Sie werden siegen, wer weiß das nicht. Es besteht nicht einmal der leiseste Zweifel, wo Mut und Heldentum sich finden und auf welcher Seite die blasse Angst. Die Mordkolonne in all ihrer Scheusäligkeit ist ein Produkt der Angst, die ganze Gestapo ist es. Ja, das Dritte Reich selbst wäre niemals gekommen ohne die Angst vor dem Kommunismus; noch heute beruft es sich, um sein elendes Dasein zu begründen, auf diese Angst. Einen Wüterich aus Angst aber soll die Welt für den Retter ihrer Gesittung halten, und einem Staat, dessen grundsätzliche Menschenbehandlung im Töten besteht, soll man innere Kraft und lange Dauer beimessen. Der weiland Zarismus war indessen weniger unterhöhlt, und er besaß Vergangenheit, wovon sich manchmal leben läßt. Die Machtmittel des Dritten Reiches sind zu neu, sind ohne Überlieferung im Lande. Dieses Reich lastet nicht von jeher auf dem Lande, es übt nicht unwissend ein altes Schwergewicht aus, das die dem Lande gemäßen, gerechten Einrichtungen vorläufig erdrückt; sondern das Dritte Reich ist eigens berufen worden, um die gerechten Einrichtungen noch eine Weile aufzuhalten. Das entscheidet: über die Frist, die ihm gegeben ist, und den Gebrauch, den es von ihr macht.

Wer die fälligen Berichtigungen der Ordnung verhindert, bewirkt Stillstand und Verwirrung, womit immer nur eine Pause vergeht. Mehr vermag kein traditionsloser Staat, der im Lande nichts weiter einnimmt außer der Oberfläche. Die »Bewegung« ist beschränkt auf eine Pause. Alles Wesentliche ruht, es ist gewaltsam abgestellt. Anstatt des Wesentlichen geschehen Ablenkungen; Blendwerk und Verblüffungen werden geboten, auf einmal treten arische Rasse und deutsches Recht auf – das genügt nicht. Dem Haß, Eigennutz, der Gewalt gegen Schwächere und einer ungeahnten Entsittlichung eröffnet sich die Bahn – das alles genügt nicht. Dies Reich ist eingesetzt zu töten: das war sein Erstes, wird sein Letztes sein. Es tötet nicht nur aus Menschenhaß, obwohl es allerdings die Menschen und von allen am meisten seine »Volksgenossen« bitter haßt. Es tötet, um sich als »Bewegung« auszuweisen. Um seines »Dynamismus« willen tötet es. Daher hat es sein drittes Jahr im Grunde hingebracht wie sein erstes, mit Massenverhaftungen, Lagern, Foltern, Block und Beil; und von seinem zweiten Jahr war der wichtigste Tag der dreißigste Juni.

Die zivilisierte Welt geriet damals noch in Erstaunen, weil der Führer persönlich sich einsetzte. Man fand, daß er hätte beiseite bleiben können, wenn schon die große Schlachthandlung vor sich gehen sollte. Nein, er konnte durchaus nicht beiseite bleiben an dem wichtigsten Tage des Jahres und während der stärksten Kundgebung seines Systems. Überdies hatte er den Befehl bekommen von denselben Gewalten, die ihm sein Reich in die Hände gespielt hatten. In der Mordnacht traf er aus Essen ein. Essen – nie zu vergessen! Der Führer wird »die Augen schließen«, so drückt er sich gefühlvoll aus – nachdem er sie vielen, vielen anderen geschlossen hat. Essen – nie zu vergessen! Sein »Reich« wird untergehen in einen arischen »Raum«, Nirwana heißt er, und dort wächst kein Gras, nicht einmal das blutgedüngte wie hier. Aber Essen, daß es später nicht übrig bleibt! Sonst wiederholt sich die Geschichte des Führers, dem sie Geld gaben und den sie zum Töten bestellten: was ihn selbst in große Stimmung versetzte. Wie sollte es nicht, ein so kleiner Mann, und darf ungestraft töten.

Sein Staat und System sind daran zu erkennen, daß der persönliche Vollzug des 30. Juni den Mann an der Spitze erst vollendet hat und ihn seinen Auftraggebern erst ganz vertrauenswürdig macht. Nach dem großen Schlachtfest damals haben die menschlichen Schreibmaschinen des Dritten Reiches von antiker Tragödie gefaselt, scheinbar in deutscher Art das Land der Griechen mit der Seele suchend. Das war Angst, wie das meiste andere auch; sie verkrochen sich vor der grausigen Erleuchtung des Weges, den Drittes Reich und Führer nun unentrinnbar sollen bis ans Ende gehen, immer zwischen Haufen von Toten, im grausigen Licht jener Nacht. Eine ebenso schlüpfrige wie unheilvolle Nacht hat einen Mann mit seinen Toten, Fleisch von seinem Fleisch, für die Ewigkeit vereint: arme Normwidrige, deren Umgang mit Menschen zweitens der Mord war.

R. R.

Leichen werden zahlreich angetroffen in allen Gauen des Dritten Reiches. Was liegt in Wald und Flur, was schwimmt im Landwehrkanal? Was sitzt bei Frau Klepetarsch auf dem Sofa, wenn sie nach Hause kommt? Diesmal ist es der Gestapobeamte Klepetarsch persönlich, und zwar als Leiche. Manch' andere, in Wald und Flur und Landwehrkanal, waren das Werk des mittleren Beamten Klepetarsch gewesen. Sein höchster Vorgesetzter hatte vor seinen Augen, mit witzigem Lächeln, ein Streichholz ausgeblasen. Der mittlere Beamte wußte, auf wen sich dies bezog, und hatte beflissen die Leiche geliefert. Jetzt dagegen sitzt er selbst als solche auf dem Sofa, und die händeringende Witwe zieht unter dem für immer gebrauchsunfähigen Klepetarsch einen Zettel hervor, darauf steht zu lesen: R. R.

Die Witwe erfährt von dritter Seite und nur allmählich, was die Inschrift besagen will. Witwe Klepetarsch trifft in nächster Zeit zusammen mit Witwe Szimanski, Witwe

Ribbenberg, Witwe Rosentrop und Witwe Kotzner – lauter Witwen von Gestapobeamten, und sämtliche Witwen haben durch die sie betreffende Leiche dieselbe Benachrichtigung erhalten. R. R.: man kommt überein, daß es Röhm-Rächer bedeutet. Es könnte auch heißen: Rote Rübe, oder: Rubinen-Rita. Passender wird Röhm-Rächer gefunden, weil nämlich alle plötzlich dahingeschiedenen Gestapobeamten am 30. Juni näher oder entfernter beteiligt gewesen waren. Indessen scheint der Bedarf an Gestapoleichen immer größer zu werden. Soviele wie in Wald, Flur, Kanal und auf dem Sofa vorgefunden werden, können unmöglich die Hand an Röhm gelegt haben. Über ihren eigentlichen Interessenkreis sind R. R. hinausgegangen. Vor sich sehen sie nunmehr ein weites Feld; zehntausend Gestapobeamte sind sachgemäß in Leichen zu verwandeln.

Das ergibt allemal nur zehntausend, aber der Bedarf an Leichen ist im Dritten Reich größer, er ist unabsehbar. Man bedenke, wie viele Röhms die letzten zweieinhalb Jahre belebt haben; belebt wird das Dritte Reich von seinen Toten; und dann errate man die Zahl der Rächer! Die Rächer bilden Vereine. So oft ein hoher Chef das Streichholz ausgeblasen hat, bildet sich ein Verein behufs ausgiebiger Vergeltung. So oft der noch höhere Chef einen Arzt umbringen läßt, weil dieser ihm vor fünfzehn Jahren seine Minderwertigkeit bescheinigt hat. So oft ein Minister einen Rechtsanwalt mordet, weil dieser die Beweise besitzt, daß der Minister Jude ist. So oft ein anderer Minister einen Kneipwirt mitsamt Oberkellner und Zapfmeister in die Ewigkeit befördert, weil sie etwas gehört haben können. So oft ein General in seiner Villa das Feld der Ehre deckt und seine Tochter oder andere junge Damen in Gefängnishöfen geköpft werden: jedesmal bilden sich Zweckvereine. Das deutsche Vereinsleben ist vom Dritten Reich in diese besondere Richtung gedrängt worden –

wohlweislich und mit Vorbedacht. Was sollen Raucherstamm und Schwerhörigenbund in einem Reich heidnischer Helden? R. R. und Mördervereine, ihr Volksgenossen! Auf jede Leiche nur fünfhundert Rächer gerechnet, sind alle drin, und kommen alle noch dran. Das ganze Deutschland soll es sein.

Die Bibel:

Ich wandte mich: und sah alles Unrecht, das geschah unter der Sonne; und siehe, da waren Tränen derer, so Unrecht litten, und hatten keinen Tröster; und die ihnen Unrecht taten, waren zu mächtig, daß sie keinen Tröster haben konnten.

Da lobte ich die Toten, die schon gestorben waren, mehr denn die Lebendigen, die noch das Leben hatten.

Und besser denn alle beide ist, der noch nicht ist und des Bösen nicht innewird, das unter der Sonne geschieht.

Prediger Cap. 4.1.2.3.

Hochglanz

Es geht bewegt zu, in Erwartung der Olympiade, die 1936 in Deutschland statthaben soll. Der Teil, der den Wintersport betrifft, fällt in den Februar und auf Bayern. Das Meiste begibt sich den Sommer über in Berlin. Übrigens liegt noch alles im Ungewissen, denn beinahe überall regt sich eine starke Abneigung gegen die Teilnahme an den Festen, da die Naziregierung sie veranstaltet. Sehr viele Sportsleute in der ganzen Welt halten keine Sicherheit für gegeben, daß nationalsozialistische Geistesart sich mit fair play verträgt. Nun gibt es in Frankreich, Amerika und vielen anderen Ländern Fair play-Komitees: Einrichtun-

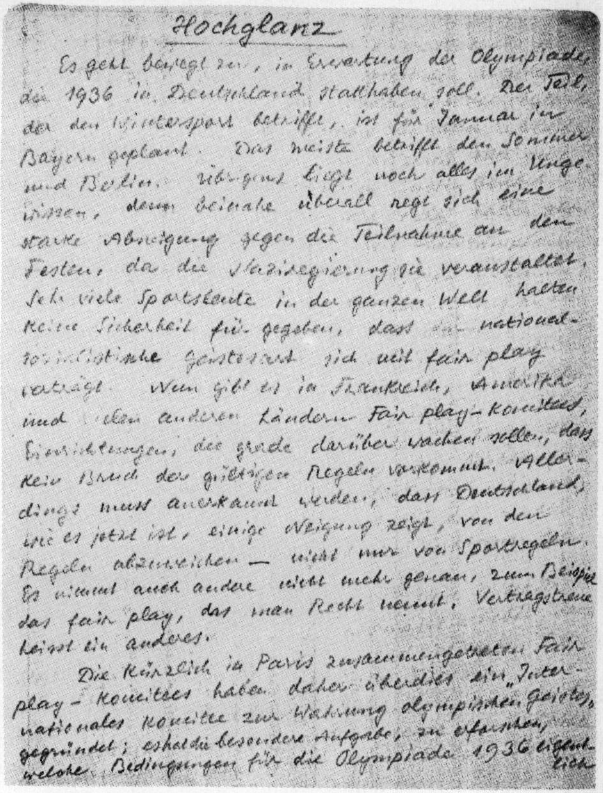
Hochglanz

Es geht bewegt zu, in Erwartung der Olympiade, die 1936 in Deutschland statthaben soll. Der Teil, der den Wintersport betrifft, ist für Januar in Bayern geplant. Das meiste betrifft den Sommer und Berlin. Übrigens liegt noch alles im Ungewissen, denn beinahe überall regt sich eine starke Abneigung gegen die Teilnahme an den Festen, da die Naziregierung sie veranstaltet. Sehr viele Sportsleute in der ganzen Welt halten keine Sicherheit für gegeben, dass die nationalsozialistische Geistesart sich mit fair play verträgt. Nun gibt es in Frankreich, Amerika und vielen anderen Ländern Fair play-Komitees, Einrichtungen, die gerade darüber wachen sollen, dass kein Bruch der gültigen Regeln vorkommt. Allerdings muss anerkannt werden, dass Deutschland, wie es jetzt ist, einige Neigung zeigt, von den Regeln abzuweichen – nicht nur von Sportregeln. Es nimmt auch andere nicht mehr genau, zum Beispiel das fair play, das man Recht nennt. Vertragstreue heisst ein anderes.

Die kürzlich in Paris zusammengetretenen Fair play-Komitees haben daher überdies ein „Internationales Komitee zur Wahrung olympischen Geistes" gegründet; es hat die besondere Aufgabe, zu erforschen, welche Bedingungen für die Olympiade 1936 eigentlich

Die erste Manuskriptseite von
Hochglanz
in der Handschrift Heinrich Manns

gen, die gerade darüber wachen sollen, daß kein Bruch der gültigen Regeln vorkommt. Tatsache ist, daß Deutschland, wie es jetzt aussieht, einige Neigung zeigt, von den Regeln abzuweichen – nicht nur von Sportregeln. Es nimmt auch andere nicht mehr genau, zum Beispiel das fair play, das man Recht nennt. Vertragstreue heißt ein anderes.

Die kürzlich in Paris zusammengetretenen Fair play-Komitees haben daher überdies ein »Internationales Komitee zur Wahrung olympischen Geistes« eingesetzt; es hat die besondere Aufgabe zu erforschen, welche Bedingungen für die Olympiade 1936 eigentlich gelten. Gewährt Hitlerdeutschland wirklich alle Trainingsmöglichkeiten, auch den sportlichen Minderheiten der Arbeiter, Katholiken und Juden? Wohl verstanden, wenn die internationalen Delegierten diese Entscheidung trafen, dann taten sie es, um sicher zu gehen, oder auch nur ordnungshalber. Die Herren Justin Godart, Pierre Cot, Henri Torrès, André Féry hatten schon vorher mit mehreren französischen Preiskämpfern einen Brief an das französische Olympia-Komitee unterschrieben, worin sie von der Beteiligung an den Berliner Festen abrieten. Sie haben damit bescheinigt, daß sie sich über die Trainingsmöglichkeiten der deutschen Minderheiten kaum Täuschungen hingeben; diese Möglichkeiten sind nicht vorhanden. Und wenn es nur das wäre. Trotz dem Embargo der deutschen Zensur auf wahrheitsgemäße Meldungen sind schließlich doch peinliche Gerüchte nach außen gedrungen: ausländische Kämpfer sollen mißhandelt, ein jüdischer Zuschauer auf der Stelle totgeschlagen sein.

Wie konnte es anders kommen? Sind Willkür und Gewalt einmal zur Staatsmacht erhoben, dann dringen sie in die öffentlichen und privaten Sitten ein. Für Hitlerdeutschland ist es Tatsache und nicht mehr zu bezweifeln. Wenn dort nach einem frei erfundenen Ritus getraut wird, schenkt der Verlobte in Naziuniform der Braut seinen Dolch, als Einführung in den Kampfgeist – beileibe nicht zu verwechseln mit Sportgeist und fair play. Überhaupt ist fair play dort unmöglich, wo die Meinungen anderer weder gleichberechtigt noch auch nur geduldet sind. Die Sportsleute sollten etwas aufpassen: in Hitlerdeutschland geschehen Dinge, teils graust es einem, teils ist man platt. Dort werden die Anhänger von Ideen, die unter diesem Regime verboten sind, mit dem Beil enthauptet. Die Hinrichtungen finden sehr oft und im allgemeinen heimlich statt. Am 17. Dezember 1935 aber ist ein Schwerkriegsverletzter, Rudolf Claus, hingerichtet worden, und diesmal hat das Gericht selbst in seiner Urteilsverkündung zugestanden, daß es ihn ausschließlich wegen seiner politischen Gesinnung dem Henker übergibt. »Die Zeiten«, heißt es in dem Wahrspruch, »sind für immer vorbei, wo solche Gesinnungen verbreitet werden durften«. Her mit Block und Beil! Nach dem Tode des Opfers ist seine Witwe in ein Konzentrationslager gebracht worden, zur Vorbeugung von Sympathiekundgebungen.

Sportsleute, die sich zu der Olympiade nach Berlin begeben möchten, finden hier Stoff um nachzudenken. Sind nicht vielleicht unter ihnen auch manche mit Gesinnungen behaftet – man weiß nie, politische oder soziale Gesinnungen, die stark abweichen von den in Deutschland verlangten? Auch werden in den Sportverbänden der verschiedenen Länder sicher reichlich Katholiken und Juden sein. Die Behandlung, die Hitlerdeutschland diesen wie jenen angedeihen läßt, ist hinlänglich bekannt. Die Spione des Regimes schleichen Predigern und Gläubigen bis in die Kirchen nach, worauf dann die Konzentrationslager neue Insassen bekommen. Einige gläubige Christen wurden totgeschlagen. Von den Juden hat dies Geschick sehr viele getroffen. Den Überlebenden wurde das Bürgerrecht abgenommen, und ihre Enteignung schreitet vor. Sonst nichts. Sonst sind sie frei, vorausgesetzt, daß sie nicht unglücklicherweise Beziehungen zu arischen Frauen haben oder dreist genug sind, sich beim Frisör rasieren lassen zu wollen wie andere Leute auch. Das bedeutet, daß die Juden ausgewiesen sind aus dem üblichen Leben. Allerdings, bei der Olympiade werden sie sich blicken lassen, soviel steht außer Zweifel. Sie werden wohl nicht sehr gut trainiert sein, das hat seinen Grund; aber dabei werden sie sein, damit das Regime das Gesicht wahrt.

Dieses Regime überbietet sich, damit nur alle Verbände der Welt seinem Hochglanz beiwohnen: den soll die Olympiade liefern. Als die Vertreter der Sportverbände den Beschluß faßten, die Olympiade 1936 wäre in Berlin abzuhalten, da ahnten sie nichts vom nationalsozialistischen Staat, ihn gab es noch gar nicht. Ein republikanisches Deutschland sollte ihr Beschluß ehren. Statt dessen bezieht jetzt Hitler die ganze Ehrung auf sich, und man kann versichert sein, daß er sie anders ausschlachten wird, als es der armen Republik jemals eingefallen wäre. Es wird großartig werden. Die allseits herbeiströmenden Gäste werden geblendet sein von dem Glanz der eigens errichteten Bauten und den musterhaft organisierten Umzügen, wo inmitten der schönsten Athleten des Erdkreises ein Mann als Triumphator einherschreitet. Dieser Mann, man muß es wohl sagen, war niemals Sportsmann; er kann nicht einmal reiten, was doch immer als unerläßlich gegolten hat für jeden mehr oder weniger militärischen Führer. Aber vor ihm her sein glänzender Hof, um ihn her seine Leibwächter, so wird er beim Geläute aller Glocken seiner Hauptstadt und beim dröhenden Flug seiner Luftflotte, recht mit Wonne die höchste Huldigung der zivilisierten Welt empfangen, – die sie ihm entbietet wegen seiner Verdienste um die Zivilisation.

Genau das stellt sein Regime in Rechnung. Der Sport ist dem Regime gleichgültig, und wenn man der Masse schon

Reden hält, dann lieber zur Eroberung fremder Länder aufhetzen als friedliche Kämpfe feiern. Indessen hat man es gerade nötig, die schwankend gewordenen Massen wieder an sich zu bringen durch irgend einen lärmenden Erfolg; und die Herren des Regimes denken dabei an die Olympiade: sie soll ihnen die Volksgunst, der sie nicht mehr trauen, für eine Weile sichern. So werden denn die Sportverbände der ganzen Welt, ohne Unterschied der Rasse, für gut befunden, dem Regime die Hochpolitur zu geben und ihm das Leben zu verlängern. Darum ist auch der »Reichssportführer« kürzlich im Auftrag nach Paris gekommen. Dieser Würdenträger war in Begleitung zweier Gestalten, – für die Gelegenheit hätte man andere aussuchen sollen. Der eine ist schon einmal wegen eines politischen Attentates verurteilt worden. Der andere, ein Professor der »Wehrwissenschaft« und Fachmann für wissenschaftliche Kriegshetze, durchsetzt seine Vorlesungen immerfort mit Ausfällen gegen Frankreich, das ihm zufolge »vernichtet« werden muß, bevor Deutschland die Zukunft überhaupt ins Auge fassen kann. In Paris hat derselbe Herr von Arnim sich entsprechend verwandelt und ist ein Propagandist geworden für das zivilisatorische Zusammengehen Frankreichs mit Deutschland, zum höheren Wohl der Menschheit! Wie aufrichtig! Es klingt wie der Führer persönlich. Und von solchen Leuten läßt man sich etwas erzählen.

Denn manche Gutgläubige und auch manche weniger Charakterfeste hören auf die Agenten des Dritten Reiches. In Amerika ist um die Olympiade ein besonders heftiger Kampf geführt worden. Der Präsident der »American Amateur Athletic Union«, Mr. Mahonney, hat enthüllt, wie die Nazis lügen und wie auch nicht einmal die Rede sein kann von fair play in einem Lande, das sie besetzt halten. Er hat seine volle Pflicht als Ehrenmann getan, damit ihre Olympiade boykottiert würde. Bei der endgültigen Abstimmung ist Richter Mahonney dann geschlagen worden von einem gewissen Brundage, der einige Tage später wegen Unterschleifs beträchtlicher Summen verhaftet wurde. So ist es. Die Berliner Regierung zählt offenbar Freunde unter denen, die das Geld lieben. Andere sind allerdings uneigennützig und glauben nur, daß man Sport nicht mit Politik vermischen soll. *Und gerade darum, ihr Herren, geht nicht nach Berlin!*

Wackeln

»Es ist eine herrliche Bewegung!«, jubelte einer aus der Bande, als ihr noch alles zu gelingen schien. Dabei war es niemals eine Bewegung. Diese Leute haben immer denselben Blubo zertrampelt. Immer dieselben Untaten, immer derselbe unverschämte Unsinn; vom Fleck sind sie nie gekommen. Jetzt wackeln sie: das ist das erste Mal, daß sie sich wirklich bewegen. »Eine herrliche Bewegung!«

Stille, ausgeglichene Naturen waren sie auch sonst nicht; jetzt aber zeigen sie ungewöhnliche Störungen, fliegen aufgescheucht durcheinander, dementieren wie besessen, beschwören alte Kämpfer, wissen kaum noch, was sie tun. Aus den Westen eilt ein Unterschinder zum Sitz der Macht und meldet den Oberschindern, daß höchste Zeit ist, zuzuschlagen. Schön, zugeschlagen. Aber die hauen zurück, so ist das jetzt; und totale Volksgenossen müssen flüchten aus rheinischen Dörfern – vor wem? Vor dem himmlischen Führer Jesus Christus. Kann nicht geduldet werden, befiehlt Göring, nackt, mit Zottelfell und Bratspieß. Der Name Führer gehört nur uns, denn wir haben ihn in Italien geklaut. Himmlischer Führer, alleiniges Sprachrohr Gottes in Deutschland? Das ist Schücklgruber. Schluß.

Sie geben keine Ruhe: dies verdammte mongoloide

Mischschlingsvolk, das wir zu Ariern und Nordgermanen ernannt haben! »Soll Deutschland verrecken, wenn ich es nicht regieren darf!« sagt Schücklgruber. Los gegen die jüdischen Eisdielen. Die sind mit Maschinengewehren bestückt, die Menge nimmt Partei für Israel, vermummte SA kriegen Prügel, es geht drunter und drüber, wann weicht Führer jüdischer Eisdiele? Noch lange nicht, weiter wogt der heldische Kampf, hoiotoho! brüllt der Preußische Ministerpräsident, noch vom Wotansgottesdienst her, und zum Polizeipräsidenten ernennt er Helldorf, ein wahres Paradepferd völkischer Kraft und Schönheit, sobald es ankommt auf Schnaps, arbeitslose Jungen und Mord an unbequemen Astrologen. Wie die Bande sich immer richtig ergänzt! Greift unfehlbar auf den gleichen Typ zurück, mang uns mang ist keiner mang. Darum haben sie vor kaum einem Jahr ihren besten Führerbestand zum Opfer gebracht der bürgerlichen Moral, damit heute Helldorf und Streicher nach vorn gelangen, zwei ausgemachte Moralfremdlinge, um den Namen Drecksschweine sorgfältig zu vermeiden. Helldorf schließt die jüdischen Eisdielen, mit denen Streicher allein nicht fertig geworden war.

Könnte Helldorf auch die Katholische Kirche schließen! Und die protestantische Bekenntniskirche, und die Universitäten, wo die hochherzige Jugend zwar lange genug Drittes Reich gespielt hat, aber jetzt fällt sie ab. Alle fallen endlich doch ab, jeder aus besonderen Gründen, aber auch ein gemeinsamer besteht. Die Arbeiter fallen ab, nicht nur wegen der Lohntüte, auch wegen des Gewissens. Die Studenten fallen ab, die Christen, und sogar der Mittelstand, der so gut wie allein, das ganze Unheil verschuldet hatte. Das schlechte Gewissen! Die Bande wakkelt, weil endlich, endlich ihr Anblick den meisten ein schlechtes Gewissen macht. Fünfzehn Reichswehr-Offiziere sind mit Weib und Kind über die Grenze. Das nächste Gemetzel betrifft offenbar nicht nur jüdische Eisdie-

len. Der Vollführer des vorigen spricht im Rundfunk drohend: »Ich blicke umher und erblicke viele, die nicht mehr da sind.« Grotesk und schaurig wie immer. Wackelt; und seine Antwort ist: Weiter Blubo zertrampeln, weiter morden, umwandelbar an den gleichen Fleck geklammert im Schrecken und in der Schande. Das erste Mal, daß er sich wirklich bewegt, wackelt er. »Eine herrliche Bewegung!«

Spaten faßt an!

Auf dem Parteitag in Nürnberg ist von allem die Rede gewesen, von der Partei, die das Wichtigste, von den Juden, die noch wichtiger sind; von der Macht, »die wir nicht wieder hergeben«; von der bolschewistischen Gefahr und der Geschichte der deutschen Nation, deren höchster und Schlußpunkt der Nationalsozialismus ist: nach ihm kommt nichts mehr. Von dem allen war laut genug die Rede. Stille herrschte über die eine Tatsache, daß in Deutschland ein unglückliches Volk lebt.

Zu etwas anderem. Ein SA-Mann sammelte für die Winterhilfe, als schon Mai war. Die kleine Beamtenfrau entsetzte sich. »Das kann nicht so weiter gehen, daß unser ganzes Geld für Beiträge abgeholt wird. Die Bettelei muß mal aufhören.« – »Stecken Sie Ihr Geld nur wieder weg. Aber ziehen Sie sich an und kommen Sie mit.« Der SA-Mann brachte die Frau nach seinem Kommando, berichtete über sie und durfte sie in das Konzentrationslager einliefern. Inzwischen kam der Beamte vom Dienst, fand das Essen auf dem Feuer und seine zwei kleinen Kinder ohne die Mutter. Als er herausbekommen hatte, wo sie allenfalls sein konnte, stürzte er vor Wut besinnungslos dorthin, die Kinder nahm er mit. Er stellte sie der SA in das Zimmer und verlangte heiser, man sollte sie dort behalten. »Ich als preußischer Beamter hab keine Zeit. Wer die Mutter ins

Lager steckt, soll die Kinder versorgen.« Tags drauf trafen die Frau und die Kinder zu Haus wieder ein.

Und dies ist der gutmütige Alltag, das tägliche Leben, das keinem auffällt. In dieser unbedeutenden Geschichte ist nicht gefoltert, niemand ist am Fenster der Toilette erhängt worden, nicht einmal eine bürgerliche Existenz wurde vernichtet. Dennoch ist auch hier alles vollzählig beisammen: die Erpresser, der Denunziant, die Willkür und Rechtsverweigerung, mit einbegriffen die Rückgabe der Frau. Die Rückgabe geschah, so wenig wie die Verhaftung, aus einem Rechtsgrund, sondern nur mit Rücksicht auf die Vorgesetzten des Gatten, die gefährlich werden konnten.

Ein Land, in dem so gelebt wird, sollte den letzten, noch möglichen Anstand wahren: es sollte stumm sein. Es hat die Welt nicht darüber zu belehren, was für eine Rasse es sich beimißt und wieviel es vom Christentum hält. Es hat sich in seine eigene Schande zu versenken. Kaue es doch seine Gemeinheit durch und schlucke an seiner Anarchie! Dann wäre die Fresse beschäftigt, und in Nürnberg brauchte kein totalitärer Inhaber der Fresse seine Maximen für die Ewigkeit zu rülpsen. Seine »Weltanschauung« stößt auf Verachtung, und interessant werden Minderwertige seinesgleichen erst, wenn der nächste Krieg dran ist. Da augenblicklich ein anderer sich um den nächsten Krieg bemüht, fesselt er die Aufmerksamkeit. Nach Nürnberg sind diesmal mehr gelangweilte Blicke gefallen als entrüstete oder belustigte.

Außerdem ist nachgerade überall bekannt, für wen und mit wessen Zustimmung die Führer der totalitären Partei das Wort ergreifen. Für sich selbst und mit ihrer eigenen Zustimmung: alles Übrige steht dahin, für den auswärtigen Betrachter, der nicht genauer nachrechnet. Man rechnet aber auch nach. 20 Millionen Katholiken, für sie hat kein Führer gesprochen, im Nürnberger roten Saal. Rot ausgeschlagener Saal, das ist der erste Schwindel. 20 Millionen, die nicht dabei sind, das ist der zweite. Der dritte sind die 20 Millionen der protestantischen Bekenntnischristen, sie sind abzuziehen von dem Volk des Führers. Auch die 20 Millionen sozialistischer Arbeiter gehören nicht dazu. 4 Millionen enttäuschter Kleinbürger, ½ Million Intellektueller und Studenten, die nicht mehr wollen, und ½ Million Juden, die nicht dürfen: die 65 Millionen sind voll, wo bleiben die Nationalsozialisten?

Sie sind offenbar ein schwankender Posten; der Denunziant, der eine Frau von ihren Kindern weg ins Lager bringt, ist mit Glanz ihnen beizugesellen, aber mehr oder weniger auch der Gatte der Frau, der Beamter bleiben will. Bei den fünfzehntausend Funktionären und Würdenträgern, die in der Stadt Nürnberg ein Zimmer bekommen hatten, überwog der Typ Göring, vollgefressen, mit trüben Augen, oder die Typen Frank-Streicher, unsichere Verbrechergesichter, traurige Gestalten: nicht einer, der im Ernst und mit der Waffe für das einstände, was er faselt. Draußen kampierten hundertfünfzigtausend arme Pg's, die allerdings davon ihr Dasein fristen, daß sie eben kampieren. Darunter waren, versteht sich, mehrere hundert frische Jungen, sportgestählt und luftgeselcht, die Augen voll Sonne und Wind im Gehirn. Die würden gekämpft haben wie Siegfried, wäre in ihr deutsches Wäldchen der jüdische Bolschewismus eingebrochen, Arm in Arm mit der Rassenschande.

So sieht das aus, was der Redner von Nürnberg seine Volksgemeinschaft nennt: Unterdrückte und Gequälte; Feiglinge, Nutznießer und die hoffnungslos Leeren. Diese Volksgemeinschaft ist durch ihn und seine Bande geistig geschwächt, sittlich erniedrigt. Sie ist als Gesellschaft, kulturell sowohl wie wirtschaftlich, zu Grunde gerichtet und als Nation zerrissen bis dahin, wo das Recht, den Namen einer Nation zu führen, endet. Was hält sie denn noch zusammen? »Die Politik des Stiefels: sie allein stellt zuletzt eine tief greifende Verbindung zwischen den deutschen Staaten und Ländern her.« Das ist der Eindruck, den grade der Nürnberger Parteitag vermittelt hat. Ein Volk, das nur noch Fußtritte »tiefgreifend« verbinden, keinem der heutigen Völker ist Ähnliches gesagt worden. Keinem kann es gesagt werden. Ein solches Maß der Verachtung ist nirgend erreicht und niemals verdient worden. Seine nationalsozialistischen Beherrscher haben es in weniger als drei Jahren dahin gebracht, daß dies der Zustand Deutschlands ist und dies sein Ruf.

Dann stellen diese Figuren des Grauens und Gelächters sich auf und blasen von sich. Gegen die französische Revolution – auf Grund derer sie da sind, denn leider hat das Ereignis auch Knechte wie die Familie Schücklgruber befreit. Gegen die russische Revolution – die sie in all und jedem nachäffen und fälschen. Dort die Enteignung zu Gunsten der Gesamtheit: hier für eine Kaste und einen Klüngel. Dort der Aufstieg des Rechtes, seine Wiederbelebung, die ernstgemeinte Demokratie und ein praktischer Humanismus – indes in diesem armseligen Dritten Reich der Mensch und mit ihm das Recht nur tiefer und tiefer verfallen. Aber grade dafür ist das Regime bestellt, und das ist seine Sendung: es soll dies Volk herunterbringen bis auf die tiefste Stufe und ihm vormachen, das wäre hoch oben. Wohlstand vormachen, Macht vormachen, und armen, verhungerten Schmarotzern und Klienten auch noch das Schauspiel der Revolution bieten, im rot ausgeschlagenen Saal, einmal im Jahr.

Der rot ausgeschlagene Saal hat diesmal die Kasten der jüdischen Parias, arischen Sklaven, der Herren und, als oberste, die der Führer verkünden gehört. Ein unglückliches Volk wird verhöhnt im rot ausgeschlagenen Saal. Draußen warten die Arbeitsmänner des Arbeitsdienstes, bis kommandiert wird: »Den Spaten über! Achtung! Spaten faßt an!« Worauf sie in strammer Haltung vorüberziehen und nicht einmal »Scheiße« denken. Sondern nichts, gar nichts denken die Armen. Es ist ihnen abgenommen worden, sie verbringen die Tage des Dritten Reiches meistens in einer Zone außerhalb des Denkens. Aber die Kämpfer in ihren Reihen haben die Zähne aufeinander gebissen. Diese denken – und wissen: es kommt der Tag. Wir graben. Der Spaten ist da zum Untergraben. Achtung! Spaten faßt an! Wir sind Millionen und werden Abermillionen sein. Wer unsere Sache nie auch nur erträumt hätte, der will jetzt unsere Sache: das haben sie erreicht mit ihrem Dritten Reich. Nur immer mehr Hunger, nur immer mehr Not! Viele Hunde, mein Führer, sind des Hasen Tod. Die Volksgemeinschaft, die kriegst du zu sehn, wenn wir alle auf einmal ans Graben gehn. Graben einen ein, der endlich nicht mehr reden kann. Den Spaten über! Achtung! Spaten faßt an!

Kastendeutschland

Herr Hitler, haben Sie nicht auch das Gefühl, daß es zu Ende geht? Sie werden jetzt so übertrieben, das ist kein gutes Zeichen. Früher vermieden Sie es gern, Farbe zu bekennen; wohlweislich blieben Sie das große Rätsel und der Blitz in der Wolke. Sie überließen es den Kleinen von den Ihren zu tun, was sich dann nicht mehr ableugnen läßt. Sie selbst begingen nur in äußersten Fällen etwas: der Knüppel mußte schon beim Hund liegen. Dann war es gleich das Alleräußerste, eine einmalige Höchstleistung wie der 30. Juni. Tags darauf waren Sie einfach fertig und mußten das Bett hüten. Sogar die Zeitungsleser fühlten sich erschöpft.

Das letzte Mal, in Nürnberg, haben Sie nicht so glücklich abgeschnitten. Man griff sich zwar an den Kopf, wie gewöhnlich; damit war diesmal aber Ihrer gemeint, Ihr eigener Kopf, Herr Hitler. Sitzt er noch? Er muß doch sitzen, damit Sie Ihrer geschichtlichen Sendung genügen können: die Deutschen zu Herren der Welt zu machen. Dafür ist unbedingt nötig, daß alle Deutschen als Herren geboren werden. Das war einst Ihre Meinung. Sie äußerten: ein deutscher Straßenkehrer müßte wissen, daß er mehr ist als ein fremder König. So ist es richtig. Bravo, heil und schamster Diener! Die Menschheit besteht aus einer unangenehmen Mischung von Nigger und Jud; sie ist daher wie geschaffen, von deutschen Ritzenschiebern beherrscht zu werden.

Jetzt plötzlich verurteilen Sie den Ritzenschieber, der kein zuverlässiger Pg. ist, zu der vorletzten der vier Kasten, in die Sie die Deutschen einteilen. Sie hätten ihn in die letzte Kaste versetzt, diese aber ist den Juden vorbehalten. Damit wollen Sie es wieder gut machen und sich als großer Sozialist zeigen, weil unter den Juden, trotz all Ihrer Fertigkeit im Enteignen, immer noch Besitzende sind, und dennoch hinunter mit ihnen in die letzte Kaste. Das ist schön und herzlich gemeint, Hitler; der arische Ritzenschieber in der Dritten bleibt darum doch ein Fehler. Bedenken Sie: der Straßenkehrer und überhaupt der Mann von der Straße mag ja kein verdienter Pg. und meistens das genaue Gegenteil sein, sogar ein Marxist, ein ganz ein zuwiderer, ist alles schon vorgekommen. Jedesfalls aber wäre Vorbenannter als Volksgenosse anzusprechen, gellns, Herr Nachbar? Da kommen wir immer wieder auf die Frage, wie ein Solchener in seiner dritten Kaste sich für mehr halten sollte als ein fremder König.

Die zweite Kaste von oben – kann angehn. Dort fühlt sich jeder Einzelne als was Sie wollen. Aber wie viele werden es schon sein? Ihre Parteifunktionäre, nebst den arischen Werkführern, und dazu die paar jüdischen Ehrenarier, die wo das viele Geld gespuckt haben. Mit dem Gesox *werden Sie nicht die Weltherrschaft erringen, Sie nicht, Herr Schücklgruber, bei aller Anerkennung Ihres Kehlkopfes. Nun und gar die oberste Kaste, wer wird darin vorgefunden? Ihre werte Persönlichkeit, nebst den Großen Ihres Reiches. Sie wissen selbst, ob damit Staat zu machen ist, ganz davon abgesehen, daß die Großen Ihres Reiches einander alle ermordet haben werden, bevor es zum Kampf um die Weltherrschaft kommt.*

Hier fahren Sie herrisch aus dem Sessel und schreien Ihren vortragenden Rat an. Höher geht's nimmer! Doch. Es geht höher und führt weiter. Deine »Judengesetze«, mei Liaba, was war' jetzt dös, vor'n Völkerbund sollns kimma. Dees wann guat ausgeht, nacha haaß i Loisl. Es wird nicht gut gehen. Zuerst wird die Weltöffentlichkeit sich deiner Juden annehmen, mein Führer, und endlich wirst du sie aus der vierten Kaste herauslassen müssen, nicht anders als du einen einzelnen Jacob freigeben mußtest. Allmählich wird die Weltöffentlichkeit, die eine lange Leitung hat, dann doch merken, daß es sich nicht nur um die Juden gehandelt hatte. Die dienen, wie gewöhnlich, als Vorwand und Gelegenheit, alle anderen mit zu entrechten. Man wird erkennen, daß mitten auf diesem Erdteil die Erniedrigung des Menschen, die Herausforderung der gesamten Menschheit jetzt weit genug getrieben ist, und es wird eingegriffen werden, um der Ehre willen alles dessen, was Menschengesicht trägt.

Die Rede

Der Redner: Wir haben die Gewalt und geben sie nicht wieder her. Nicht wieder her geben wir die Gewalt. Wir ham sie, ha! die Gewalt. (Brausender Beifall im rot ausgeschlagenen Saal)

Der Redner: Nach meiner Machtergreifung tat ich den sä-

kularen Ausspruch: Jetzt alsdann haben wir sie, die Gewalt. Vierzehn Jahre der Schmach –

Hinter dem Redner, dem Publikum unsichtbar, raunt der Engel des Wahnsinns: Gibst oans zua, Loisl!

Der Redner: Fünfzehn Jahre der Schmach –

Der Engel des Wahnsinns: Nochmal oans, bist eh der Herrgott!

Der Redner: Sechz – (zum E. d. W.): Haltst die Goschn! (laut in das Publikum); Gegen uns ist eine lächerliche Minderheit, keine zehn Prozent, keine acht.

E. d. W.: Kein halbes Perzent, du mußt as wißn, Schücklgruber Loisl.

Der Redner: Wenn ich es sage, ich, der Schückl – der Schicksalsgesandte des arischen, deutschen und artverwandten Blutes. (Getöse der Zustimmung)

Der Redner (horcht auf den E. d. W.): San so bloß d' Judn. Juda zieht den Draht, da erhebt sich gegen uns die katholische Kirche. Juda winkt, da rücken die alten Frontkämpfer an. Vor mir sitzen nur Arier, nordische Edelrasse, und ich warne euch: Juda könnte sogar euch beikommen –

E. d. W.: Wann i net war.

Der Redner: Ich aber bin euer Retter vor dem jüdischen Gift, beziehungsweise vor dem Bolschewismus. Ich rette das deutsche Volk, beziehungsweise die westliche Zivilisation. Der bolschewistische Jude in Moskau hat der Welt den Krieg erklärt.

E. d. W.: Schmerz laß nach! Du wannst der Stalin warst!

Der Redner: Stahl werden wir sein und die Schwerter halten vor die Stunde der Welt.

E. d. W.: Achtzig Jahre deines Lebens gäbest du, Loisl, wannst der Stalin warst.

Der Redner: Achtzig Jahre meines Lebens gäbe ich, wenn ich den jüdischen Bolschewismus zu meinen Füßen verrecken sähähä.

E. d. W.: Hähä.

Der Redner: Hähä. (Sein Anfall geht unter in der begeisterten Raserei des Hauses.)

Der Redner: Der Schein regiert die Welt. Dahinter versteckt sich überall der Jude.

E. d. W.: Der Litauer is a Jud.

Der Redner: Der Litauer ist jüdisch verseucht.

E. d. W.: Die Preistreiber.

Der Redner: Den Preistreibern ihre Mütter haben Rassenschande getrieben, eh daß die Söhne Preise trieben.

E. d. W.: Der Franzos, der Nörgler, der Illegale.

Der Redner: Nix wie Juden. Juda über uns! Zu Hilfe – riefe an dieser Stelle ein Schwacher. Wehe dem aber, der jetzt schwach ist. Der Aufgerüstete allein besitzt die Freiheit. Volksgenossen, besitzt ihr dank meinen Taten die Freiheit? (Ergriffenes Schweigen im Hause)

E. d. W.: Ich hör' allweil Freiheit rufen.

Der Redner: (fragt den E. d. W.) Sixt den Judn, zwaandfuchzigste Reihe hint?

E. d. W.: Den kenn' i. Hat an arisches Dienstmädchen, was no net fümfavierzig is.

Der Redner: Ich stelle fest, daß Juden eingedrungen sind. Mein Auge erblickt Juden, immer mehr Juden.

(Das Publikum springt auf und sucht wild nach Juden. Angstgeschrei und Getrampel, es wird gekämpft.)

Der Redner (überbrüllt den Lärm): Der Kampf gegen die inneren Feinde der Nation wird an formalen Bedenken nicht scheitern.

E. d. W.: Schiaßn, Loisl! Raus mit'n Revolver!

Der Redner (greift in die Tasche, trocknet sich mit dem Schnupftuch.)

E. d. W.: (rauscht mit den Flügeln. Macht »bum bum«); Da is's schon, hörst as, Loisl? Das jüdisch bolschewistische Bombenflugzeug!

Der Redner (kriecht unter das Pult).

Im Hause werden geräuschvolle Kampfhandlungen vorgenommen. Der Engel des Wahnsinns schwebt über dem Ganzen.

Gottfried Keller: Die öffentlichen Verleumder

Ein Ungeziefer ruht
In Staub und trocknem Schlamme
Verborgen, wie die Flamme
In leichter Asche tut.
Ein Regen, Windeshauch
Erweckt das schlimme Leben,
Und aus dem Nichts erheben
Sich Seuchen, Glut und Rauch.

Aus dunkler Höhle fährt
Ein Schächer, um zu schweifen;
Nach Beuteln möcht' er greifen
Und findet bessern Wert:
Er findet einen Streit
Um nichts, ein irres Wissen,
Ein Banner, das zerrissen,
Ein Volk in Blödigkeit.

Er findet, wo er geht,
Die Leere dürft'ger Zeiten,
Da kann er schamlos schreiten,
Nun wird er ein Prophet;
Auf einen Kehricht stellt
Er seine Schelmenfüße
Und zischelt seine Grüße
In die verblüffte Welt.

Gehüllt in Niedertracht
Gleichwie in eine Wolke,
Ein Lügner vor dem Volke,
Ragt bald er groß an Macht
Mit seiner Helfer Zahl,
Die hoch und niedrig stehend,
Gelegenheit erspähend,
Sich bieten seiner Wahl.

Sie teilen aus sein Wort,
Wie einst die Gottesboten
Getan mit den fünf Broten,
Das klecket fort und fort!
Erst log allein der Hund,
Nun lügen ihrer tausend;
Und wie ein Sturm erbrausend,
So wuchert jetzt sein Pfund.

Hoch schießt empor die Saat,
Verwandelt sind die Lande,
Die Menge lebt in Schande
Und lacht der Schofeltat!
Jetzt hat sich auch erwahrt,
Was erstlich war erfunden:
Die Guten sind verschwunden,
Die Schlechten stehn geschart!

Wenn einstmals diese Not
Lang wie ein Eis gebrochen,
Dann wird davon gesprochen,
Wie von dem schwarzen Tod;
Und einen Strohmann bau'n
Die Kinder auf der Heide,
Zu brennen Lust aus Leide
Und Licht aus altem Grau'n.

Schulstunde 1950

Hinter dem Schulhaus, unter Bäumen. Der Lehrer und alle Schüler sind schwarz gekleidet.

Der Lehrer: Heute begehen wir einen Gedenktag.

Alle Schüler erheben sich von den Bänken.

Der Lehrer: Ich will euch sagen, daß mein Herz mit dem euren schlägt. Mehrere von euch haben damals den Vater verloren, alle haben Schreckliches erlebt – Schreckliches und Großes. Denn es ist sehr viel, nach einer Zeit der Knechtschaft die Freiheit zu erkämpfen. Man könnte stolz sein und sich freuen. Wir sind dennoch schwarz gekleidet. Warum? Ihr dürft euch setzen und nachdenken. Dies ist nichts, was man auswendig lernen kann. Es will immer neu erkannt werden.

Richard: Ich glaube, wir sind schwarz gekleidet, damit wir uns besser erinnern sollen. Das Gute fällt uns gleichzeitig mit dem Schlimmen ein.

Der Lehrer: Und die ehrenvollen Erlebnisse mit den beschämenden. Ihr seid sehr jung. Das hindert nicht, daß ihr Erinnerungen habt, und die meisten Erinnerungen der Menschen sind schwer. Ihr habt nicht nur eure eigenen Erinnerungen, die nicht weit reichen, sondern auch die vielfachen eurer Väter. Ja, vergangene Geschlechter haben für euch gelebt, nicht anders, als wären es schon eure Erlebnisse gewesen. Welche ist die erste und vornehmste der menschlichen Gaben? Welche ermöglicht erst das Leben, das der Mühe wert ist?

Erwin: Das Gedächtnis.

Der Lehrer: Wir sind in der Morallehre weit genug vorgeschritten, daß ihr es wissen könnt.

Erwin: Ich weiß, daß es Menschen gibt, die heute so und morgen anders sind. Ich kann mir nicht denken, daß viele Menschen, alle auf einmal, sich so verhalten, als hätten sie kein Gedächtnis.

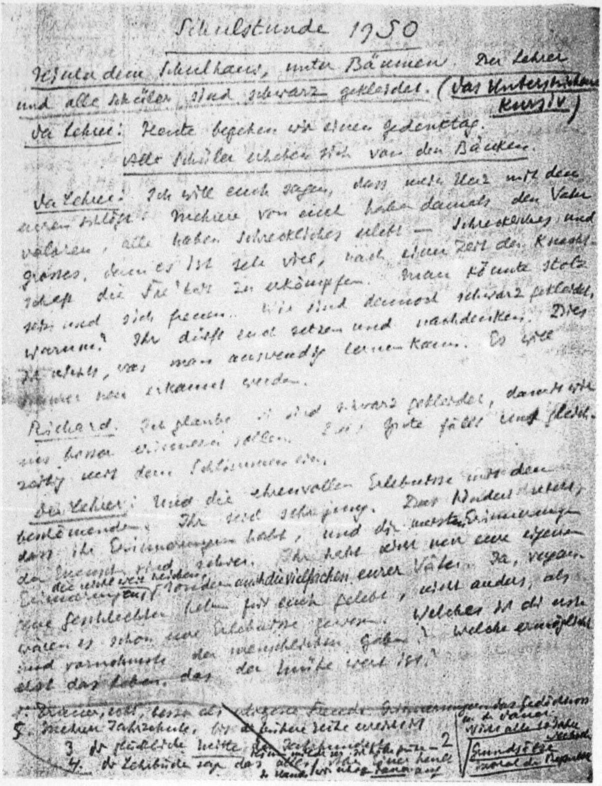
Schulstunde 1950

Vor dem Schulhaus, unter Bäumen. Der Lehrer und alle Schüler sind schwarz gekleidet. (Das Unterstrichene kursiv)

Der Lehrer: Heute begehen wir einen Gedenktag.

Alle Schüler erheben sich von den Bänken.

Der Lehrer: Ich will euch sagen, dass mein Herz mit dem euren schlägt. Mehrere von euch haben damals den Vater verloren, alle haben Schreckliches erlebt — Schreckliches und Grosses, denn es ist sehr viel, nach einer Zeit der Knechtschaft die Freiheit zu erkämpfen. Man könnte stolz sein und sich freuen. Wir sind dennoch schwarz gekleidet. Warum? Ihr dürft euch setzen und nachdenken. Dies ist nicht, was man auswendig lernen kann. Es will immer neu erkannt werden.

Die erste Manuskriptseite von
Schulstunde
in der Handschrift Heinrich Manns

Max: Aber das ist doch die Regel! Die Deutschen der sogenannten Freiheitskriege, am Anfang des vorigen Jahrhunderts, haben bekanntlich nicht die schwächste Ahnung mehr gehabt, was Freiheit ist. Sie verwechselten sie mit dem Nationalismus. Dreihundert Jahre früher, zur Zeit der Bauernkriege, kannten sie die Freiheit.

Leo: Warum so weit zurückgreifen? Sogar das verflossene Dritte Reich hat von »Freiheit« geredet, wenn ihm das gerade in den Kram paßte. Sonst redete es mehr vom Willen des Führers.

Gelächter.

Richard: Es hat von allem nur geredet, außer stehlen und töten.

Der Lehrer: Hängt sein Verhalten mit dem Gedächtnis zusammen?

Erwin: Ob man alten Unsinn wiederholt, darüber entscheidet das Gedächtnis. Der ganze Nationalismus mit allem Zubehör, wie Rasse, erwähltes Volk und folgender Zusammenbruch, war längst dagewesen. Man hätte das Dritte Reich überschlagen können und niemand hätte es gemerkt.

Ein finsterer Schüler: Damals zog man sich wenigstens nicht schwarz an, wenn Festtag war. Es war lustiger. Das sagen alle.

Richard: Bei dir. Für meine Leute war es nicht lustig. Für unsere Genossen war es nicht lustig.

Der finstere Schüler: Ihr wart keine artgemäßen Volksgenossen.

Leo: Aus welchem Maskenverleih hast du dein Vokabular?

Richard: Gehungert haben wir für euch mit. Den Kopf auf den Block gelegt haben wir für euch mit. Ihr habt Blut vergossen und ihr meint, ihr wollt das Land besitzen?

Leo: Ein Bibelspruch. Das Dritte Reich muß hiernach

schon öfter dagewesen sein, – und vielleicht war dieses Mal nicht das letzte.

Der finstere Schüler fährt auf: Darauf kannst du Gift nehmen.

Leo: Ich nehme auf gar nichts Gift.

Richard: Das kommt nicht wieder. Nie. Jetzt wissen wir, daß Sterben leichter gewesen wäre.

Max: Gewiß kommt es so nicht wieder. Dann wird man wohl einen neuen Unfug erfinden – oder den alten, anders montiert, um die Leute verrückt zu machen: Propaganda, wie man damals sagte. Und wir? Warum machen wir so gar keine Propaganda?

Der Lehrer: Du, Max, wärest sonst zu klug, danach zu fragen. Ihr seid erregt. Ein Gedenktag würde indessen schlecht genutzt werden, wenn man sich nur stellte, als wäre alles gut und vergessen. Niemals ist alles gut, und nichts soll vergessen sein. Sonst könnten wir nicht lernen, und alle Erlebnisse, um derentwillen wir heute schwarze Kleider tragen, wären vergebens gewesen. Seht, es verstieße gegen unser Gewissen, durch Rundfunkredner und Denunzianten eine Volksgemeinschaft zu erzwingen. Das bleibt oberflächlich wie jede Massenhaftigkeit. Wir wünschen dagegen die echte Übereinstimmung in den wahren Grundsätzen des Lebens, die unwandelbar sind, und sogar eine Einigung der Lebenden über ihre wechselnden Interessen. Wir leben nicht für den Staat und haben ihm keine menschlichen Massen als sein Material vorzuführen. Er soll uns beweisen, daß er uns besser und glücklicher machen kann. Vielmehr wollen wir es uns selbst beweisen, und das vollzieht sich eher in der Stille. Unser Staat wird herangebildet in hunderttausenden so kleiner Kreise, wie wir hier einer sind. Er bildet sich durch Wissen. Er bildet sich durch die Festigung der Charaktere. Ich gebe euch nur die alte Morallehre. Sie saß aber zu gewissen Zeiten nicht fest, und darum konnte man alle zehn Jahre umfallen und die entgegengesetzte Geisteshaltung einnehmen. Wenn nun, wider alles Erwarten, eine neue Weltkrise über uns käme, würdet ihr, wie es damals war, alle Grundsätze fortwerfen und auch wieder ausschreien, daß Recht ist, was dem Staat nützt?

Richard: Die Anderen hätten damals sagen müssen: was ihnen nützt. Sie logen und sagten: Deutschland.

Der finstere Schüler: Ich bin ein Deutscher. Ihr seid vaterlandslos.

Leo: Etwas komisch. Seit einiger Zeit wird ganz Europa von einer überstaatlichen Macht regiert.

Erwin: Ich will unseren Freund darauf hinweisen, daß nach dem Gesetz mit Gefängnis bestraft wird, wer sich selbst in der Absicht, andere herabzusetzen, »deutsch« nennt.

Max: Hinzufügen wollen wir, daß hier niemand seinen Ausfall gehört hat.

Der Lehrer: Niemand. *Er geht auf den finsteren Schüler zu.*

Der Lehrer: Mein Lieber! Es bleibt dabei, daß nichts vergessen werden soll, besonders nicht vorschnell. Du selbst hast die Herrschaft der letzten Nationalisten kaum mehr gesehen. Die Deinen waren statt deiner dabei; niemand verlangt, daß du sie verleugnest. Es ist an uns, dich zu überzeugen, daß unsere heutigen Lehrbücher recht haben. Unsere neuen Einrichtungen müssen für sich sprechen. Es erweise sich, daß wir mit unserem »Recht für Alle« dennoch weiter kommen als früher ihr, mit eurem »Recht für Wenige«.

Der finstere Schüler: Gibt's ja gar nicht. *Er bricht in Tränen aus.*

Leo: Wenn das Ganze nur ein interessantes Experiment wäre?

Richard: Noch längst nicht genug Gerechtigkeit! Immer mehr Gerechtigkeit!

Der Lehrer: Du wirst Zeit haben, mein Lieber, dich zu überzeugen, wie ohne sinnlose Gewalt, blinden Haß und ohne den vermeidbaren Teil des menschlichen Leidens auf Erden gelebt wird. Der Versuch wird wahrscheinlich nie mehr ganz aufhören, nachdem er zum überhaupt ersten Mal ernstlich begonnen hat. Jedenfalls aber willst du eines beachten: unser Volksstaat ist wirtschaftlich geschützt, international eingeordnet: ein Angriff auf ihn scheint aussichtslos. Außerdem stehen wir in der Mitte des Jahrhunderts. Dort fühlt jedes Jahrhundert sich im sicheren Besitz seiner Kräfte. Die Krankheiten seines Anfangs sind überstanden, ich meine die Störungen des Willens und das Versagen des Gewissens. Die leidliche Gesundheit der Epoche wird sich weiterhin bessern und befestigen. Während deiner Lebensdauer findet wahrscheinlich kein Rückfall statt. Ist es nicht schon aus praktischen Gründen geraten, daß du dich versöhnen läßt?

Der finstere Schüler schüttelt den Kopf, ohne aber sein Gesicht zu zeigen.

Der Lehrer: Ich bin von uns der Einzige, der dein Drittes Reich wirklich ertragen mußte. Ich habe es lange überlebt. Als ich aber noch nicht wußte, ob ich aushalten würde, hätte ich für die Deinen keine Gnade gehabt. Mein heutiges Verhalten ist bequem; du brauchst es nicht zum Guten auszulegen.

Der finstere Schüler gibt dem Lehrer die Hand: Nicht nur aus praktischen Gründen gebe ich sie Ihnen.

Der Lehrer: Es freut mich. Aber deswegen sind wir doch erst am Anfang unserer großen Morallehre. Wir wollen lernen.

III

Lernen

Daß die Deutschen diesen schaukelnden Träumen, dieser bild- und begrifflosen Ahnungslosigkeit einen so hohen Wert beilegen, ist eben das Unglück dieser Nation. Daher kommt es, daß sie sich so gern jedem Irrtum in die Arme werfen, wenn er nur irgendeinen Halt darzubieten scheint, an den sie jenes flatternde, verworrene Gewebe anknüpfen können. Daher kommt es, daß von zehn zu zehn Jahren die ganze Nation mit einem Schlage ihr geistiges Glaubensbekenntnis ändert und die Götzen des gestrigen Tages heute wie Schatten von Verstorbenen umherwandeln. Unmännlich! Herabwürdigend! Sie glauben, das sei etwas ihrer Nation Eigentümliches, aber andere Völker kennen diesen Zustand auch, nur werden bei ihnen die Knaben endlich Männer. Ich spreche hier nicht als einer, dem dieser dumpf träumende Zustand fremd ist, denn er ist der meine. Aber ich erkenne wenigstens, daß man sich aus ihm herausarbeiten muß, wenn etwas geleistet werden soll.

Franz Grillparzer

Verfall einer geistigen Welt

Angesichts des Nationalsozialismus wird jeder konservativ, denn jeder hat etwas zu erhalten, das hier zerstört werden soll: der Marxist so gut wie der Liberale. Es wird auch nichts an die Stelle gesetzt, wie man weiß. Der Nationalsozialismus haßt und verneint schlechthin, er ist unfruchtbar und ein Greuel jedem, der das reiche Leben verehrt. Einigen Wilden und Boshaften ist es gelungen, die Übrigen zu mißbrauchen vermittels ihrer schlechten Triebe, und seit drei Jahren hausen sie. Man muß feststellen, was sie zerstören wollen oder schon zerstört haben, und was zu retten ist.

Auseinandergetrieben ist die verhältnismäßig kleine Schicht der Bevölkerung, die eine hohe Bildung bewahrt und weitergegeben hatte. Bildung umfaßt: eine allgemeine Kenntnis des Menschlichen; das Vermögen, sich zurückzuversetzen in die Geschichte und das Werdende mitzufühlen; eine sprachliche Kultur, die sich daraus ergibt, daß die Dinge des Intellektes als Tatsache und als Macht anerkannt werden. Wirkliche Lebensnotwendigkeit war dies wohl immer nur für eine kleine Schicht – immerhin zuletzt nicht mehr für eine ganz kleine. Als Voltaire und seine Genossen die geistige Welt, zunächst die geistige, veränderten, wurde ihre Arbeit verfolgt von vielleicht zweitausend Lesern der bevorrechteten Stände. Das war anders, und es vollzog sich auf größerem Raum, in dem Deutschland, das 1890 anfängt mit dem Naturalismus in literarischer und wissenschaftlicher Gestalt und sich fortsetzt bis an das Ende der Republik.

Große Massen haben damals wenigstens die Rückschläge und Fernwirkungen der geistigen Vorgänge erfahren. Dafür sorgten unter anderem die Volkshochschulen und die Volksbühnen, bevor sie vom niedrigen Haß zerstört wurden. Ein Zeichen waren die in kürzester Zeit erzielten Millionenauflagen mehrerer Bücher, deren eines jedenfalls hohe Ansprüche stellt. Es war dabei geblieben, daß zunächst eine Schicht, in der fast jeder den anderen kannte, die Werte begriff und sie in Umlauf setzte. Dann gelangten sie aber in sehr viele Hände, und es war seit einigem dahin gelangt, daß ein Schriftsteller wenigstens so vertraut mit Arbeitern sprechen konnte wie mit dem Durchschnitt anderer Schichten. Die weitergeleitete Bildung hatte zuletzt eine wirkliche Gesellschaft ergeben.

Eine Gesellschaft: das bedeutet, daß alle mehr oder weniger dieselbe Sprache sprechen, ja sogar die Anspielungen schon verstehen. Das war auf dem Wege, vor allem in Berlin. Die erste, verhältnismäßig kleine Schicht, in der jeder den anderen kennt, war gegeben. Aber auch die Masse wurde allmählich weniger anonym, sie war schon tätig beteiligt. Die Literatur hatte angefangen, mit der Masse zusammenzuwachsen, – ohne daß deshalb geistig etwas nachzulassen war. Die Masse wirkte ein auf das, was geistig geschah. Auch das wirkliche Geschehen war damals auf sie zurückzuführen, oder es hätte doch so sein sollen nach den herrschenden Grundgesetzen.

Diese sind umgeworfen worden, und die Gesellschaft wurde zerstört; mit ihr die Bildung, das gegenseitige Verständnis, der schon eingeleitete Zusammenhang der Klassen. Man sieht die Wirkungen; nur schwer zu fassen ist ihr Sinn. Eine ganze, emsig Kultur schaffende Gesellschaft wird jäh aufgehalten. Sie bereitete ihre wirkliche Umgestaltung vor, und was geistig schon gestaltet ist, kann in der Wirklichkeit nicht ausbleiben. Da wird die Gesellschaft überfallen, auseinandergetrieben, zerschlagen. Die kleine Schicht, in der jeder den anderen kannte, wird vernichtet, jedes Mitglied einzeln. Die Masse wird zurückgeworfen in ihre älteste Ohnmacht. Sie sollte alles sein und ist auf einmal nichts mehr – nur noch das verachtete Werkzeug einiger Banditen. Das ist ein Weltuntergang im kleinen. Barbaren, die sich einer hochgesitteten antiken Stadt bemächtigten, sind nicht anders mit ihr verfahren.

Unfruchtbare Hasser zerstören einer Gesellschaft ihre Machtmittel, und das sind die politischen Parteien, es sind aber auch die Gewerkschaften und nicht weniger die Volkshochschulen und Volksbühnen. Die gesamte geistige Bildung ist einbegriffen; denn eine Gesellschaft wird stark, sie wird befähigt, über sich zu bestimmen und sich umzugestalten dadurch, daß sie geistig zusammenhängt. Die Nationalsozialisten haben die Volkshochschulen aufgelöst, weil diese marxistisch waren? Ach nein, der Marxismus war Vorwand und Ausrede. Der Zweck ist immer, dem Volk etwas zu nehmen: hier seine geistigen Mittel, die Machtmittel sind; an anderer Stelle seine Waffen im Wirtschaftskampf; bis man allen endlich den letzten Rest der persönlichen Selbstbestimmung entzieht. Dann bleiben allenfalls die Guthaben bei den Sparkassen zu stehlen, und auch das wird nicht versäumt.

Gegeben wird nichts. Geschaffen wird seit drei Jahren nicht das Geringste. Was sich als zweckvoll gibt, sind in Wahrheit nur die eigenen Zwecke der Machthaber, dafür benutzen sie ein ganzes Volk, das sie eigens entmachtet und entrechtet hatten. Es wird nichts gearbeitet, die Arbeiter marschieren und schießen. Es wird nichts gelernt, die Studenten schießen und marschieren. Allerdings wird gearbeitet für den Krieg, und auch gelernt wird allerdings für den Krieg. Für ihn werden Essen und Kleidung verschlechtert, das Land wird abgeschlossen von der Welt, wird ein einziges Kriegslager – mit den dazugehörigen üblen Sitten, der Unehrlichkeit, Unwissenheit, sittlichen

Unempfindlichkeit; und entsetzlich vereinsamt ist dort jeder fühlende, denkende Mensch. Millionen arbeiten gegen das System, es ist verurteilt und weiß es.

Aber eine lebendige, der Entwicklung fähige Gesellschaft hat doch zerstört, aufgelöst oder wenigstens vorerst unterdrückt werden können: genau so weit reichte die nationalsozialistische Kraft. Nun haben die nationalsozialistischen Erfolge ihren Grund keinen Augenblick in ehrlicher Begeisterung gehabt, auch keine erlebte Mystik spielt mit. Das alles ist Schwindel, ist im höchsten Fall abgeleitet und belanglos. Die Nationalsozialisten haben sich bedient der Schwäche, der Furcht, der Sehnsucht zurück. Die Einzelnen und auch die Völker unterliegen Anfällen von Ermüdung, um so eher, wenn sie schon lange zwischen Katastrophen leben müssen. Furcht befällt sie, abergläubische Furcht vor irgend einem unverschämten Einbrecher, der wahrhaftig der Stärkere nicht ist. Mit Leichtigkeit wäre er unschädlich zu machen, man ist nur gelähmt und läßt sich erobern: so die hochzivilisierten Mexikaner und Peruaner einst von Pizarro und Cortez, und kürzlich die Deutschen von Hitler.

Wobei nicht zu übersehen ist, daß sie den Hitler auch in sich selbst hatten: das ist die Sehnsucht zurück. Auch sie kann jeden einzelnen und jedes Volk überkommen, und man widersteht ihr nicht immer. Man mag nicht länger erkennen und wissen, man will die fortschreitende Ordnung, mag sie bis jetzt auch nur sehr unvollkommen fortgeschritten sein, man will die Vergesellschaftung und Befriedung nicht mehr. Man ist überdrüssig seines besseren Selbst – nicht ganz bewußtermaßen, aber es genügt, daß man mit einiger Nachhilfe zurückfallen könnte in alte Zustände, die niemand mehr für möglich hielt. Der Untertan Hitlers steht zweifellos an persönlicher Würde noch unter dem Untertan Friedrichs des Großen. Der Soldat des impotenten Königs wurde durch Prügel dazu vermocht, sich totschießen zu lassen. Die Helden des Führers, der dem König ähneln möchte, werden es außerdem durch Propaganda.

Die Deutschen sind durch Propaganda schon dahingebracht, daß sie sich sozusagen freiwillig und auf den Schwingen der Verzweiflung einlassen würden in einen Krieg, von dem grade sie nichts zu erwarten haben als ihr eigenes Ende, mit eingerechnet das Ende ihres Staates. Dazu gehört etwas; alle anderen, außer den Deutschen, überlegen sich den Schritt, obwohl er für keinen in diesem Grade gefährlich ist. Wie viel muß man schon verloren haben, wenn man sich innerlich bereit macht, auch noch den Frieden zu verlieren!

Verloren hat dieses Volk seine eigenen Machtmittel, die nicht dieselben sind wie die Machtmittel seiner Führer und Überwinder. Es hat verloren oder vorläufig dahingegeben seine politischen und wirtschaftlichen Machtmittel und auch seine geistigen, das geistige Zusammenwirken, Zusammenwachsen, das eine Gesellschaft erst vernünftig, frei und ihrer Zukunft gewiß macht. Was ist zu tun, wodurch ist das alles wiederzugewinnen? Wie ist zu verfahren, sobald die veränderten Umstände es gebieten, und sogar schon vorher? Wie kann vermittelt werden zwischen dem Deutschen von jetzt und seinem edleren, fast vergessenen Bild? Er wäre nicht mehr imstande zu verstehn, wofür er früher vorgebildet war in vielerlei Hinsicht – zum Beispiel ein Buch aus dem Jahre 1910. Jetzt fehlen ihm alle Voraussetzungen. Wie sind sie ihm aufs neue zu gewähren?

August Graf von Platen:

Es sehnt sich ewig dieser Geist ins Weite,
Und möchte fürder, immer fürder streben:
Nie könnt' ich lang an einer Scholle kleben,
Und hätt' ein Eden ich an jeder Seite.

Mein Geist, bewegt von innerlichem Streite,
Empfand so sehr in diesem kurzen Leben,
Wie leicht es ist, die Heimat aufzugeben,
Allein wie schwer, zu finden eine zweite.

Doch wer aus voller Seele haßt das Schlechte,
Auch aus der Heimat wird es ihn verjagen,
Wenn dort verehrt es wird vom Volk der Knechte.

Viel klüger ist's, dem Vaterland entsagen,
Als unter einem kindischen Geschlechte
Das Joch des blinden Pöbelhasses tragen.

Exil

Die Bibel: Wir sind Unbekannte und dennoch sind wir bekannt. Wir sind Sterbende und dennoch leben wir. Wir sind Hingerichtete und dennoch werden wir nicht getötet. Wir sind traurig, aber wir freuen uns. Wir sind arm, aber wir verteilen viel Reichtum. Wir haben nichts und dennoch besitzen wir alles.

Paulus an die Korinther; auf der Kanzel gesprochen von den Pfarrern der Bekenntniskirche.

Kein Zweifel, daß es Einsamkeit ist, sogar ziemlich die weiteste Einsamkeit, die sich geistig erfahren läßt. Nur im zurückgelassenen Deutschland wäre sie noch grenzenloser. Hier draußen ist die geistige Umwelt dem Gast doch wenigstens verwandt. Aber er kennt seine über die Erde verstreuten Leser nicht, er muß in fremden Sprachen erscheinen, ihm fehlen die einst aus dem Publikum empfangenen Zeichen des guten Willens und des Dankes. Wenn jetzt Besucher bei ihm eintreten aus dem Lande, das ihn aufgenommen hat, dann sind es fast immer hervorragende Ausnahmen. Von ihnen hört er: »Sie sollen wissen, daß wir Sie achten und lieben,« – und das ist nicht dasselbe, als wenn er früher von Leuten, die weiter nichts zu bieten hatten, Bitten um Autogramme, manchmal aber auch eine Träne erhielt. Man war anderswo sogar mit der Dummheit verbunden. Jetzt ist es viel, bei einem einzigen Freund hierzulande eine mehr als intellektuelle Teilnahme zu finden. Aus früheren Tagen ist fast alles verloren gegangen; nur dieser Freund bewährt sich grade an unseren weniger anziehenden Erlebnissen, und das ist ein sogenannter Fremder, mit anderem nationalen Anhang als der unsere. Fragt sich, was der unsere wert war. Auskunft erteilt das Exil. Hier sind wir in der Mitte der Wohltaten, die aus der Verbannung entspringen. Gerade das Alleinstehen ist eine der strengsten und größten. Es arbeitet die Freundschaft höchst plastisch heraus, erhebt aber auch die Persönlichkeit zu dem Außerordentlichen, das sie sein kann; und das ist eine Antwort. Über das Zufällige hinaus ist es die zu erwartende Antwort auf den Mißbrauch, der dauernd getrieben worden ist mit verschiedenen Gemeinschaften, voran die Volksgemeinschaft. Das Wort Gemeinschaft hat in Zuständen der Auflösung, wie den deutschen, als Ausrede gedient, um alles bedientenhaft mitzumachen, wie es kam, für sich selbst aber zuchtlos zu verlottern. Es ist an der Zeit, der Gemeinschaft, vielmehr der trostlosen Selbstaufgabe, die so genannt wird, die persönliche Festigkeit beispielhaft entgegenzusetzen: noch einmal das eigene Recht im sittlichen und im geistigen Verstande, – das hat schon öfter hinweggeholfen über Auflösungsprozesse. Die bis zum Äußersten getriebene Persönlichkeit ist nachgrade das Gebotene, ob man es weiß oder nicht. Die Stärke der alleinstehenden Persönlichkeit sollte wieder begriffen werden, zu lange ist diese Kenntnis abhanden gekommen. Niemand hat, in dem allgemeinen leeren Übereinstimmen, Übereinmarschieren und Fünfgeradeseinlassen, bei sich verwirklicht, daß jede entscheidende Wandlung einer Gesamtheit vorher der Verbannten, der aus drohender Stille Handelnden sehr nötig bedurft hat.

Es ist bisher nicht in Beziehung gebracht worden zu den nächstliegenden Ereignissen und Erwartungen, daß einstmals Dostojewski nach Sibirien verschickt wurde und daß auch Tolstoi unter der Gefahr stand. Zu seiner Zeit hat Victor Hugo achtzehn Jahre, die ganze Dauer der verhaßten Diktatur, auf einer winzigen englischen Insel ausgeharrt, und Voltaire hat noch zahlreichere von seinen Tagen flüchtig und in der Fremde verbracht. So war ihre Gemeinschaft mit ihrer Nation beschaffen, und das war die wirklich ergiebige Art. Wir wollen weitergehen und hinzunehmen, daß Goethe, seit dem Ende Napoleons, in Weimar ausgehalten hat wie ein Verbannter. Ihn umgab ein Land, wo die ihm teure Gesittung ungesichert war wie je, das erfüllt war, auch damals nach wenig ehrenvollen Kriegen, von dem üblichen giftigen Haß gegen die Denkenden und dem gewohnten Blutdurst aus Minderwertigkeit. Besucher kamen nach Weimar nicht anders als nach Sankt Helena oder Jersey, er aber reiste nicht, und in einem gewissen Zeitabschnitt hat er für sein Leben gefürchtet. Der Mord gehörte, wie heute, zum Wesen der Nationalen, sie waren in allem, wie wir sie kennen. Vor hundert Jahren konnten sie nur nicht zur Macht, davor stand einiges – aber fester als alles die eine abweisende Gestalt. Die Frist seither, in der Deutschland den mäßigeren

Ansprüchen auf Gesittung noch genügt hat, nicht einmal sie wäre gewährt worden ohne Goethe: einen derer, die das Weltgewissen waren im Exil.

Friedrich von Gentz: Brief an einen Abtrünnigen

»Daß Sie schon längst Muth und Neigung verloren hatten, für eine hoch-bedrängte Sache zu kämpfen, war mir bekannt. Daß Sie sich schon im vorigen Frühjahr ganz und gar davon zurückgezogen haben würden, wenn nicht der beständige Zuspruch Ihrer Freunde, Ihre Achtung vor einigen, Ihre Furcht vor anderen Sie gehalten hätte, wußte ich... Nur mittelmäßig konnte es mich also verwundern, daß Sie in Berlin zurückgeblieben... Daß Sie nun, nachdem dies einmal geschehen, Ihre Grundsätze (wenigstens die, welche seither für die Ihrigen galten), Ihren Ruhm, Ihre Freunde, die Sache Deutschlands, alles Große und Gute, das Sie Jahre lang gepredigt und verfochten hatten, in feigherziger Nachgiebigkeit gegen den Sieger, in lichtscheuen Unterhandlungen mit ihm, in doppelzüngigen Bekenntnissen und Erklärungen verläugnen und aufgeben würden, darauf war ich vollkommen gefaßt. Daß Sie aber alles, was Ihnen teuer sein sollte, verrathen, sich öffentlich davon lossagen könnten – diesen Grad von Verwegenheit in der Untreue hätte ich in Ihnen nicht gesucht... Ganz fiel der Schleier, als ich las: »die an das morschgewordene Alte nutzlos verschwendeten Kräfte müßten auf das Neue übertragen werden, man müßte sich umdenken u.s.f.« Es ist unnöthig zu sagen, daß es eines Mehreren nicht bedurfte, um mich jedes Band zwischen uns als zerrissen, jedes Verhältnis als aufgelöset betrachten zu lassen... Wurde Ihr heller und durchdringender Geist plötzlich so grausam verfinstert, daß Sie das, was Ihnen kaum sechs Monate zu-

vor in seiner ganzen Abscheulichkeit erschien, heute für wohltätig und ehrenvoll halten? Oder verleitete Sie irgend ein schnödes Interesse, irgend eine knechtische Furcht, wider bessere Überzeugung zu schreiben? Nach einer oder der anderen dieser Hypothesen wird das Urteil der Zeitgenossen greifen. Was mich betrifft, ich nehme keine von beiden an. Ich schmeichle mir, Sie tiefer durchschaut zu haben... Sie sind und bleiben das Spiel jedes zufällig vorübergehenden Eindrucks. Stets bereit, alles anzuerkennen, alles gelten zu lassen, alles zu umfassen, sich gleichsam mit allem zu vermählen, was nur irgend in Ihre Nachbarschaft tritt, konnten Sie nie zu einem gründlichen Haß oder zu einer gründlichen Anhänglichkeit gelangen. Ihr Leben ist eine immer währende Capitulation. Wenn der Teufel in Person auf Erden erschiene, ich wiese ihm die Mittel nach, in vier und zwanzig Stunden einen Bund mit Ihnen zu schließen. Die wahre Quelle Ihrer jetzigen Verirrung ist bloß, daß Sie, von allen Guten getrennt, von Schwachköpfen oder Schurken umringt, nichts mehr sahen, noch hörten, als das Böse. Wenn Sie sich entschließen konnten, Berlin aufzugeben, so waren Sie wahrscheinlich gerettet... Warum suchten Sie nicht eine Zuflucht in Oesterreich?... Ihre eigentliche Strafbarkeit liegt in Ihrem Bleiben; alles Übrige war eine unvermeidliche Folge davon... Glauben Sie nicht, daß ich diesen harten Brief ohne die lebhaftesten Schmerzen geschrieben habe. Ob ich Sie zu schätzen gewußt, mag Ihr Herz, mag die Vergangenheit Ihnen sagen. Ich fühle also, was es heißt, Sie verlieren. Als Streiter für eine geheiligte Sache spreche ich über frevelhafte Apostasie ein unerbittliches Verdammungsurteil aus; als Mensch, als ehemaliger Freund empfinde ich nichts als Mitleid für Sie; Sie zu hassen, ist mehr, als ich vermag. Wenn Gott unsere Wünsche erfüllt und meine und anderer Gleichgesinnten Bemühungen krönt, so wartet Ihrer nur eine einzige Strafe; aber diese ist von allmächtigem Gewicht. Die Ordnung und die Gesetze werden zurückkehren; die Räuber und der Usurpator werden fallen; Deutschland wird wieder frei und glücklich und geehrt, unter weisen Regenten emporblühen!

Aufbau einer geistigen Welt

Dieselbe Gesellschaft kehrt nie wieder; sie ist einmalig wie der einzelne Mensch. Selten ist eine Gesellschaft mitsamt all ihrer Kultur, der geistigen, wirtschaftlichen, politischen, so sehr ohne Widerstand aufgehoben und auseinandergetrieben worden wie die deutsche 1933. Daraus wäre der Schluß zu ziehen, daß sie nicht ganz fest stand, und weder ihres Rechtes noch ihrer Sendung kann sie sich tief bewußt gewesen sein. Das kam aber daher, daß in Deutschland schon seit Generationen die Barbarei sich besser befestigt hatte als die Kultur. Unter Barbarei verstehe man: das Unbeseelte, Unmenschliche, die geistlose Zucht und der öde Betrieb. Worauf waren die Deutschen stolz und was hielten sie für deutsch, im Gegensatz zur übrigen Welt, besonders zu Europa? Organisation, technische Pünktlichkeit, Beiseitelassen des Individuellen und seines sittlichen Inhaltes, den vervollkommnete Äußerlichkeiten ersetzen sollten. Aber sie ersetzen ihn keineswegs. Durch Mechanisierung ihres Lebens meinten die Deutschen sich zu verjüngen; sprachen immer von älteren, müden Nationen und setzten sich höchstens Amerika gleich – das indessen, durchaus anders als Deutschland, ein sittliches Gesetzbuch, die Bibel, hatte, und überdies bewegte es sich in einer Sphäre des Glaubens an das menschliche Glück. Deutschland dagegen ist besonders seit der Errichtung seines Reiches einem immer heilloseren Pessimismus verfallen, und der war zu gut begründet. Es ist nichts mit einer Nation, die sich subordiniert, organisiert, technisiert und an sich selbst grade dies zu bewundern findet. Die anderen Nationen teilen diese Bewunderung nicht: schon dadurch werden sie zu Feinden, und endlich tritt ein Unglück ein.

Die Deutschen sind durch ihre Niederlage nicht belehrt worden. Sie haben aus ihr gefolgert, sie wären noch nicht genug mechanisiert. Um das nächste Mal dennoch siegen zu können über die ganze Welt, müßten sie sich einer viel unvernünftigeren Gewalt ergeben und müßten ein gnadenlos kommandierter Pöbel sein. Was sie auch vollbracht haben. Anzuerkennen und immer festzuhalten ist, daß Hitler vorbereitet war durch die längst begonnene Entseelung Deutschlands. Es strebte schon vor ihm nach bloßer Massenhaftigkeit, der Unverantwortlichkeit jedes Einzelnen, und beides hat er diesem Land beschert. Es haßte schon vor Hitler den Intellektualismus; die Anfänge des Hasses liegen weit zurück, beim Turnvater Jahn und den verschnürten Samtjacken der ersten Deutschtümler, – die klassenmäßig bestimmt sind. Mittelstand: das waren sie und bleiben es auch in ihrer letzten Verkörperung, den Nationalsozialisten. Diese stellen keinen neuen Typ dar, wie sie sich einbilden. Sie haben, mit ihrem Haß gegen das höhere Denken und gegen ein freies Volk, hundert Jahre lang heimlich schlecht gerochen und dürfen jetzt offen stinken. Eine so breite, einheitliche Schicht wie der deutsche Mittelstand mußte endlich einmal nach oben gelangen und zeigen, was sie kann. Das Ergebnis ist eine Diktatur der Gewalt und der List, die Trennung der Nation unter dem lügenhaften Vorgehen ihrer Einigung: alle ihre einzelnen Teile gegeneinander ausgespielt; kulturell aber wurden vor allem auseinandergerissen die beiden Elemente, die über den Mittelstand hinweg sich schon verständigt hatten, die Intellektuellen und das Proletariat. Beide sind jetzt ausgeliefert der hirnrissigen Halbbildung einer Schicht, die beide, den Gebildeten und den Arbeiter, immer gehaßt hat und deren Herrschaft entartete Rachsucht ist.

Das begrenzt die Dauer dieser Herrschaft. Rachsucht allein, ohne Wissen um den Menschen, ohne eine soziale Lehre, wird nicht lange oben bleiben; und wenn sogar diese Minderheit, nur weil sie bestand und Machtwillen hatte, für eine Weile hinaufgelangen konnte, dann steht nach menschlichem Ermessen die Zeit der Mehrheit sicher bevor. Das ist in Deutschland die Arbeiterschaft. Wie mächtig alle Arbeitenden zusammen sein werden, hängt ab vom Wissen des Einzelnen. Man kann hinauf gelangen, wie sich leider gezeigt hat, durch leeren Fanatismus. Oben bleiben werden unbedingt nur geistig Geschulte und sittlich Befestigte. Ich möchte zu bedenken geben, ob es genügt, eine wirtschaftliche Doktrin zu haben; ob selbst ihre Verwirklichung genügen würde. Hundert Jahre einer vernünftig eingerichteten Wirtschaft würden wahrscheinlich auch die Menschen vernünftiger machen; nur fragt es sich, ob die nicht vorgebildeten Menschen ihrer vernünftigen Wirtschaft gewachsen wären und sie so lange aufrecht erhalten könnten. Das warnende Beispiel gibt die Gesellschaft, die 1933 stürzte – infolge unzulänglicher Vorbildung. Da half es nicht, daß über die Klassen hinweg eine geistige Gemeinschaft zu entstehen schien. Denn stärker als der gute Wille der Einzelnen und ihre beginnende Einsicht war eine gewisse nationale Psychologie. Wenn diese nur das Äußerlichste will, bleibt jede Verinnerlichung privat. Was heißt persönliche Kultur, solange die Nation nur Gewalt und List kennt! In Deutschland muß, bevor ein wahrer Volksstaat bestehen kann, ungeheuer viel gelernt werden, mehr als jemand sich träumen läßt. Lernen heißt hier nicht ein undeutliches Sichbesinnen; gemeint ist das greifbare, sachliche Neulernen, Neuanfangen. Das Schullesebuch, das endlich die Wahrheit sagt; die Geschichtslehre, die endlich keine nationalistische Fälschung ist; die neue, eigentlich uralte Moral, anwendbar auf alles, was Menschengesicht trägt; der Humanismus in sozialistischer Fassung. Die künftige Form der menschlichen Freiheit wird sozialistisch sein müssen, und der Sozialismus wird sich auseinanderzusetzen haben mit dem ewig Menschlichen, Freiheit genannt.

Was wird den Deutschen vorgeworfen, und wodurch stoßen sie ab? Im Grunde ist es ihre Unwissenheit, das Unverständnis der deutschen Gesamtheit für alles Innerliche, ihre tölpelhafte Einschränkung aller menschlichen Motive bis auf die paar ganz niedrigen, Furcht und materielles Interesse. Damit ausgerüstet treten die kläglichen Figuren, die das nationalsozialistische Deutschland darstellen, vor die geschulte Außenwelt hin. Irgendein Günstling des deutschen Führers zeigt in Paris sein spitznäsiges Halunkengesicht und hofft, er werde nicht erkannt. Man kennt sie, die ganze Gesellschaft steht für die geschultere Außenwelt in erschreckender Klarheit da, ihre ungeschickte Listigkeit, psychologische Ahnungslosigkeit, der alberne Druck auf immer dieselben beiden Federn, Kriegsdrohung und Friedensbeteuerung, beide erheuchelt; und was man dem Ausland vorschwindelt, erfahren zwar die Deutschen nicht. Dafür weiß man draußen umso genauer, wie Deutschland belogen, aufgehetzt und verdummt wird. Deutschland hält sich selbst vielleicht für ein interessantes Geheimnis. Es interessiert keinen Menschen mehr, man kennt es auswendig und hat nur leider damit zu rechnen, daß fünfundsechzig Millionen zur Weltgefahr werden müssen, wenn sie in ihrer nationalen Rauschsucht verharren, anstatt endlich einmal einfach und wahr zu werden. Die beiden Worte enthalten eigentlich alles, was Deutschland streng sachlich zu lernen hätte. Sei einfach und mach dir nicht vor, du wärst auf der Welt das Wichtigste, größer als alle und daher verfolgt. Das ist ein klinisches Bild; der Zustand einer Nation sollte es nicht sein. Und sei wahr! Sag' Frieden, wenn du Frieden meinst, betrüge deine Gläubiger nicht, betrüg dich selbst nicht um dein Wissen und deinen Besitz. Zuerst Worte machen vom kommunistischen Zuchthausstaat, dann aber selbst einen Staat einrichten oder auf sich nehmen: der ist nun allerdings das Zuchthaus, er ist sogar die Hölle, ohne daß deshalb ein Reicher enteignet wäre und die Gemeinschaft etwas besäße.

Ich glaube, daß die Vorarbeit für einen Volksstaat sich nicht beschränken sollte auf geheime Propaganda. Geheime Schulen sind geboten. Dies wollte ich sagen. Es gibt so ungeheuer viel zu lernen – einfach sein, wahr sein –, daß damit nicht erst begonnen werden kann, wenn der Volksstaat schon dasteht; – und übrigens ist zu fürchten, daß er niemals kommt, wenn nicht vorher gelernt wird. Aber er wird kommen, weil eine neue Zeit der Vernunft und der Aufklärung sicher naht, und sollten auch Katastrophen sie heraufführen. Kultur ist eine innere Erwerbung. Eine Gemeinschaft ist nach außen so viel wert, wie der Einzelne in seinem Innern.

Geheime Schulen

Eine Gemeinschaft ist nach außen so viel wert wie der Einzelne in seinem Innern. Die künftige sozialistische Volksgemeinschaft wird umso fester begründet sein, je mehr Individuen die Sache verstehn und ihr persönlich gewachsen sind. Geistige und sittliche Schulung ist geboten und sollte unternommen werden, gleich heute, nicht erst morgen. Gymnasien und Universitäten im kleinen müssen entstehen; eine zuerst noch geringe, dann wachsende Zahl von Proletariern und Geeigneten anderer Klassen muß lernen, was der noch bestehende Staat ihnen absichtlich vorenthält: ehrliches Wissen, bewiesene Wahrheiten. Unerläßlich ist, daß andere Schulen den Schulen dieses Staates entgegenwirken. Sonst verfälschen die Nazischulen das Denken der Gesamtheit, bis sie für alles Gerade und Richtige unbrauchbar wird. Wie lange können die Jahrgänge denn Widerstand leisten, wenn sie weiter behandelt werden mit »Mein Kampf«, Banse und den Ausgeburten des Staatsrechtlers Schmidt? Die herrschende Bande weiß durchaus, daß sie das geistige Monopol braucht, um zu dauern. Um sie dagegen loszuwerden, ist es notwendig, ihr geistiges Monopol zu durchbrechen.

Die Schulen können nur geheim und müssen vielfach gesichert sein durch die genaueste Siebung des Lehrpersonals und der Schüler. Übrigens aber sind sie gedacht als wirkliche Anstalten der Wissenschaft; und die Wissenschaft dient der Wahrheit, sonst niemandem. An diesen Schulen soll viel gelernt und streng geprüft werden – mehr gelernt, strenger geprüft als seit langem üblich, nicht erst zu reden von den Zuständen in den deutschen Lehranstalten 1936. Die sind zugestandenerweise nur noch da, um eine ganze Jugend abzuhalten vom Lernen. Bevorzugt als Lehrer sind Leute, die nichts wissen. An einer der großen Universitäten wird Anthropologie jetzt von einem unpromovierten Studenten vorgetragen. Aber er ist im glücklichen Besitz des Parteibuches; und sein Vorgänger, dessen Schüler er war, hat infolge sozialistischer Gesinnung und wissenschaftlicher Ehre das Land verlassen. Er wollte nicht über »arische Rasse« sprechen, während er weiß, daß es keine gibt. Seinem Nachfolger, dem unfertigen Studenten, macht das nichts aus. Nur natürlich, daß er ernannt wurde. Dieser Staat bevorzugt Lehrer, die selbst nichts wissen. Dann können sie ihm durch die Verbreitung ihres Wissens nicht schaden. Sie werden umso eher bereit sein zu der Verbreitung des Schwindels, ohne den dieser Staat nicht leben kann.

Das Beispiel vom ausgewanderten Professor zeigt den engen Zusammenhang von Wissen und Ehre: die Ehre ist genau so echt wie das Wissen, sie wurzelt auch so tief. Es stimmt nicht, was ein König von den Professoren sagte: man bekäme ihrer an jeder Straßenecke. Was man bekommt unter den Gelehrten, das sind die Schiefen, die Snobs und die Feuilletonisten. Es sind die Verkrachten und die Nichtausgereiften. Alle diese bilden das Personal des Dritten Reiches, sie besetzen alle Stellen, und nur von ihnen hört man. Im Dunkeln bleiben die strengen Gelehrten; denn streng wird nicht nur ihre Schulung sein: auch ihr Gewissen ist es. Wie viele sind fortgegangen, freiwillig, trotz ihrer äußeren Eignung, in diesem Deutschland weiterzubestehn: darunter keineswegs nur Vertreter von Fächern, in denen Erkenntnis auch schon Gesinnung ist. Auffallend viele der abgereisten Forscher arbeiteten auf Gebieten, wo greifbare Ergebnisse die Genauigkeit des Denkens beweisen müssen. Das hat zur Folge – das hat oft zur Folge – eine geistige Geradheit, mit der man die umgebende List, Lüge und Verlotterung des Intellekts einfach nicht erträgt. Darum und aus keinem Grunde sonst, hat auch der große Physiker das Land verlassen.

Andere waren genötigt zu bleiben, oder ließen sich dazu bewegen durch Irrtümer, von denen sie seither zurückgekommen sind. Die Universitäten sollen nachgrade am gründlichsten enttäuscht sein von dem Regime. Das wird niemals weder ungeschehen noch vergessen machen, daß sie seine ersten Propagandisten gewesen sind. Ihre späte Widersetzlichkeit kann auch nichts ändern an ihrer Abhängigkeit. Hochschul- und Mittelschullehrer mit allen ihren Schülern erheben weiter die Hand zum Hitlergruß, weil sonst alle auseinandergetrieben würden: so groß ist die Macht Hitlers noch. Er hat vielleicht die Wirtschaft nicht und bald auch kein Heer mehr, das ihm sicher wäre. Die Vergewaltigung der Gehirne kann er weiter ausüben; mit ihr fing er einst an, und sie wurde ihm auf das leichtfertigste gewährt. Dafür wird sie sein letztes Zwangsmittel sein. Lehrer, die sich inzwischen auf die Wahrheit besonnen haben, werden dennoch Tendenzlügen und Greuelmärchen vorzutragen haben anstatt der Wissenschaft. Schüler, die das durchschauen oder nicht, müssen es sich unverdrossen in den Kopf setzen. Alle, ob Lehrer, die sich auf die Wahrheit besonnen haben, oder Schüler mit richtigem Instinkt, verbringen ihre Tage im Widersinn und ganz aussichtslos. Sie erkennen mehr oder weniger deutlich, daß dieser Staat gegen sie ist, weil er gegen das Denken ist. Er mißbraucht sie, damit sie sein betrügerisches System stützen sollen. Die ersten Betrogenen sind sie selbst, die einander um die Wahrheit betrügen, was immer sie treiben.

Aus der großen Menge dieser schon fast Verlorenen ist die Auslese zu treffen, und mit ihr sind die neuen Schulen zu besetzen. Es ist anzunehmen, daß Viele geneigt sein werden, ihren Verstand zu wahren, ihrem Ehrbegriff zu genügen und ihr Gewissen zu erleichtern. Das können sie durch die Mitarbeit an Schulen, die keinen nationalsozialistischen Zwecken unterstehn, wozu alle öffentlichen und erlaubten Schulen unweigerlich verurteilt sind. Es wird eine ungeheure Neuheit sein, Wissenschaften zu pflegen um der Wahrheit willen, nicht aber, um den Kapitalismus zu retten, den nächsten Krieg zu rechtfertigen und sämtliche Gegenstände, das Recht, die Geschichte, die Wirtschaft, Biologie, Erd- und Menschenkunde solange zu verdrehen, bis ein Staat und ein Führer-Popanz ihren Glorienschein weghaben und ein Alibi besitzen. Es wird eine Neuheit und eine Erlösung sein. Denke man sich die geheime Schule als Schwesteranstalt christlicher Katakomben, in denen dem wahren Gott gedient wurde. Sobald man draußen war, mußte man dem Götzen die Huldigung erweisen – eine Weile noch, bis die Wahrheit die Decke sprengte und aus dem Boden stieg. Das wird sie auch diesmal nicht verfehlen. Nicht nur der Glaube versetzt Berge: die Kraft des Wissens ist ganz ebenso zuverlässig.

Das Wissen ist revolutionär. Wer mehr weiß, hat für die Unwissenden mitgelernt und lebt für ihre Befreiung, selbst wenn er grade das nicht wüßte. Die Lehrer, die, enttäuscht vom Dritten Reich, die Arbeit an geheimen Schulen übernehmen, gehen nicht als Revolutionäre hinein: erst wenn sie herauskommen, sind sie es bestimmt, mitsamt allen ihren Schülern. Das reine Denken, sachliche Lehren und freudige Lernen wird sie in einen klaren, endgiltigen Gegensatz gebracht haben zu den Mächten, die dadurch dauern, daß sie dies alles unterdrücken. Jetzt endlich beherrschen sie ihre Erfahrung, daß es für keine Wissenschaft – für keine noch so exakte Wissenschaft und grade für sie nicht – gleichgültig ist, wer außerhalb der Wissenschaft befiehlt: der Ehrliche oder der Betrüger, der Arbeitende oder der Ausbeuter, der Wohlgeratene, der mit den erwiesenen Wahrheiten im Bunde ist, oder der Todgeweihte, der sie fürchtet. Die erwiesenen Wahrheiten führen alle zum Sozialismus; und es trifft sich, daß er die Sache der Ehrlichen, Arbeitenden und Wohlgeratenen ist, nicht aber die Sache der anderen. Ein Nationalsozialist mußte allerdings, zur Macht gelangt, alsbald den Sozialismus verraten – dies aber nicht nur, weil das Kapital ihn im voraus dafür bezahlt hatte. Er war auch nicht der Typ des Ehrlichen, Arbeitenden, Wohlgeratenen; und er wußte nichts. Revolutionär ist das Wissen. Das rechtliche, Natur und Charakter gewordene Wissen ist die gründlichste Vorbereitung, die ein Mensch nur erwerben kann, auf den Umsturz der lebensunwürdigen, den Aufbau der besseren Welt.

Andererseits braucht eine neue, noch ungefestigte Gesellschaft das Wissen. Sie hat den dringendsten Bedarf an Menschen, die viel gelernt haben, innerlich feststehn, streng geprüft sind und ein für alle Male geistige Zucht halten. Geistige Zucht ist ein besseres Wort für Intellektualismus – der leider nur selten so genau genommen worden ist, daß sein stärkerer Name ihm zukam. Darzulegen bleiben die Pflichten und die Rechte der Intellektuellen während einer sozialistischen Revolution. Aber vorher müssen sie da sein. Ihre Schulung ist geboten und sollte unternommen werden, nicht erst morgen, gleich heute.

Die Führung

Die Pflichten und die Rechte der Intellektuellen während einer sozialistischen Revolution werden genau bestimmt durch die Bedürfnisse der Menschen – der Mehrheit von Menschen, für die gekämpft wird. Darauf ist nicht zu rechnen, daß sie selbst, diese Mehrheit, vollzählig mitgeht von der ersten Stunde an. Sie muß gewonnen werden, muß erzogen und in Zucht gehalten werden. Es fehlt an der Zucht des Denkens und daher an sittlicher Zucht. Diese beiden werden früher erworben werden von einer begrenzten Anzahl Intellektueller als von den bis jetzt noch unpersönlichen Massen. Hier ist daher vorgeschlagen worden, in geheimen Schulen möchten Offiziere der sozialistischen Revolution herangebildet werden. Ein Rahmen von Offizieren muß da sein, bevor das Heer der Revolution wahrhaft geformt werden kann. Das geschieht durch Intellektuelle – oder gar nicht. Jede Revolution, die sich hielt und fortwirkte, ist von Intellektuellen gemacht worden. Nur die von ihnen gemachten haben den Namen einer Revolution verdient. Falsche Revolutionen erkennt man daran sofort, daß ihre Macher elende Dummköpfe sind: als Schwätzer betrügerisch, als Denker nicht vorhanden. Man beachte, daß diese Geschöpfe die Maske geistiger Führer anlegen. Das ist es, was in Deutschland jetzt getrieben wird. Sie ahmen den Intellektuellen nach, angstvoll bemüht, aus der Intellektfeindlichkeit eine geistige Haltung zu machen – als wäre ihnen bewußt, daß sie selbst mitsamt ihrer Sache verloren sind aus Mangel an geistiger Echtheit und Zucht.

Das Auffallende ist, wie in diesem Deutschland der Ersatz früher auftritt als das Echte. Das Zerrbild ist obenauf, an das Urbild muß dringend erinnert werden. Die französische und die russische Revolution sind jede das Werk und Ergebnis des ihr voraufgegangenen Jahrhunderts. Für die eine hatten alle Enzyklopädisten gearbeitet, für die andere alle Sozialisten – und nicht nur diese. Was in dem ganzen Jahrhundert als Erkenntnis erschienen war, als Gedanke sich durchgesetzt hatte; was offen und ehrlich ganz vorn auftrat; was die Zeitgenossen überzeugt hatte und die unverkennbare Wahrheit der künftigen Geschlechter war: alles führte in dieselbe Richtung, endlich aber zu dem großen Ereignis. Welche geistigen Antriebe dagegen nötigten Deutschland zu seinem nationalsozialistischen Aufstand? Interessen genug, Klassenvorteile und persönliche im Übermaß; von Zwischenfällen des Geisteslebens aber höchstens nur die Art, die ganz hinten stattfindet, gewöhnlich auch von Allen im Hintergrund gehalten und auf ein schamhaftes Halbdunkel beschränkt wird. Die nationalsozialistischen Lehren sind dem neunzehnten Jahrhundert durchaus bekannt gewesen, es hat sich ihrer nur geschämt. Die angebliche Revolution besteht einfach in einem Ausbruch von Schamlosigkeit. Damit dieser geschehen konnte, mußte der wirkliche Intellektualismus, der geistige Zucht bedeutet, vom Boden verschwunden sein bis auf die paar Ausnahmen. Die sozialistische Revolution wird so gut wie vollzogen sein, wenn Intellektuelle in genügender Anzahl den Stolz und die Ehre ihres Standes haben. Dann wird es ihnen unmöglich werden, sich mit Dummköpfen gleichzuschalten, wie einst ihre traurigen Vorgänger. Vielmehr werden sie ihre Pflicht erfüllen gegen die Menge der Menschen, die noch nicht ihr Wissen und noch nicht ihre Zucht hat.

Pflicht und Vorrecht von Intellektuellen ist natürlich die Erziehung der anderen, – fragt sich nur, ob künftig noch mit vielen Worten. Betrügerische Schwätzer haben sich des Rundfunks mit so viel Nutzen bedient, daß es zuletzt gleichgültig sein wird, was man noch hineinspricht. Aber das Beispiel. Offiziere der Revolution – und zeigen ihren Mannschaften, was Treue ist. Ein mißbrauchtes Wort, die Sache war längst verloren gegangen. Sie zeigen ihnen, was Ordnung ist, was Zucht und was Recht ist: bis zu ihnen lauter leere Worte. Sie führen ihnen vor, wie man unerbittlich gesinnt, im Handeln aber menschlich ist. Ihre Sache ist, daß für Sozialismus nicht die allgemeine Knechtschaft untergeschoben wird, wie zu der Zeit ihrer traurigen Vorgänger; und daß die Freiheit den sozialistischen Einrichtungen selbst innewohnt. In dem letzten Zustand der bisherigen Gesellschaft war die »Freiheit« hinabgesunken bis zu einem geheimen Laster: die Freiheit für Folterknechte, in Kellern sich an Wehrlosen zu vergehn. Sonst gab es keine Freiheit. Der Sozialismus ist bestimmt, die Menschenwürde wiederherzustellen. Seine Bestimmung wäre nicht so groß, wenn es nicht diese wäre.

Das ist der Grund, darum sollen Intellektuelle die Revolution führen. Diese wäre schwer und dunkel ohne sie. Die geistig Zuchtvollen sollen die handelnden Massen heller und leichter machen. Im Falle Deutschlands muß besonders in Rechnung gestellt werden, daß dort seit unvordenklichen Zeiten keine Denker geführt haben; die letzten Machthaber verdanken im Gegenteil die Führung ihrem Haß gegen die Denkenden. Im Falle Deutschlands ist vor allem zu berücksichtigen, was die Zwangsherrschaft der Nationalsozialisten aus den Menschen gemacht hat. Die vor Schreck Verblödeten werden nicht ohne weiteres begreifen, und die Werkzeuge der Terroristen werden nicht aus Überzeugung zu den Sozialisten übergehen. Sie werden es tun, weil die Machtverhältnisse sie dazu nötigen; aber Verlaß wird noch hundert Jahre nicht sein auf ein Volk mit solcher Vergangenheit. Die Bedeutung der Intellektuellen ist unermeßlich; in keinem anderen Lande hängt der Erfolg der sozialistischen Revolution so sehr von ihnen ab. Ihre unverbrüchliche Treue gegen ihr erworbenes, geprüftes Wissen ist die erste Bedingung. Entscheidend wird ihr Verhältnis zur Wirklichkeit und zu den Menschen sein. Vollkommener Realismus im Handeln, grade weil es menschlichen Zielen folgt. Vollkommene Humanität im Denken, so streng es immer sei. Was künftig Tatkraft heißt, soll genährt sein vom Wissen. Das ist eine grundsätzlich andere Tatkraft als die der Unwissenden. Wird sie erlebt werden?

Man könnte es bezweifeln, nach der deutschen Vergangenheit. Unbezweifelbar bleibt, daß allein die intellektuelle Tatkraft ihren Namen verdient und Spuren läßt, wo sie eingreift. Das andere ist für den Wind. Die Deutschen sind gewohnt, das Handeln vom Denken zu trennen. Nur bei ihnen findet sich ein Wort wie »Federfuchser« vor, als Zurechtweisung derer, die ihr Leben nicht mit mechanischer Bewegung verbracht haben. Was kommt dabei heraus? Man sehe sich ihren letzten gewaltigen Popanz an, womit kein Lebender gemeint ist. Was sich im Augenblick als Führer und Tatenmensch ausgibt, hat noch nicht mal Krieg geführt, traut sich übrigens keinen zu. Der verflossene Popanz ist allerdings durch Schlachten berühmt geworden: nur hat er sie nicht wirklich selbst geschlagen. Er steckte Verdienste ein, ließ sich Ehrungen gefallen, und alles gebührte eigentlich anderen. Da sein Aufstieg zum Gipfel unberechtigt, sein ganzes Dasein falsch war, zwang ihn die Rache der Dinge zu verraten, in einemfort Verrat zu begehn, während er seine vergessene Treue unnütz im Munde führte. Dann starb er als ein Schiffbrüchiger, befleckt durch schmutzige Händel, die abzuwenden er weder fähig noch gewillt gewesen war, und verzweifelt, weil das Land zurückblieb in den Händen, denen er es ausgeliefert hatte. So sieht das aus, was die Deutschen für ein tatenreiches Leben haben halten wollen, weil es ein stumpfsinniges war. Ihr Begriff vom Handeln muß von Grund auf umgestürzt werden. Sie sollen am eigenen Leib erfahren, daß das Wissen, nicht die Roheit, die Welt verändert.

Intellektuelle als Handelnde werden umso stärker sein, je mehr sie gelernt haben. Sie werden auch umso einiger sein. Streitsucht und Absonderung sind die Gebrechen unzuverlässiger Intellekte. Solche sind vor der Gewalt von Machthabern noch immer zusammengebrochen: jede Eigenart war vergessen, sobald sie gefährlich wurde. Gefestigte Köpfe rollen nicht so leicht. Wirkliche Individualitäten fürchten auch nicht, verloren zu gehen, wenn sie eine Gesamtheit bilden, Individualitäten dürfen unbeschadet einem Kollektiv beitreten, und das wird das festeste sein. Die Offiziere der Revolution müssen zusammenhalten als ihr undurchdringlicher Rahmen: erste Voraussetzung, damit auch die Soldaten beisammenbleiben. Die sozialistische Revolution muß von ihren Offizieren geistig durchdrungen, sie muß rationalisiert werden. Das Gegenteil steht heute der Besichtigung offen: eine sinn- und haltlose Volksbewegung, nur aufgefrischt von Zeit zu Zeit durch einen neuen Ausbruch schlechter Instinkte. Das wird nicht ungeschehen gemacht durch die äußere Umwandlung der Gesellschaft. Das wird überwunden allein durch die planvolle Ausbreitung geistiger Zucht. Die Offiziere der Revolution müssen geistige Individualitäten sein, weil nur diese den menschlichen Wert der Lehre begreifen und nach langer Arbeit an vielen Schichten der

Menschen schließlich verwirklichen werden, was alle Ansprüche des Denkens und des Handelns erfüllt: den sozialistischen Humanismus.

Die Macht des Wortes

Die Annahme, das Wort könnte mächtig sein, eine unabhängige Persönlichkeit dürfte Einfluß gewinnen durch nichts als ihr Wort – die Vorstellung und Rechtsauffassung kommt zu uns aus dem Altertum. Cicero ist das Urbild dessen, der handelt, wenn er redet und wenn er schreibt. Welches ist seine Aufgabe? Den öffentlichen Gewalten eine private Aufsicht entgegensetzen, aber diese hört kraft ihrer Wirkung auf, nur privat zu sein; aussprechen was ist, und was sich lieber verbärge hinter Undurchsichtigkeit und Unausgesprochenheit; das Spiel der gesellschaftlichen Kräfte bloßlegen, die Figuren der Mitspieler allen erkennbar hinstellen: das ist Aufgabe und Amt. Die Schwindler, Ränkeschmiede, catilinarischen Existenzen sind zu entlarven – und was diese unschädlich macht, ist zuletzt die Sprache des Redners. Er spricht klar und wahr, indessen sie brüllen oder lallen. Nur wer redlich handeln will, findet die literarische Sprache.

Literarische Begabung und reiner Wille sind ganz dasselbe. Man mißtraue sogenannten Tatenmenschen, die sprachlich minderwertig sind oder als Redner den gemeinen Rattenfang betreiben. Die Deutschen hätten die schönsten Beispiele in ihren beiden Führern, dem verflossenen und dem, der noch vorhält. Aber wenn sie fähig wären, das Falsche zu unterscheiden, hätten sie nicht erst hinhören müssen. Die Gesichter hätten ihnen genug gesagt.

Die klassische Literatur Deutschlands hat das Land verändert von Grund aus. Sie hat für einige Jahrzehnte die literarische Kunst unter den Künsten zu der ersten ge-

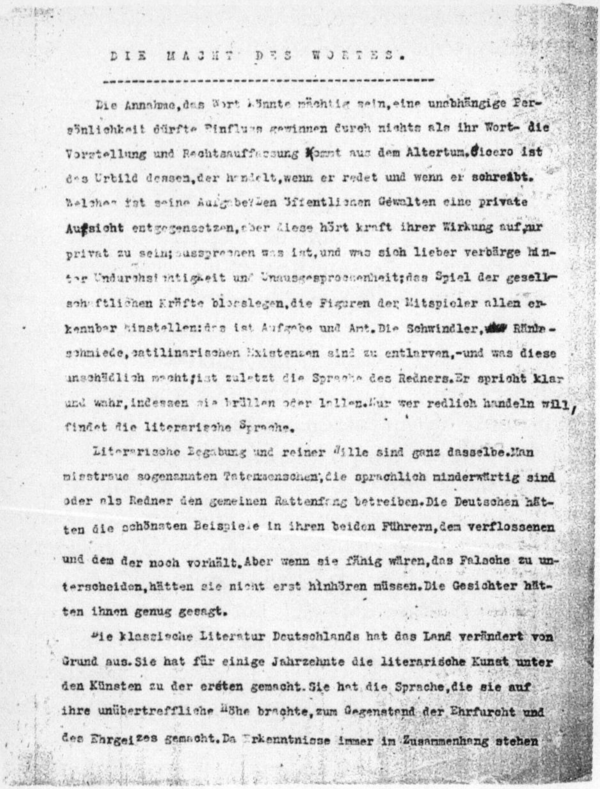

DIE MACHT DES WORTES.

Die Annahme, das Wort könnte mächtig sein, eine unabhängige Persönlichkeit dürfte Einfluss gewinnen durch nichts als ihr Wort- die Vorstellung und Rechtsauffassung kommt aus dem Altertum. Cicero ist das Urbild dessen, der handelt, wenn er redet und wenn er schreibt. Welches ist seine Aufgabe? Den öffentlichen Gewalten eine private Aufsicht entgegensetzen, aber diese hört kraft ihrer Wirkung auf, nur privat zu sein; aussprechen was ist, und was sich lieber verbärge hinter Undurchsichtigkeit und Unausgesprochenheit; das Spiel der gesellschaftlichen Kräfte blosslegen, die Figuren der Mitspieler allen erkennbar hinstellen: das ist Aufgabe und Amt. Die Schwindler, Ränkeschmiede, catilinarischen Existenzen sind zu entlarven, -und was diese unschädlich macht, ist zuletzt die Sprache des Redners. Er spricht klar und wahr, indessen sie brüllen oder lallen. Nur wer redlich handeln will, findet die literarische Sprache.

Literarische Begabung und reiner Wille sind ganz dasselbe. Man misstraue sogenannten Tatenmenschen, die sprachlich minderwärtig sind oder als Redner den gemeinen Rattenfang betreiben. Die Deutschen hätten die schönsten Beispiele in ihren beiden Führern, dem verflossenen und dem der noch vorhält. Aber wenn sie fähig wären, das Falsche zu unterscheiden, hätten sie nicht erst hinhören müssen. Die Gesichter hätten ihnen genug gesagt.

Die klassische Literatur Deutschlands hat das Land verändert von Grund aus. Sie hat für einige Jahrzehnte die literarische Kunst unter den Künsten zu der ersten gemacht. Sie hat die Sprache, die sie auf ihre unübertreffliche Höhe brachte, zum Gegenstand der Ehrfurcht und des Ehrgeizes gemacht. Da Erkenntnisse immer im Zusammenhang stehen

Die erste Typoskriptseite von
Die Macht des Wortes
mit handschriftlichen Korrekturen Heinrich Manns

macht. Sie hat die Sprache, die sie auf ihre unübertreffliche Höhe brachte, zum Gegenstand der Ehrfurcht und des Ehrgeizes gemacht. Da Erkenntnisse immer im Zusammenhang stehen mit sprachlicher Genauigkeit, ist die klassische Literatur die Schöpferin des wissenschaftlichen Geistes in Deutschland. Sie hat viel mehr als ihn geschaffen, viel mehr als die Wissenschaft mit allen ihren praktischen Anwendungen und Folgen. Die klassische Literatur hat einem ganzen Jahrhundert, dem neunzehnten, das sonst wahrhaftig keinen Grund gehabt hätte, mehr zu sein als platt und geldgierig: sie hat ihm großen Atem eingehaucht. Es wollte innerlich frei und wahr sein, kraft der Beispiele, die es eingeleitet hatten. Weil am Anfang des Jahrhunderts große Persönlichkeiten stehen, sind selbständige, stolze Menschen einander gefolgt in nie erlebter Menge.

Wir tragen heute schwer an der Überhebung des vorigen Jahrhunderts und an seinen Ausschreitungen. Es hat dahingelebt, als hätte es tausend Jahre dauern können. Es war sowohl erfindungsreich als kritisch; aber es war nicht weise. Darum ist es zusammengebrochen in der ungeheuersten Katastrophe, und die zeitigt noch fortwährend neue. Dieser Tatbestand hat im ersten Drittel des zwanzigsten, als Gegenwirkung, die Catilinas begünstigt. Gute Zeit für freche Dummköpfe, gute Zeit für grobe Lügner, gute Zeit für düstere Gewalthaber, die niemand mit dem Wort durchleuchtet, am wenigsten sie selbst. Das Wort ist dennoch geblieben, was es immer war. Auch die künftigen Erkenntnisse werden abhängen von sprachlicher Genauigkeit. Was eine Gesellschaft und ein Jahrhundert werden, weiß die Literatur voraus – oder niemand weiß es.

Sie scheint es diesmal nicht zu wissen. Die europäische Literatur, nicht nur die deutsche, ist heute eine verhinderte Literatur. In Deutschland wird sie zwangsweise verhindert. Anderswo weicht sie ihrer Aufgabe aus oder findet sie nicht. Die Literaturen sind jetzt ratlos und ängstlich, sie machen sich klein oder gebärden sich zerfahren – was alles nichts Gutes vorausahnen läßt hinsichtlich des wirklichen Geschehens. Jede Literatur begegnet ihrer Wirklichkeit, und geschehen wird, was geschrieben steht. Nun kam zu mir ein französischer Publizist aus bester Familie, der trotz seiner bürgerlichen Herkunft – wahrscheinlich vielmehr ihretwegen – die übliche Familienlektüre zu verdrängen wünschte. Er wollte sie ersetzen durch den sozialen Roman. Seine Sorge war nur: es gäbe keinen. Ich dachte es mir schon; ich gab zu bedenken: Frankreich ist das Ursprungsland des sozialen Romans; worauf er die Achseln zuckte. Es gibt drei oder vier junge Leute, so erklärte er mir, die jeder ihren sozialen Roman geschrieben haben, gewöhnlich einen einzigen; weiter reicht nicht der Umkreis ihres Kaffeehauses. Um ihre Eigenschaft als proletarische Schriftsteller zu behaupten, tragen sie statt des Hutes eine Mütze.

Der soziale Roman ist durch das ganze neunzehnte Jahrhundert, in Frankreich und anderswo, ein großes Werkzeug der Wahrheit gewesen. Sie hatte unter den redenden Künsten kein erfolgreicheres. Die Dritte Republik wäre nicht über die Dreyfus-Affäre hinweggelangt, zu schweigen von ihren anderen Gefahren, hätte nicht diese Phalanx starker sozialkritischer Gestaltungen sie verteidigt. Um sich gut zu wehren, muß man viel wissen. Man erobert auch keine Gesellschaft, bevor man sie kennt. Die russische Gesellschaft ist den Revolutionären, die sie umgestalten sollten, nicht durch Marx bekannt geworden, aber sie hatten die lückenlose Folge der großen sozialen Romane von Gogol bis Tolstoi gelesen. Als die deutschen Arbeiter eine ungebrochene Hoffnung waren, einst vor dem Krieg, veröffentlichten die Volksbibliotheken mit Stolz ihre Statistiken. Darin sah man die Teilnehmer sich trainieren; es war annähernd so spannend wie seitdem die

Fortschritte eines Sportklubs. Ein Fliegengewicht gelangte bis Zola. Bei Marx begann der Kampf um die Weltmeisterschaft.

Ein Autor wie sein Publikum, beide waren damals gehalten, bestimmte Vorstellungen anzuerkennen und gewissen Verpflichtungen zu genügen. Sie sind es heute wieder. Der Unterschied ist, daß damals für alle feststand, die Wahrheit wäre mächtig genug, das Schicksal der Welt zu entscheiden. Heute möchten Leser wie Autoren die Entscheidung hinausschieben und begeben sich auf den Boden der Lüge, der ein nachgiebiger Boden ist: man versinkt. Es wird nichts bleiben – weder von diesen Literaturen des Ausweichens und der schwachmütigen Zugeständnisse an eine Gesellschaft, die sich auflöst, noch von ihren Lesern. Wieviele Leser haben denn aber diese Literaturen? Man muß lesen, um hochzukommen. Auflösen kann man sich ohne Buch.

Die sozialistische Gesellschaft der Zukunft wird ihre Literatur voransenden. Niemand weiß, wie sie aussehen wird; unzweifelhaft sind nur der Weg und die Methode. »Die Rückkehr zur Qualität,« so faßt ein Gelehrter zusammen, was ich hier einzig geltend machen will durch alle meine Bemühungen. »Strengste Anforderung an geistige Leistung und eine weise Auslese,« bestätigt mir der Wissenschaftler. Das ist auch alles, was wir tun müssen: viel lernen – und niemand heranlassen, der nicht gelernt hat und geprüft ist. Ich glaube, daß jeder, der im sozialistischen Staat auch nur das Wahlrecht erhält, gelernt haben und geprüft sein muß. Erst recht wird von den Offizieren der Revolution geistiges Gewissen verlangt. Nur das geistige Gewissen hält Stand – wenn ein gefühls- und gewohnheitsmäßiges Pflichtgefühl schon längst nachläßt.

Schriftsteller, deren Phantasie arbeitet, erliegen am leichtesten der Versuchung – zur falschen Begeisterung, zum Rausch und überstürzten Mitlaufen. 1933 hat man es endgiltig erfahren. Leider hat sich auch erwiesen, daß sie untertänig waren mit Berechnung, daß sie unverdiente Vorteile wahrnahmen, sich bereitwillig an die Stelle der Besten setzten und daß sie zu kaufen waren so gut wie zu kneten. Der Grund ist: es sind zu viele. Noch schwerer wiegt, daß sie im Ernst nichts wissen. Der Schriftsteller einer Gesellschaft, die sich auflöst, »hält nichts und alles wahr«; er will nur dabei sein. Wobei? Er fragt nicht einmal. Übrigens hätte er keine Zeit, aufzublicken. Vom zwanzigsten Lebensjahr ab veröffentlicht der Unglückliche unaufhörlich seine Arbeiten, und jede entspricht einer anderen Forderung des Tages. Ein Betrieb und Dienst dieser Art lassen keine Überlieferung bestehen, sie verhindern die Formung der Persönlichkeit und nehmen dem Wort »Ruhm« allen Sinn.

Die sozialistische Gesellschaft wird dafür zu sorgen haben, daß ein Autor erst nach erfolgtem Talentausbruch an die Öffentlichkeit gelangt, und der läßt oft warten bis zum dreißigsten Jahr. Der Autor muß Zeit bekommen, zu lernen und sich zu befestigen. Eine Gesellschaft sollte wissen, daß sie ihr erhöhtes Leben und die einzige Gestalt, unter der man sie einst kennen wird, in ihren literarischen Werken hat. Sie wird wohl daran tun, ihre Schriftsteller sehr ernst zu nehmen und sie voll verantwortlich zu machen. Andererseits werden die Schriftsteller sich selbst treu bleiben, wenn auch die Gesellschaft endlich wieder an sich glaubt. Kein Verrat mehr, keine Ausflüchte – sondern die Wahrheit, im Leben und im Schreiben: sie ganz allein sichert beiden die Dauer.

Schon jetzt sind nur die Sozialisten um den Fortbestand der Literatur wirklich besorgt. Auch der ältere Bestand der Literatur geht daher auf die Sozialisten über. Es wäre überholt, von bürgerlicher Literatur zu sprechen. Der kapitalistische Rest des Bürgertums erhält sich mühselig mit Mitteln, die seinen eigenen Grundlagen entgegen und nackter Verrat an seiner geistigen Herkunft sind. Ihm gehört keine Literatur mehr, der Zusammenhang dieser Klasse mit der nationalen Überlieferung, so gut wie mit der europäischen, ist unterbrochen. Dies ist entscheidend. Man wohnt dem Vorgang bei, daß eine Klasse, je nationaler sie auftritt, sich umso schroffer trennt – nicht nur von den Interessen der Nation, auch von ihrem geistigen Besitz, den diese Klasse selbst vermehrt hatte. Sie stößt alte Geisteskämpfer aus, und sie entledigt sich unserer, die von der Art und Zucht der vergangenen Dichter sind. So löst eine Klasse sich vom wirklichen Leben ab, noch ehe sie stirbt. Welch eine makabre Ohnmacht, als sie Schiller zu feiern versuchte!

Persönlichkeiten stehen immer nur da für eine Gesellschaft, die ihrer selbst gewiß ist. Eine solche Gesellschaft – und es wird vorbei sein mit dem Selbstverrat der Intellektuellen, vorbei mit ihrer unsinnigen Neuerungssucht, dem schnellen Mitlaufen, noch schnelleren »Überwinden«. Tradition kann nochmals gebildet, und innerhalb fester Zusammenhänge kann Bleibendes geschaffen werden: Werke, die auch wieder der Ruhm bescheint. Es ist nicht gut, den Ruhm verachten zu müssen, weil die Gesellschaft, die ihn vergeben soll, dafür zu schwach und unrühmlich ist. Dauer! Endlich Dauer nach all dem greuelvollen und unnützen Widerstand gegen die Wahrheit! Damit eine Gesellschaft ehrenvoll dauert, muß sie die Macht des Wortes kennen. Ich will nicht glauben, daß auch eine künftige Gesellschaft ohne Persönlichkeiten und daher leicht vergänglich sein wird. Ich will glauben, das Wort wäre mächtig in der künftigen Gesellschaft, eine unabhängige Persönlichkeit dürfte Einfluß gewinnen durch nichts als ihr Wort.

Immanuel Kant: Über das Ideal der Freiheit

Eine Verfassung von der größten menschlichen Freiheit nach Gesetzen, welche machen, daß jede Freiheit mit der andern ihrer zusammenbestehen kann, ist doch wenigstens eine notwendige Idee, die man nicht bloß im ersten Entwurfe einer Staatsverfassung, sondern auch bei allen Gesetzen zum Grunde legen muß, und wobei man anfänglich von den gegenwärtigen Hindernissen abstrahieren muß, die vielleicht nicht sowohl aus der menschlichen Natur unvermeidlich entspringen mögen, als vielmehr aus der Vernachlässigung der ächten Ideen bei der Gesetzgebung. Denn nichts kann Schädlicheres und eines Philosophen Unwürdigeres gefunden werden, als die pöbelhafte Berufung auf die vorgeblich widerstreitende Erfahrung, die doch garnicht existieren würde, wenn jene Anstalten zu rechter Zeit nach den Ideen getroffen würden und an deren Statt nicht rohe Begriffe, eben darum, weil sie aus Erfahrung geschöpft waren, alle gute Absicht vereitelt hätten.

...Ob man annehmen solle, die Natur verfolge hier einen regelmäßigen Gang, unsere Gattung von der unteren Stufe der Tierheit an allmählig bis zur höchsten Stufe der Menschheit, und zwar durch eigene, obzwar dem Menschen abgedrungene Kunst, zu führen...; oder ob man lieber will, daß aus allen diesen Wirkungen und Gegenwirkungen der Menschen im Großen überall nichts, wenigstens nichts Kluges herauskomme, daß es bleiben werde, wie es von jeher gewesen ist, und man daher nicht voraus sagen könne, ob nicht die Zwietracht, die unserer Gattung so natürlich ist, am Ende für uns eine Hölle von Übeln, in einem noch gesitteten Zustande vorbereite, indem sie vielleicht diesen Zustand selbst und alle bisherigen Fortschritte

in der Kultur durch barbarische Verwüstung wieder vernichten werde... das läuft ungefähr auf die Frage hinaus: ob es wohl vernünftig sei, Zweckmäßigkeit der Naturanstalt in Teilen und doch Zwecklosigkeit im Ganzen anzunehmen?... Wir sind im hohen Grade durch Kunst und Wissenschaft kultiviert. Wir sind zivilisiert, bis zum Überlästigen. Aber uns für schon moralisiert zu halten: daran fehlt noch sehr viel. Denn die Idee der Moralität gehört noch zur Kultur; der Gebrauch dieser Idee aber, welcher nur auf das Sittenähnliche in der Ehrliebe und der äußeren Anständigkeit hinausläuft, macht die bloße Zivilisierung aus. Solange aber Staaten alle ihre Kräfte auf ihre eiteln und gewaltsamen Erweiterungsabsichten verwenden, und die langsame Bemühung der inneren Bildung der Denkungsart ihrer Bürger unaufhörlich hemmen, ihnen selbst auch alle Unterstützung in dieser Absicht entziehen, ist nichts von dieser Art zu erwarten; weil dazu eine lange innere Bearbeitung jedes gemeinen Wesens zur Bildung seiner Bürger erfordert wird. Alles Gute aber, das nicht auf moralisch-gute Gesinnung gepfropft ist, ist nichts, als lauter Schein und schimmerndes Elend. In diesem Zustande wird wohl das menschliche Geschlecht verbleiben, bis es sich, auf die Art, wie ich gesagt habe, aus dem chaotischen Zustande seiner Staatsverhältnisse herausgearbeitet haben wird.

Deutschland ein Volksstaat

Die Einheit aller antifascistischen Kräfte ist ein notwendiges, aber auch schwieriges Unternehmen. Für Deutsche ist es besonders notwendig und auch besonders schwierig. Verlangt wird, daß man einander achtet und sogar versteht, was in Deutschland niemals ganz verwirklicht worden ist. Dort haben nicht nur die Klassen, auch die Bekenntnisse und die verschiedenen Bildungsstufen haben unverstanden neben einander gelebt; sie haben einer den anderen wohl dulden müssen, waren aber gegenseitig nicht milde gesinnt.

Wie ist die Einheit aller antifascistischen Kräfte aufzufassen? Derart, daß jeder, was abweicht von seiner Klasse, seinem Bekenntnis, seinem Denken nur gerade hinnimmt, solange alle einen gemeinsamen Feind haben? Nein. Sondern die Vorurteile, die Verständnislosigkeit und Überhebung sind ehrlich abzulegen. Sonst hilft es auch nicht, wenn man eine Zeitlang so tut, als beständen sie nicht. Sie bestehen ja dennoch, und mit einem »als ob« kann nicht gesiegt werden. Die Herrschaft der Bande, die jetzt in Deutschland haust und es zurückversetzt in den Dreißigjährigen Krieg – was ermöglicht denn zuletzt den Unfug dieses Regimentes? Die vielfache innere Zerstückelung dieses Volkes, das eigentlich noch immer so gelebt hat wie vor zweitausend Jahren die wilden Völkerschaften, in denen es seine Vorfahren sieht. Von diesen hatte jede kleine Horde ihr eigenes Wäldchen, und zwischen den beiden Gehölzen mußte ödes Land liegen. Nur niemanden in die Nähe lassen!

Genau so hielten es bis jetzt die Protestanten und die Katholiken, die bürgerlichen Demokraten, die Sozialisten und unter diesen die beiden Richtungen. Die Intellektuellen gaben nicht etwa ein gutes Beispiel; sehr selten hat einer mehrere Klassen, mehrere Bekenntnisse in sich vereinigt und wäre befähigt gewesen, für einen großen Teil seiner Landsleute zu sprechen. Gerade deshalb ist es ihnen so leicht geworden, sich »gleichzuschalten«, als Gewalt gebraucht wurde. Dasselbe gilt für die Gesamtheit der Deutschen. Sie waren immer bereit, Gewalttätigen zu unterliegen. Nicht bereit waren sie, der besseren Einsicht zu folgen und das Recht zu achten überall, wo es das Recht und nicht die Gewalt ist. Daher mußten sie sich schon öf-

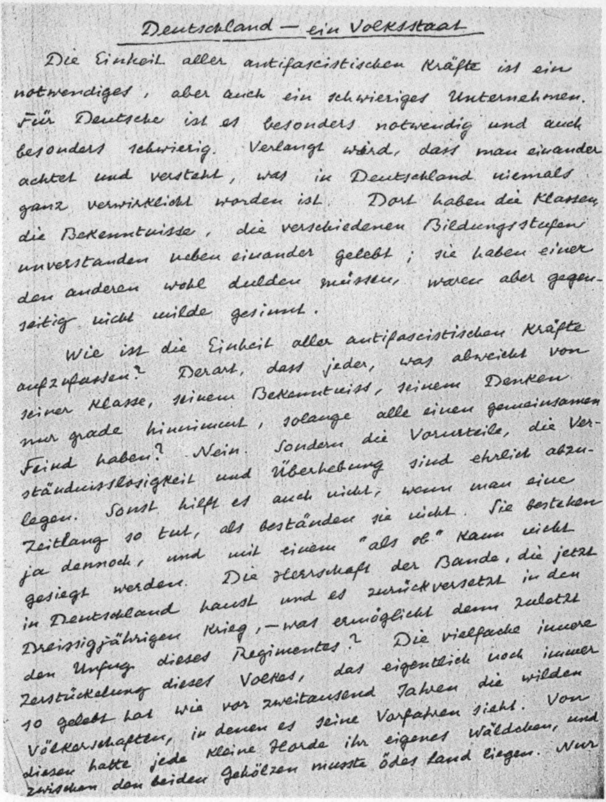

Deutschland — ein Volksstaat

Die Einheit aller antifascistischen Kräfte ist ein notwendiges, aber auch ein schwieriges Unternehmen. Für Deutsche ist es besonders notwendig und auch besonders schwierig. Verlangt wird, dass man einander achtet und versteht, was in Deutschland niemals ganz verwirklicht worden ist. Dort haben die Klassen, die Bekenntnisse, die verschiedenen Bildungsstufen unverstanden neben einander gelebt; sie haben einer den anderen wohl dulden müssen, waren aber gegenseitig nicht milde gesinnt.

Wie ist die Einheit aller antifascistischen Kräfte aufzufassen? Derart, dass jeder, was abweicht von seiner Klasse, seinem Bekenntniss, seinem Denken nur grade hinnimmt, solange alle einen gemeinsamen Feind haben? Nein. Sondern die Vorurteile, die Verständnisslosigkeit und Überhebung sind ehrlich abzulegen. Sonst hilft es auch nicht, wenn man eine Zeitlang so tut, als beständen sie nicht. Sie bestehen ja dennoch, und mit einem "als ob" kann nicht gesiegt werden. Die Herrschaft der Bande, die jetzt in Deutschland haust und es zurückversetzt in den Dreissigjährigen Krieg, — was ermöglicht denn zuletzt den Unfug dieses Regimentes? Die vielfache innere Zerstückelung dieses Volkes, das eigentlich noch immer so gelebt hat wie vor zweitausend Jahren die wilden Völkerschaften, in denen es seine Vorfahren sieht. Von diesen hatte jede kleine Horde ihr eigenes Wäldchen, und zwischen den beiden Gehölzen musste ödes Land liegen. Nur

Die erste Manuskriptseite von
Deutschland ein Volksstaat
in der Handschrift Heinrich Manns

ter sagen lassen, daß Gewalt vor Recht gehe, und kürzlich sogar, daß eine Handvoll Gewalt besser sei als ein Sack voll Recht.

Wenn sie das wirklich anerkennten, wäre ihr heutiges Los verdient. Die Deutschen sind aber durchaus nicht aus »Dynamismus«, jugendlichem Drang oder aus Unmoral für die Gewalt. Sie lassen die Gewalt über sich ergehen, weil sie niemals zur tatsächlichen Verständigung untereinander gelangt sind. Sie sind als Nation langsam, mindestens um drei- oder vierhundert Jahre langsamer als andere, und ihre staatsbildende Kraft ist gering. Weshalb sonst drängen alle ihre Machthaber sie zu auswärtigen Unternehmungen? Das Reich konnte nur durch einen fremden Krieg zustande kommen, anstatt von innen heraus, wie es hätte geschehen müssen. Dieselbe Unfähigkeit der deutschen Macht und Gesellschaft, mit sich selbst auszukommen und sich umzuformen, hat 1914 entscheidend mitgewirkt und droht auch jetzt wieder, den Krieg herbeizuführen. Wer im Innern am wenigsten kann, erklärt nach außen die unerhörtesten Ansprüche. Demgemäß rüstet das Dritte Reich zur Eroberung der Weltherrschaft.

Wir, die hier sprechen, wollen einen langen, furchtbar langen Abschnitt deutscher Ohnmacht beenden. Die einzige, demütigende Ohnmacht eines Volkes ist, sich selbst fremd zu sein, sich selbst nicht zu trauen. So stand es bisher. Wir wollen, daß jeder Sozialist sich des humanistischen Zieles bewußt wird, jeder Christ der humanistischen Herkunft. Wir müssen erreichen, daß Christ und Sozialist in ihren Zielen, ihrer Herkunft nicht mehr das Unterscheidende höchst wichtig nehmen, sondern das, was sie ähnlich macht. Wir sind darauf bedacht, den Volksstaat vorzubereiten. Nun gibt es *Volksstaaten nur in der Freiheit* – während ein Drittes Reich eine abgerichtete Menagerie ist. Es gibt kein »totalitäres« Volk, weil es nicht einmal den »totalitären« Menschen gibt. Ein Mensch ist keine glatte Rechnung. Ein Staat von Menschen besteht nur durch vereinten guten Willen – der kraftvoll und entschlossen ist. Es wird nicht geduldet, daß eine Gaunerbande sich aufschwingt vermittels der allgemeinen Uneinigkeit; vielmehr wird die bisher noch umgehende Gaunerbande im künftigen Volksstaat unter eigenen Gesetzen stehen: zum Beispiel unter denen, die sie selbst gemacht hat.

Vergessen wir nicht, daß andere uns mahnen mußten, die Volksfront zu bilden: Komintern, Stalin und der Front populaire. All diese sind um uns besorgt und zugleich um sich selbst. Entweder die deutsche Einigung all derer, die Volk sind, oder fortschreitender Verfall dieses und mehrerer anderen Länder, die zusammen unser Kulturkreis waren; zuletzt und unfehlbar der Krieg. Das mußten sie uns erst sagen, jetzt wollen wir es uns gesagt sein lassen. Auch außerhalb Deutschlands soll unser Volksstaat vorbereitet werden, durch unsere Köpfe, unseren Willen und die Einigkeit aller. Wir sind durch seine Grenzen nur sehr äußerlich getrennt von Deutschland; was wir ihm geben können, ist mehr als die leibliche Gegenwart, es ist das sittliche Beispiel. Wir sagen ihm und hoffen ihm bald beweisen zu können, was es im Grunde ersehnt: nicht viele Worte, aber inhaltsreicher und von Zukunft mehr erfüllt als alle Rundfunkreden, die es gezwungen anhört: »Wir sind einig.«

Darauf wartet Deutschland, das so tapfer im Dunkeln sich auflehnt gegen die Gewalt. Wir rufen in sein noch dunkles Innere: »Fürchte Dich nicht! Die Furcht vor dem Chaos wird absichtsvoll von Deinen Unterdrückern genährt. Nach ihnen kommt kein Chaos, sondern endlich der Volksstaat. Die Prüfungen waren groß genug, daß endlich Gläubige und Denker, Demokraten und Sozialisten, Arbeiter und Intellektuelle nur eins noch herbeiwünschen und erkämpfen wollen: Deutschland – ein Volksstaat.«

Nachwort
von Uwe Naumann

Am 1. August 1936 eröffnet Adolf Hitler in Berlin die XI. Olympischen Sommerspiele. Die Ausrichtung dieses großen Sportfests der Völker war schon 1931, noch während der Weimarer Republik, nach Deutschland vergeben worden. Für die Nazis wird die Olympiade zur willkommenen Gelegenheit, das Dritte Reich vor der Weltöffentlichkeit als einen Ort neugewonnenen nationalen Glanzes zu präsentieren und – mit einer blendenden Inszenierung – der wachsenden Kritik des Auslands an der Aufrüstungs- und Unterdrückungspolitik ihres Regimes entgegenzuwirken. *Hochglanz* überschreibt Heinrich Mann seinen Essay zu diesem Thema, und er spottet bitter darin über die Demagogie der Naziführer, die nun einmütig von olympischem Geist, Frieden und Fair play reden.

Das Buch *Es kommt der Tag* wird wenige Wochen vor dem Beginn der Olympischen Spiele ausgeliefert. Am 16. Juli 1936 ist in der ›Pariser Tageszeitung‹ die Notiz zu lesen: »Von Heinrich Mann erscheint soeben eine Aufsatz-Sammlung ›Es kommt der Tag. Ein deutsches Lesebuch‹ (Europa Verlag Zürich). Deutsches Lesebuch heißt dieser Band, weil zwischen die Texte des Verfassers Prosa und Verse großer Deutscher eingestreut sind – zur Erläuterung und um des Trostes willen.« Das Buch wirkt wie ein Kontrapunkt des ins Exil gejagten »Anderen Deutschland« zu dem mit Prunk und Pomp ablaufenden Spektakel in Berlin.

»Dein Lesebuch ist gekommen, eine fulminante Lektüre«, bestätigt Thomas Mann seinem Bruder schon am

20. Juli 1936 und betont: »Ich bin überzeugt, daß diese Manifeste in Zukunft einmal eine höchst ehrenvolle historische Rolle spielen werden – eine ehrenrettende für Deutschland.« Besonders sei er dankbar »für die Komik, die Du entfesselst. Ich habe öfters laut lachen müssen, und später wird man das noch freier, ungequälter und herzlicher tun.« [vgl. Materialien, Nr. 32]

Heinrich Manns Beiträge in dem *Lesebuch* stammen großenteils aus dem Jahr 1935 und den ersten beiden Monaten des Jahres 1936. Ihr Autor, seit dem Februar 1933 im Exil in Frankreich, befindet sich auf dem Höhepunkt seines Ansehens als Sprecher und Organisator der deutschen Opposition. Er arbeitet in zahlreichen Ehrenämtern und Komitees, spricht für die deutsche Emigration vor dem Völkerbund, leitet die Vorbereitungen zur Konstituierung einer deutschen Volksfront. Als in Paris im Juni 1935 der ›Internationale Schriftsteller-Kongreß zur Verteidigung der Kultur‹ zusammenkommt – mit Autoren aus 38 Ländern, unter ihnen Aldous Huxley, André Gide, Henri Barbusse, Ilja Ehrenburg, vor mehreren tausend Zuhörern – und Heinrich Mann das Podium betritt, erheben sich spontan alle Anwesenden zu seinen Ehren: als Huldigung für einen unerschrockenen, unermüdlichen Streiter gegen den Krieg und gegen den Faschismus [vgl. Materialien, Nr. 4]. »Die deutsche Emigration hat eine Reihe ausgezeichneter Schriftsteller – und nur einen Heinrich Mann. Er ist ihr Gewissen«, schreibt Ludwig Marcuse in einer umfangreichen Rezension des *Deutschen Lesebuchs* in der Zeitschrift ›Das Wort‹, November 1936 [vgl. Zeitgenössische Rezensionen, S. 279]. Rückblickend wird Marcuse später davon sprechen, Heinrich Mann sei damals »der (nur noch ungekrönte) Präsident des Vierten Deutschen Reiches« gewesen, die unter den zerstrittenen Gruppen des Exils von allen »respektierteste moralische Autorität« [›Die Zeit‹, 25. März 1960].

Von entsprechendem Selbstbewußtsein sind die Essays, Aufrufe und Glossen Heinrich Manns in *Es kommt der Tag* geprägt. Nicht zufällig trägt der mittlere und längste Abschnitt des Lesebuchs die Überschrift *Verachten*, denn Verachtung ist die Grundlage aller Äußerungen Heinrich Manns über die Nazis, ihre Politik und Ideologie. Diese Haltung resultiert aus gründlicher Kenntnis der neueren Geschichte Europas, vor deren zivilisatorischen Fortschritten – mit der Aufklärung, der Französischen und Russischen Revolution – die lärmende Gegenwart des Dritten Reiches als ein ungeheurer Rückschritt, als *Die tiefste Stufe* menschlicher Entwicklung erscheint. Zu einer solchen historisch und übernational begründeten Sichtweise der eigenen Zeit und Lage lädt Heinrich Mann auch seine Leser ein. Er gewinnt daraus ein Mittel der Distanzierung, mit dessen Hilfe sich die so bedrückende und furchterregende Gegenwarts-Herrschaft der Nazis als zukunftslos, ja lächerlich erweisen läßt. »Wer genug geweint hat, lacht«, schreibt Heinrich Mann später, während des Zweiten Weltkriegs, in den Entwürfen zu seinem Buch *Ein Zeitalter wird besichtigt*. »Auch die martyrisierten Völker Europas werden eines Tages finden, daß sie unverwandt ernst zu nehmen zu viel Ehre wäre für ihre Quäler. Die durchgefallenen Immoralisten stinken ab, gefolgt vom Gelächter.« [Fischer Taschenbuch Bd. 5929, S. 580f.]

Dem das Lesebuch gliedernden Dreischritt *Sehen – Verachten – Lernen* entsprechen die drei inhaltlichen Schwerpunkte Vergangenheit – Gegenwart – Zukunft, die sich zugleich als logische Abfolge eines Erkenntnisprozesses verstehen lassen. Am Anfang geht der Blick zurück in die Geschichte, auf die Genese der deutschen Katastrophe: *Sehen*. Dann folgt eine polemische Untersuchung von einzelnen Aspekten und Segmenten der Nazi-Herrschaft: *Verachten*. Und im dritten Abschnitt werden

Überlegungen angestellt für die Zukunft eines neuen, nachfaschistischen Deutschland, eines wirklichen »Volksstaats«: *Lernen*.

Durch den ersten Abschnitt *Sehen* zieht sich wie ein Leitmotiv der Gedanke, daß Deutschland als Nation um Jahrhunderte zu spät gekommen ist. »Sein Volk büßt heute Versäumnisse, die vierhundert Jahre alt sind.« [S. 68] Das Festhalten an einer längst überlebten Kleinstaaterei, das Fehlschlagen jeglicher Revolutionsversuche mündete schließlich – für Heinrich Mann folgerichtig – in die verspätete, von oben diktierte Reichsgründung und in die falsche Herrlichkeit des Wilhelminismus. Von dort war es ein kurzer Weg ins Dritte Reich. In seinem Roman *Der Untertan* hatte Heinrich Mann schon vor dem Ersten Weltkrieg die faschistoide Untertanenmentalität im deutschen Kaiserreich literarisch seziert; in *Es kommt der Tag* zieht er nun die Linie von der »dreisten Null« Wilhelm II. bis zu dessen »Abklatsch« Adolf Hitler. Beide sind vom selben »Lieblingstyp der Deutschen in puncto Führer«, beide erlauben ihrem Volk, die ganze »Besessenheit des Zuspätgekommenen« an der Welt auszuleben [S. 34, 25].

Mit Hitler – Heinrich Mann nennt ihn meist spöttisch Schicklgruber, auf den Geburtsnamen des Vaters Alois Hitler anspielend – beginnen die »schändlichsten Jahre« der deutschen Geschichte [S. 13]. Der zweite Abschnitt des Lesebuchs, *Verachten* überschrieben, enthält vorwiegend Essays über die aktuelle Situation in Nazi-Deutschland. Es sind brillant-polemische Texte, die oft von tagespolitischen Anlässen ausgehen und zugleich über Wesenszüge des deutschen Faschismus Auskunft geben: über den zur Macht gekommenen Irrationalismus; über Aufrüstung und Kriegsdrohung nach außen, Unterdrükkung und Terror im Innern des Landes; über die infantile und kleinbürgerliche Psyche, die das Dritte Reich regiert;

auch über die Hintermänner und Nutznießer des herrschenden Regimes.

Am Schluß des zweiten Abschnitts stehen die beiden einzigen Beiträge des *Lesebuchs*, die in szenischer Form abgefaßt sind: die groteske Parodie einer Hitler-Rede, dem Diktator eingeflüstert von einem unsichtbaren »Engel des Wahnsinns«, und als Gegenstück die visionäre *Schulstunde 1950*. Die *Schulstunde* und der an sie anschließende dritte Teil des Lesebuchs, *Lernen*, enthalten gegenüber Heinrich Manns erster antifaschistischer Essay-Sammlung *Der Haß* (1933) eine neue Qualität. In ihnen nämlich wird – deutlicher und ausführlicher als in *Der Haß* – das prononcierte Bekenntnis zu einem Danach formuliert, zu einer über das Nazi-Reich hinausweisenden Perspektive.

Diese Zukunftsvorstellungen von einem nachfaschistischen Deutschland wirken heute eigentümlich vage. Heinrich Manns politische Auffassungen befinden sich im Umbruch, als die Beiträge für das *Deutsche Lesebuch* entstehen. Er verknüpft zunehmend die ihm seit langem vertrauten Ideale der Aufklärung und der bürgerlichen Französischen Revolution mit den Ideen und Zielen von Sozialisten und Kommunisten, denen er sich im Rahmen der beginnenden Volksfront-Aktivitäten nähert. Das Ergebnis sind – vorerst – recht allgemeine Prinzipien und Bekenntnisse wie das folgende: »Die künftige Form der menschlichen Freiheit wird sozialistisch sein müssen, und der Sozialismus wird sich auseinanderzusetzen haben mit dem ewig Menschlichen, Freiheit genannt.« [S. 174] Auch ist Heinrich Mann zu taktischer Rücksichtnahme bereit, da ihm die Einigung der deutschen Opposition das dringlichste Ziel bleibt. An Lion Feuchtwanger schreibt er (vermutlich 1936): »Persönlich billige ich die kommunistische Demokratie, wie die Sowjetunion sie hervorbringt. Für Deutschland brauchen wir den einfachen Freiheitskampf

– ohne Doktrin: die kommt später und wird natürlich sozialistisch sein.« [Zit. nach Klaus Völker: *Bertolt Brecht*. München 1976, S. 254]

Den Intellektuellen schreibt er – wie je – eine besondere Aufgabe zu, sie sollen bei der bevorstehenden Umwälzung die »Offiziere der Revolution« werden und die Massen führen. »Jede Revolution, die sich hielt und fortwirkte, ist von Intellektuellen gemacht worden.« [S. 180] Auch Heinrich Manns altes Credo, daß *Geist und Tat* (so der Titel eines Essays aus dem Jahre 1910) zusammengehen müssen, Intellektuelle und Volk sich verbünden, Denken und Handeln eine Einheit bilden sollen, wird im Exil in antifaschistischer Absicht erneuert: »Was künftig Tatkraft heißt, soll genährt sein von Wissen.« [S. 183] In Deutschland müsse, bevor ein wahrer Volksstaat bestehen kann, »ungeheuer viel gelernt werden, mehr als jemand sich träumen läßt« [S. 173]. Das erzieherische Pathos, das den dritten Abschnitt des *Lesebuchs* prägt, wurzelt in der Tradition der Moralisten; und mit deutlichem Bezug auf die Enzyklopädisten des 18. Jahrhunderts formuliert Heinrich Mann seine Überzeugung: »Das Wissen ist revolutionär.« [S. 179] Gemeint ist damit keine technokratische Bildung; denn was der Lehrer in der *Schulstunde 1950*, einer antifaschistischen Utopie en miniature, von seinen Schülern erfragt, »ist nichts, was man auswendig lernen kann. Es will immer neu erkannt werden.« [S. 153] »Moral ist zu lehren«, heißt es am 7. Oktober 1935 in einem Brief Heinrich Manns an Arnold Zweig, »das ganze künftige Deutschland wird eine sittliche Frage sein.« [vgl. Materialien, Nr. 11]

Voraussetzung eines künftigen deutschen Volksstaats ist für Heinrich Mann die vorbehaltlose Einigung aller antifaschistischen Kräfte; »verlangt wird, daß man einander achtet und sogar versteht, […] die Vorurteile, die Verständnislosigkeit und Überhebung sind ehrlich abzulegen.« [S. 193 f.] Wir wissen heute aus Dokumenten und aus Berichten von Beteiligten, wie sehr Heinrich Manns Wirken im französischen Exil von dieser Maxime geprägt war. Wir wissen allerdings auch, daß die Volksfront schließlich scheiterte, daß die »unter dem gemeinsamen Dach Heinrich Mann« (L. Marcuse) sich streitenden Gruppen und Individuen ihre gegenseitigen Obsessionen letztlich nicht ablegten. Die Deutschen »finden nicht die Kraft, einig zu sein«, schreibt Heinrich Mann Anfang 1938 enttäuscht, seine Erfahrungen mit der Volksfront seien »schmerzlich« [Brief an Klaus Pinkus, 11. Februar 1938]. Mitte 1939 zerbrach durch den Hitler-Stalin-Pakt der erhoffte Konsens der deutschen Opposition endgültig.

Als das *Deutsche Lesebuch* 1936 erscheint, sind die Hoffnungen auf das Gelingen eines breiten Volksfront-Bündnisses noch ungetrübt. *Es kommt der Tag* dokumentiert ebenso wie viele Briefe aus dieser Zeit, daß Heinrich Mann jeden konkreten Fortschritt der Widerstandsbewegung mit Genugtuung registriert. Besonders beeindrukken ihn die Berichte von Aktionen der Hitler-Gegner im Innern des Reiches. Es werde täglich gewisser, schreibt er am 7. Dezember 1936 an Klaus Pinkus, daß Hitler »und sein ganzer Verbrecherkeller jetzt die längste Zeit bestanden haben. Man fängt an, ihn gründlich satt zu haben, draußen und drinnen. Die spanische Sache braucht nur noch für ihn schief zu gehen, und sie scheint auf bestem Wege dahin.« Der Spanische Bürgerkrieg wurde jedoch zu einem Triumph für den Faschismus, und die Prognose eines baldigen Endes der Nazi-Herrschaft erwies sich als Illusion.

Das *Deutsche Lesebuch* zeugt insofern von einem Optimismus, den die Geschichte widerlegt hat. Das Menetekel, das Heinrich Mann den Nazis an die Wand schreibt (»Ihr seid gezeichnet. Es kommt der Tag.« [S. 14]), hat sich nicht oder doch erst viel später erfüllt. Noch im *Zeit-*

alter-Buch aber beharrt er in dem Kapitel über *Die deutsche Volksfront*: »Zwischen Krieg und Revolution ist während gezählter Augenblicke die Schwelle schmal gewesen.« [Fischer Taschenbuch Bd. 5929, S. 427] Sein Ziel, heißt es in einem Brief an Thomas Mann knapp drei Monate vor dem deutschen Überfall auf Polen, sei allein dies: »die deutsche Erhebung muß dem Krieg zuvorkommen.« [Brief vom 25. Mai 1939] Dieser Aufgabe sollte auch das *Deutsche Lesebuch* dienen. Geradezu prophetisch wirken heute die Warnungen darin vor den Folgen eines expansionistischen Krieges, den die Nazis anzuzetteln drohen: »Europa will leben, und deutsche Kolonien wird es hier nicht geben. Aber nach seinem letzten verlorenen Krieg wird aus Deutschland eine Kolonie, mit verändertem Namen übrigens.« [S. 75] Und an anderer Stelle: »Der wahrhaft tragische Ausgang des nächsten Krieges wäre die letzte Belehrung einer Nation, die in derselben Stunde aufhört zu existieren.« [S. 62] Die nüchterne Weitsicht dieser Prognosen wirkt angesichts der realen Nachkriegs-Entwicklung unseres Landes fast gespenstisch.

Von den Essays, die Heinrich Mann in sein *Lesebuch* aufnahm, waren viele zuvor in Blättern der Exilpresse wie der ›Neuen Weltbühne‹ und dem ›Pariser Tageblatt‹ erschienen; einige auch in der französischen Zeitung ›La Dépêche‹ (Toulouse), für die Heinrich Mann seit dem Frühjahr 1933 regelmäßig Artikel lieferte. Zwischen die eigenen Beiträge fügte er kurze Texte ein von anderen bedeutenden Denkern, überwiegend von deutschen Schriftstellern des 18. und 19. Jahrhunderts. Die Zitate hatte sein Neffe Golo für ihn herausgesucht, wie dieser in einem Brief erklärte [an den Verfasser, 21. November 1988]. Heinrich Mann ließ »dem ernsten jungen Gelehrten« für »diese vorzüglichen Sachen« seinen ausdrücklichen Dank sagen [vgl. Materialien, Nr. 22].

Schon am Ende der Weimarer Republik hatte Heinrich

Mann – gemeinsam mit Alfred Döblin – am Projekt eines Volkslesebuchs gearbeitet, »sein Inhalt sollten die Arbeiten des Volkes und seine Freuden sein, die Geschichte Deutschlands sollte nicht länger beschränkt werden auf Schlachten, auf den Ruhm von Feldherren und Fürsten.« [*Ein Zeitalter wird besichtigt*, vgl. Materialien, Nr. 36] Im Exil realisierte er nun den Plan eines *Lesebuchs*, das allerdings dominiert wird von seinen eigenen Aufsätzen. Die eingefügten Zitate machen ein knappes Zehntel des Buches aus und wirken großenteils wie Motti (oder Moralités) für die Texte Heinrich Manns. Wenn etwa Friedrich von Gentz über die vorübergehende Notwendigkeit eines Exils, Immanuel Kant über die gebotene Erziehung zur Moralität zitiert werden, dient das unmittelbar der historischen Beglaubigung von Heinrich Manns Positionen. Zugleich wird mit den Zitaten das literarische Erbe demonstrativ als eine Sache der Antifaschisten reklamiert, gegen die Versuche der Nazis, ihrerseits die Klassiker zu vereinnahmen.

Selbst ein so umstrittener Kopf wie Friedrich Nietzsche, den andere Exilautoren wie Ernst Bloch und Georg Lukács zum maßgeblichen Vor-Denker des Faschismus erklärten, wird in das *Deutsche Lesebuch* aufgenommen. In seiner Jugend hatte Heinrich Mann Nietzsche lange Zeit als einen geistigen Mentor verehrt. Im *Zeitalter*-Buch spricht er später offen von Nietzsches (und Wagners) »Neigung, sich mißverstehen zu lassen, zweigesichtig, zweideutig haben sie den Deutschen die Wahl freigegeben, aus ihrem Werk zu nehmen, was ihnen anstände: den festen Sinn, die Fragwürdigkeit, das Echte allein oder vor allem das Verführerische. Die Deutschen haben gewählt.« [Fischer Taschenbuch Bd. 5929, S. 188] Heinrich Mann betont im *Lesebuch* die andere Seite: Nietzsche wird zitiert als ein Kronzeuge gegen Antisemitismus, Rassenwahn und die deutsche Neigung zur Selbstüberschätzung.

Das las und liest sich überraschend für alle, die in dem Philosophen den Erfinder der Herrenmenschen-Ideologie sehen wollen. – Heinrich Manns *Lesebuch*-Konzeption entspricht in der Breite der ausgewählten Autoren seinem Programm eines umfassenden, von Toleranz getragenen antifaschistischen Bündnisses.

Es kommt der Tag erschien seinerzeit nicht (wie allgemein erwartet) im Amsterdamer Querido-Verlag. Dieser hatte 1933 die erste Essay-Sammlung im Exil *Der Haß* – mit großer Resonanz und in zwei Auflagen – herausgebracht und veröffentlichte auch Heinrich Manns großes erzählerisches Werk des französischen Exils, die beiden *Henri-Quatre*-Romane. Aber Fritz H. Landshoff, der Leiter von Querido, befürchtete beim *Deutschen Lesebuch* offenbar Eingriffe niederländischer Behörden in die Verlagsarbeit. Am 22. April 1936 schrieb er an Heinrich Mann: »Es ist mir ein aufrichtiges Bedürfnis, Ihnen zu versichern, wie sehr ich es bedaure, dass nun ein Buch von Ihnen, dessen Publikation bei uns geplant war, in einem anderen Verlage erscheint. Leider mussten wir uns in den letzten Wochen wieder davon überzeugen, dass die hier bestehenden Bedenken nicht unbegründet waren. Vor kurzer Zeit ist gegen einen verantwortlichen Redakteur von ›Het Volk‹ (der übrigens sehr gemässigten sozialdemokratischen Zeitung hier), augenscheinlich auf Intervention der deutschen Botschaft, Anklage wegen ›Beleidigung des Staatsoberhauptes einer befreundeten Macht‹ erhoben worden.« [vgl. Materialien, Nr. 26] *Es kommt der Tag* wurde daraufhin im Züricher Europa-Verlag veröffentlicht, Heinrich Manns dritte antifaschistische Essay-Sammlung *Mut* erschien 1939 in den ›Editions du 10. Mai‹, Paris.

Das *Deutsche Lesebuch* wurde vermutlich in einer Auflage von 3000 Exemplaren gedruckt. Um über das Echo bei den Zeitgenossen Aufschluß zu bekommen, sind wir weitgehend auf die sehr zahlreichen, gedruckt vorliegenden Rezensionen angewiesen [vgl. Zeitgenössische Rezensionen, S. 276–280]. Sie spiegeln vor allem die außerordentliche Hochachtung, die Heinrich Mann unter seinen Weggefährten genoß. »Der Lehrer« überschrieb Ludwig Marcuse lakonisch seine Besprechung in der Zeitschrift ›Das Wort‹; »Heinrich Mann ist unser heimlicher Kaiser«, hieß es in Kurt Hillers Rezension in der ›Sozialistischen Warte‹; und als den »besten nationalen und internationalen Aktivposten der deutschen Emigration« würdigte Wolf Franck in der ›Pariser Tageszeitung‹ den Autor von *Es kommt der Tag*. Hervorgehoben wurde in vielen Kritiken die aktivistische, mutige, ermutigende Grundhaltung Heinrich Manns, die das *Lesebuch* zu einer »starken Waffe« (Balder Olden in der ›Neuen Weltbühne‹) für die Nazi-Gegner mache. Dem »hochgesitteten Optimismus und der starken Klarheit des Willens« entspreche, so Hugo Huppert in der ›Internationalen Literatur‹, »die unübertroffene publizistische Diktion dieser Lesestücke. Eine biegsamere Sprache, glänzend und klingend wie Stahl, ist im letzten Jahrzehnt deutsch nie geschrieben worden.« Jakob Bührer kam in einem Blatt namens ›Volksrecht‹ zu dem Urteil: »Man übertreibt nicht, wenn man Heinrich Manns Abrechnung mit Hitler-Deutschland den Schriften der alten Propheten gleichsetzt. Sie ist von der selben inneren Ergriffenheit, von der gleichen Schärfe des kritischen Verstandes, von der gleichen schlagenden Formulierung, eingegeben und diktiert von demselben heiligen Zorn.«

Substantielle Einwände finden sich kaum in den Kritiken des *Deutschen Lesebuchs*. Am ausgiebigsten führte den Meinungsstreit Kurt Hiller, der – seine große Wertschätzung Heinrich Manns und des *Lesebuchs* betonend – einen ganzen Katalog von Fragen und Monita zusammenstellte. Er klagte vor allem die Präzisierung von »polierten

Formeln« und »oberflächlichen Vokabeln« ein; Begriffe wie Volksstaat, Volksfront, Intellektuelle oder Geist fand Hiller in Heinrich Manns geschliffener Essayistik zu wenig mit konkreter Bedeutung gefüllt. Andere Rezensenten äußerten ihre Skepsis gegenüber dem forcierten politischen Optimismus und dem Vernunftglauben des *Lesebuch*-Verfassers. Und in mehreren Besprechungen wurden einzelne Aspekte von Heinrich Manns Geschichtsdenken kritisch diskutiert. Besonders sein positives Urteil über Bismarck erregte nachdrücklichen Widerspruch. Balder Olden widmete in der ›Neuen Weltbühne‹ sogar einen ganzen Artikel dem Versuch einer Widerlegung von Heinrich Manns euphorischem Bismarck-Bild. Zur Irritation vieler Zeitgenossen (und nachgeborener Leser) hat Heinrich Mann bis in sein *Zeitalter*-Buch an der Hochachtung für den ersten deutschen Reichskanzler festgehalten.

Die subtilsten Würdigungen des *Deutschen Lesebuchs* stammen aus der Feder von Thomas Mann. Neben dem eingangs zitierten Brief an seinen Bruder gibt es ein Notat in Thomas Manns Tagebüchern, unter dem 11. Juli 1936: »Vor dem Abendessen und noch abends die Lektüre von H.'s Buch fortgesetzt. Bewegt von diesen oft naiven, aber selbstsicheren und fulminant moralischen Manifesten, von denen ich glaube, daß die Zukunft sie hoch in Ehren halten wird.« [vgl. Materialien, Nr. 29] Und in einer Ansprache zu Heinrich Manns siebzigstem Geburtstag, gehalten am 2. Mai 1941, wertete Thomas Mann die Kampfschriften seines Bruders als beispielhafte Mischung aus »literarischem Glanz und einer – ich möchte fast sagen: märchenhaften Simplizität, einer menschheitlichen Volkstümlichkeit«. Die Schul-Lesebücher späterer Zeiten, prophezeite Thomas Mann, würden diese Schriften einer Jugend nahebringen, »die das Leiden, den sublimen Haß nicht mehr nachempfinden kann, aus dem sie kamen, und der doch das Herz dabei höher schlagen wird«. [vgl. Materialien, Nr. 34]

Es kommt der Tag blieb jedoch bis heute eines der am wenigsten bekannten Bücher Heinrich Manns. Die erste und einzige Ausgabe des Europa-Verlags gehört zu den Rarissima in Bibliotheken und Antiquariaten. Mit der vorliegenden Neu-Edition wird dem *Deutschen Lesebuch* endlich der direkte Weg zu den Lesern in Deutschland eröffnet.

Zur Entstehungs- und Überlieferungsgeschichte

Es kommt der Tag ist die zweite, von Heinrich Mann im Exil zusammengestellte Essay-Sammlung, die 1936 im ›Europa-Verlag‹ in Zürich erschien.

Einige Essays aus dem Band *Es kommt der Tag* sind in hand- und/oder maschinenschriftlichen Vorlagen erhalten, zu zwei Essays finden sich Notizen. Diese im folgenden aufgeführten Textzeugen sind in Heinrich Manns Nachlaß im Heinrich-Mann-Archiv [HMA [1]] der Akademie der Künste zu Berlin überliefert:

Es kommt der Tag
HMA 339: maschinenschriftliches Bruchstück mit handschriftlichen Korrekturen; 1 Blatt, 1 Seite [vgl. Abb., S. 12]

Die Deutschen und ihre Christen
HMA 319: Handschrift (Bleistift, mit Tinte korrigiert); 6 Blatt, 8 Seiten [vgl. Abb., S. 49]

Die Schicht Pachulke
HMA 326: Handschrift (Tinte); 7 Blatt, 7 Seiten [vgl. Abb., S. 57]

Die deutsche Lebenslüge
HMA 318: Handschrift (Tinte); 8 Blatt, 8 Seiten [vgl. Abb., S. 69]

1 Zu den Nummern nach dieser Sigle vgl.: *Vorläufiges Findbuch der Werkmanuskripte von Heinrich Mann*. Bearbeitet von Rosemarie Eggert. Berlin (Ost) 1963 (= Deutsche Akademie der Künste zu Berlin, Schriftenreihe der Literatur-Archive, Heft 11) (hektograph. Typoskript).

Jeunesse (Betrug an der Jugend)
HMA 363: Handschrift (Tinte) in französischer Sprache auf der Rückseite eines Briefes der ›Dépêche‹ vom 27. Januar 1934 an Heinrich Mann; 2 Blatt, 3 Seiten [vgl. Abb., S. 214–216]
Etatisme nazi (Betrug an den Völkern)
HMA 340: handschriftliche Notizen (Bleistift) für den Erstdruck des Artikels in der ›Dépêche‹ auf der Rückseite eines Briefes der ›Dépêche‹ vom 4. Februar 1935 an Heinrich Mann; 2 Blatt, 2 Seiten [vgl. Abb., S. 218 f.]
Massenbetrug
HMA 375: Maschinenschrift mit handschriftlichen Korrekturen; 5 Blatt, 5 Seiten
HMA 376: Handschrift (Bleistift), 7 Blatt, 7 Seiten [vgl. Abb., S. 113]
Bereicherung
HMA 287: Handschrift (Tinte); 3 Blatt, 4 Seiten
HMA 288: Maschinenschrift mit handschriftlichen Korrekturen; 3 Blatt, 3 Seiten [vgl. Abb., S. 121]
Umgang mit Menschen
HMA 403: Maschinenschrift mit handschriftlichen Korrekturen; 4 Blatt, 4 Seiten
HMA 404: Handschrift (Tinte); 4 Blatt, 4 Seiten [vgl. Abb., S. 129]
Hochglanz
HMA 357: Handschrift (Tinte); 7 Blatt, 7 Seiten [vgl. Abb., S. 135]
Schulstunde 1950
HMA 390: Maschinenschrift mit handschriftlichen Korrekturen; 5 Blatt, 5 Seiten
HMA 391: Handschrift (Bleistift), datiert: 12. Januar 1936; 5 Blatt, 5 Seiten [vgl. Abb., S. 154]
Die Führung
HMA 320: Handschriftliche Notizen (Bleistift) auf der Rückseite eines Briefes an Heinrich Mann vom 29. No-

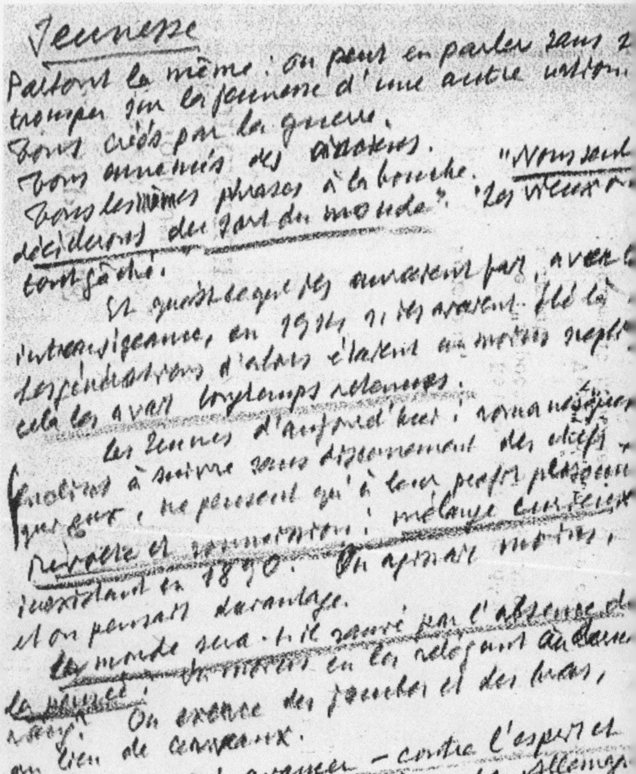

Entwurf Heinrich Manns zu *Jeunesse*,
der französischen Vorläufer-Fassung von
Betrug an der Jugend

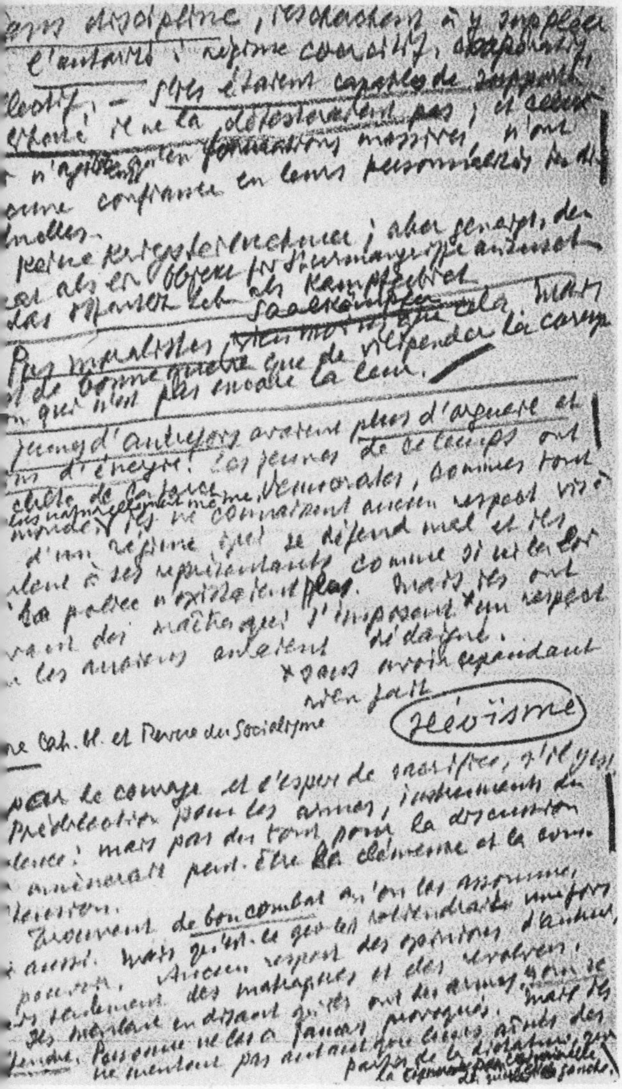

sans discipline, résolution à y suppléer
l'autorité ; régime consultatif, [illegible]
[illegible]lectif ; — s'ils étaient capables de supporter
[illegible] ils ne la détesteraient pas ; et ceux
n'agissent qu'en formations massives n'ont
confiance en leurs personnalités [illegible]
[illegible]ume
[illegible]
[illegible] Kriegsteilnehmer ; aber genauso, der [illegible]
[illegible] als ein Opfer [illegible] Kampferlebnis
das Opfer [illegible] Saalkämpfe [illegible] cela. Mais
Pas moralistes [illegible] que de vilipender la corruption
[illegible] de bonne qualité [illegible]
[illegible] qui n'est plus encore la leur.
jeunes d'autrefois avaient plus d'argent et
moins d'énergie. Les jeunes de ce temps ont
[illegible] de la force [illegible] démocrates, comme tout
le monde ; ils ne connaissent aucun respect vis-à-vis
d'un régime qui se défend mal et ils
[illegible] à ses représentants comme si ni la loi
ni la police n'existaient plus. Mais ils ont
[illegible] des matraques qui s'imposent × un respect
[illegible] les anciens avaient dédaigné.
× sans avoir cependant
rien fait

(héroïsme)

[illegible] Cah. [illegible] et Revue du Socialisme

par le courage et l'esprit de sacrifice, s'il y [illegible]
prédilection pour les armes, instruments de
[illegible] ; mais pas du tout pour la discussion
[illegible] ; mais peut-être la clémence et la [illegible]
[illegible] amènerait [illegible]
[illegible]
Vraiment de bon combat qu'on les assomme, [illegible] une fois
aussi. Mais qu'est-ce que les [illegible] des opinions d'autrui,
[illegible]. Aucun respect des matraques et des revolvers !
[illegible] seulement des matraques et des armes [illegible]. Mais ils
Ils mentent en disant qu'ils ont [illegible] provoqués [illegible]
[illegible]. Personne ne les a jamais [illegible]
ne mentent pas autant que [illegible] parler de la dictature [illegible]

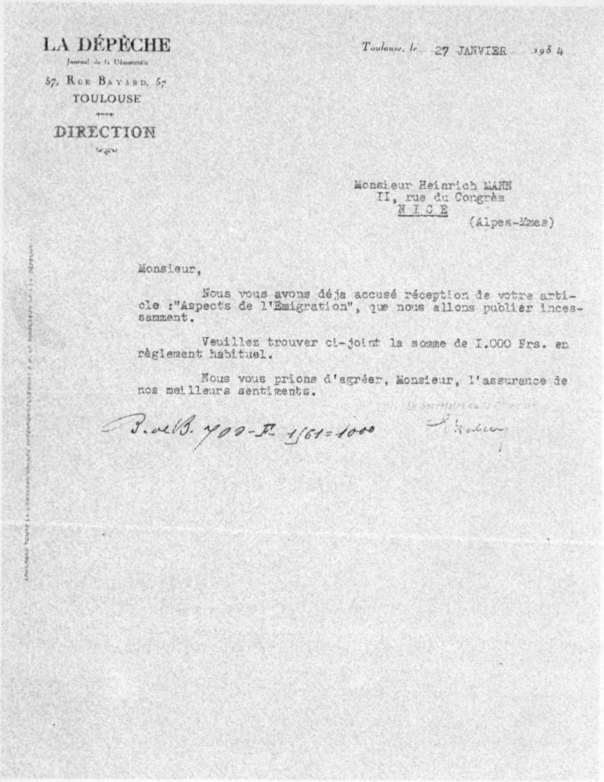

LA DÉPÊCHE
Journal de la Démocratie
57, Rue Bayard, 57
TOULOUSE

DIRECTION

Toulouse, le 27 JANVIER 1934

Monsieur Heinrich MANN
II, rue du Congrès
N I C E
(Alpes-Mmes)

Monsieur,

Nous vous avons déja accusé réception de votre article :"Aspects de l'Émigration", que nous allons publier incessamment.

Veuillez trouver ci-joint la somme de I.000 Frs. en règlement habituel.

Nous vous prions d'agréer, Monsieur, l'assurance de nos meilleurs sentiments.

B. d. B. 700-F 1/61=1000

Brief von ›La Dépêche‹ an Heinrich Mann;
auf dessen Rückseite der Entwurf zu *Jeunesse*

vember 1934 mit dem Vermerk »3. Artikel Weltbühne«; 2 Blatt, 3 Seiten [vgl. Abb., S. 220–222]

Die Macht des Wortes

HMA 323: Maschinenschrift mit handschriftlichen Korrekturen; 6 Blatt, 6 Seiten [vgl. Abb., S. 186]

Deutschland ein Volksstaat

HMA 315: Handschrift (Tinte); 4 Blatt, 4 Seiten [vgl. Abb., S. 195]

Von den 36 zu dieser Sammlung komponierten Texten waren seit 1934 in verschiedenen Exil-Zeitschriften und -Tageszeitungen 32 erschienen, während vier in diesem Band bislang zum erstenmal bibliographisch nachweisbar sind. Im folgenden sind die Erstdrucke dieser Texte sowie weitere Drucke bis zur Sammlung *Es kommt der Tag* in chronologischer Reihenfolge aufgeführt[2]:

Betrug an der Jugend

Erstdruck: ›Die neue Weltbühne‹. Prag-Zürich-Paris. Jg. 30 [der ›Weltbühne‹], Nr. 18 vom 3. Mai 1934, S. 550–554, u. d. T.: *Hereingefallene Jugend.*

Weiterer Druck: ›La Dépêche‹. Toulouse. Jg. 63, Nr. 23 996 vom 4. Mai 1934, S. 1, u. d. T.: *Jeunesse.*

[In *Es kommt der Tag* ist dieser Artikel von Heinrich Mann gekürzt und in den Aussagen gemildert worden.]

Das ewig Komische

Erstdruck: ›La Dépêche‹. Toulouse. Jg. 63, Nr. 24 119 vom 4. September 1934, S. 1, u. d. T.: *L'éternel comique.*

2 Diese Angaben folgen überwiegend: *Heinrich-Mann-Bibliographie. Werke.* Bearbeitet von Edith Zenker. Berlin und Weimar: Aufbau-Verlag 1967. – Für Ergänzungen und Korrekturen sei Sigrid Anger und Werner Herden (beide Berlin) sehr herzlich gedankt.

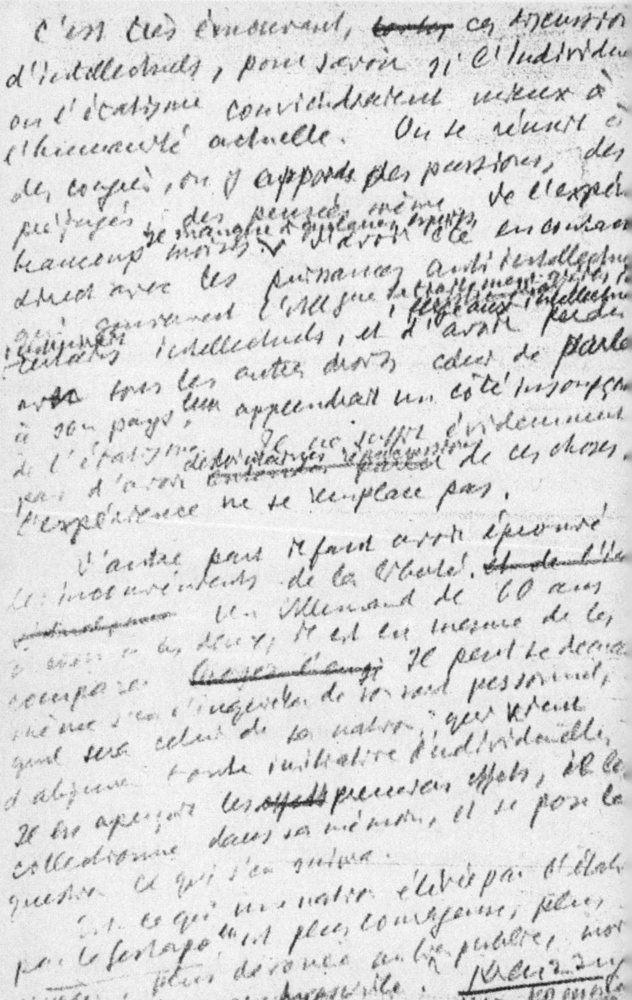

Notizen Heinrich Manns zu *Etatisme nazi*, der französischen Vorläufer-Fassung von *Betrug an den Völkern*

Nation
après certains
dans l'
ne se relèveront pas
si vite.

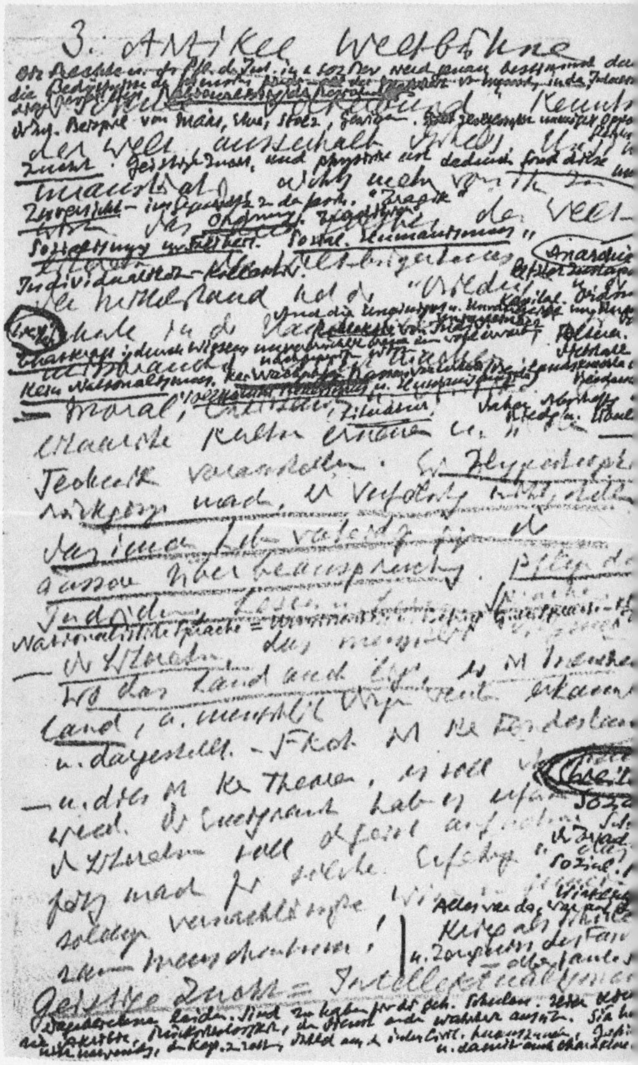
3. Artikel Weltbühne

Entwurf Heinrich Manns zu *Die Führung*

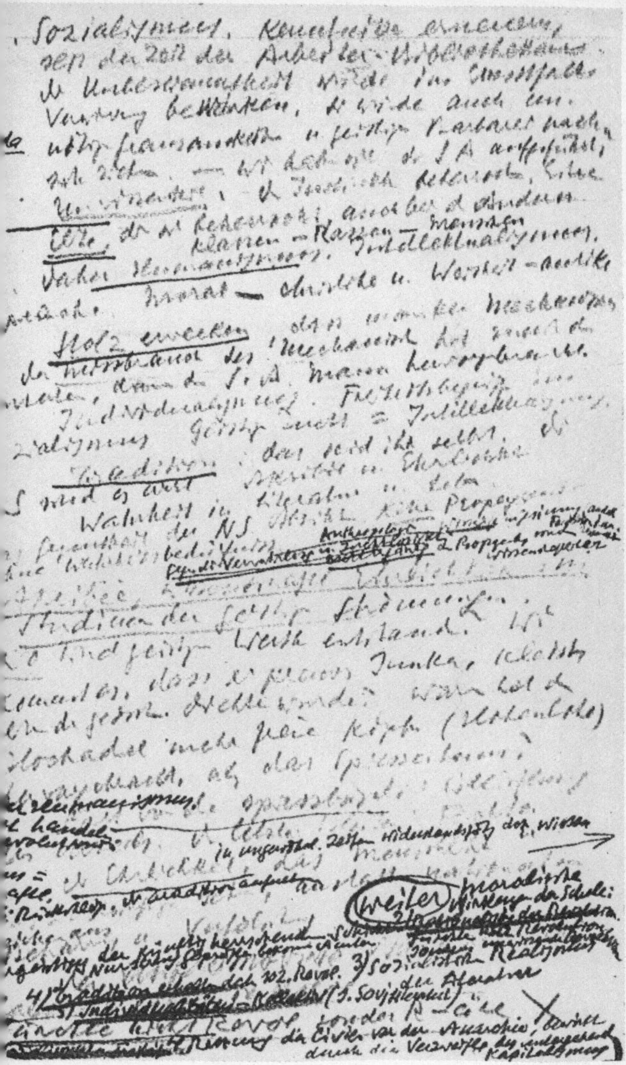

Sozialismus.

Holz erwecken

Tradition

Wahrheit in

weiter

moralische Wirkung der Schule:

3/ Sozialistischen Realismus

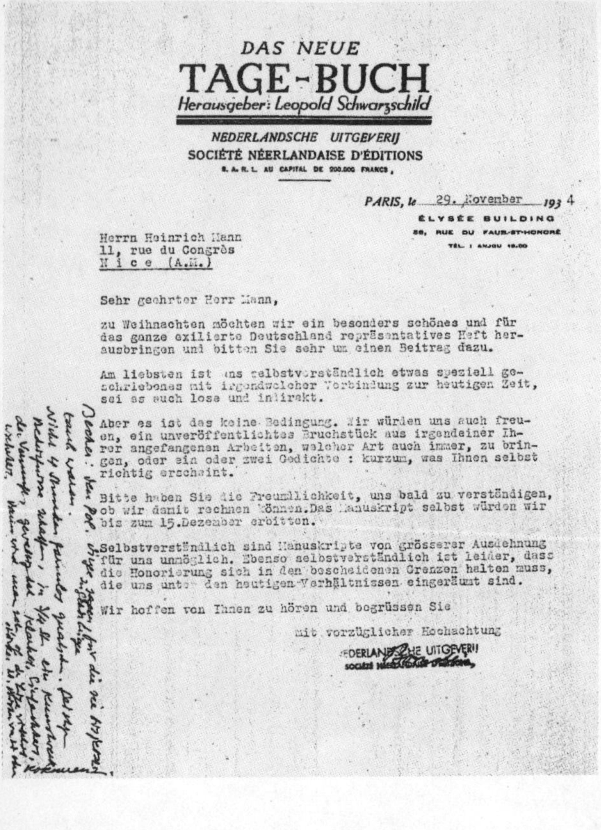

DAS NEUE
TAGE-BUCH
Herausgeber: Leopold Schwarzschild

NEDERLANDSCHE UITGEVERIJ
SOCIÉTÉ NÉERLANDAISE D'ÉDITIONS
S. A. R. L. AU CAPITAL DE 200.000 FRANCS

PARIS, le 29. November 1934
ÉLYSÉE BUILDING
56, RUE DU FAUB.-ST-HONORÉ
TÉL. : ANJOU 18.00

Herrn Heinrich Mann
11, rue du Congrès
N i c e (A.M.)

Sehr geehrter Herr Mann,

zu Weihnachten möchten wir ein besonders schönes und für das ganze exilierte Deutschland repräsentatives Heft herausbringen und bitten Sie sehr um einen Beitrag dazu.

Am liebsten ist uns selbstverständlich etwas speziell geschriebenes mit irgendwelcher Verbindung zur heutigen Zeit, sei es auch lose und indirekt.

Aber es ist das keine Bedingung. Wir würden uns auch freuen, ein unveröffentlichtes Bruchstück aus irgendeiner Ihrer angefangenen Arbeiten, welcher Art auch immer, zu bringen, oder ein oder zwei Gedichte : kurzum, was Ihnen selbst richtig erscheint.

Bitte haben Sie die Freundlichkeit, uns bald zu verständigen, ob wir damit rechnen können. Das Manuskript selbst würden wir bis zum 15. Dezember erbitten.

Selbstverständlich sind Manuskripte von grösserer Ausdehnung für uns unmöglich. Ebenso selbstverständlich ist leider, dass die Honorierung sich in den bescheidenen Grenzen halten muss, die uns unter den heutigen Verhältnissen eingeräumt sind.

Wir hoffen von Ihnen zu hören und begrüssen Sie

mit vorzüglicher Hochachtung

NEDERLANDSCHE UITGEVERIJ
SOCIÉTÉ NÉERLANDAISE D'ÉDITIONS

Brief von ›Das Neue Tage-Buch‹ an Heinrich Mann;
Fortsetzung der Notizen zu *Die Führung*
von der Rückseite des Briefes

Weiterer Druck: ›Europäische Hefte‹. Bern-Prag-Paris. Jg. 1, Nr. 22 vom 13. September 1934, S. 297 bis 300.

Exil [= Auszug aus: Die Sammlung der Kräfte]

Erstdruck: ›Die Sammlung‹. Amsterdam. Jg. 2, Heft 1, September 1934, S. 1–9; Auszug, S. 7f.

Verfall einer geistigen Welt

Erstdruck: ›Die neue Weltbühne‹. Prag-Zürich-Paris. Jg. 30 [der ›Weltbühne‹], Nr. 49 vom 6. Dezember 1934, S. 1541–1544.

Aufbau einer geistigen Welt

Erstdruck: ›Die neue Weltbühne‹. Prag-Zürich-Paris. Jg. 31 [der ›Weltbühne‹], Nr. 1 vom 3. Januar 1935, S. 12–15.

Geheime Schulen

Erstdruck: ›Die neue Weltbühne‹. Prag-Zürich-Paris. Jg. 31 [der ›Weltbühne‹], Nr. 4 vom 24. Januar 1935, S. 97–100.

Weiterer Druck: ›Littérature internationale. Moskau. Jg. 8, 1938, u. d. T.: *Des écoles secrètes.*

Die Führung

Erstdruck: ›Die neue Weltbühne‹. Prag-Zürich-Paris. Jg. 31 [der ›Weltbühne‹], Nr. 7 vom 14. Februar 1935, S. 192–195.

Der Geheimstaat

Erstdruck: ›Pariser Tageblatt‹. Paris. Jg. 3, Nr. 431 vom 16. Februar 1935, S. 1.

Rüstung

Erstdruck: ›Die neue Weltbühne‹. Prag-Zürich-Paris. Jg. 32 [der ›Weltbühne‹], Nr. 13 vom 28. März 1935, S. 672–676, u. d. T.: *Der Fall Deutschland.*

Bereicherung

Erstdruck: ›La Dépêche‹. Toulouse. Jg. 66, Nr. 24302 vom 6. März 1935, S. 1, u. d. T.: *Les dessous d'une dictature.*

[Die in *Es kommt der Tag* aufgenommene Fassung weicht im Schlußteil von dem Erstdruck ab.]

Die Macht des Wortes

Erstdruck: ›Die neue Weltbühne‹. Prag-Zürich-Paris. Jg. 31 [der ›Weltbühne‹], Nr. 10 vom 7. März 1935, S. 285–288.

Die Schmiere

Erstdruck: ›Pariser Tageblatt‹. Paris. Jg. 3, Nr. 477 vom 3. April 1935, S. 1.

Die Hochzeit

Erstdruck: ›Pariser Tageblatt‹. Paris. Jg. 3, Nr. 486 vom 12. April 1935, S. 1.

Weiterer Druck: ›Der Tag‹. Czernowitz. Jg. 4, Nr. 910 vom 18. April 1935, S. 2.

Weiterer Druck: ›Sozialistische Aktion‹. Hamburg: Deutschland-Presse [fingiert; tatsächlich: Karlsbad: Haus »Graphia«, Sondernummer ›Der Rote Mai 1935‹], S. [4].

Der Pimpf

Erstdruck: ›Pariser Tageblatt‹. Paris. Jg. 3, Nr. 503 vom 29. April 1935, S. 1.

Betrug an den Völkern

Erstdruck: ›La Dépêche‹. Toulouse. Jg. 66, Nr. 24368 vom 11. Mai 1935, S. 1, u. d. T.: *Etatisme nazi.*

Weiterer Druck: ›Die neue Weltbühne‹. Prag-Zürich-Paris. Jg. 31 [der ›Weltbühne‹], Nr. 20 vom 16. Mai 1935, S. 613–615, u. d. T.: *Die Veralteten.*

[Die in *Es kommt der Tag* aufgenommene Fassung entspricht dem Druck in ›Die neue Weltbühne‹, während der Erstdruck im zweiten Teil sich deutlich von der Buchfassung unterscheidet.]

Massenbetrug

Erstdruck: ›La Dépêche‹. Toulouse. Jg. 66, Nr. 24391 vom 4. Juni 1935, S. 1, u. d. T.: *Une contrefaçon.*

Wackeln
Erstdruck: ›Pariser Tageblatt‹. Paris. Jg. 3, Nr. 598 vom 2. August 1935, S. 1.
R. R.
Erstdruck: ›Pariser Tageblatt‹. Paris. Jg. 3, Nr. 607 vom 11. August 1935, S. 1.
Studenten!
Erstdruck: ›Pariser Tageblatt‹. Paris. Jg. 3, Nr. 622 vom 26. August 1935, S. 1.
Die tiefste Stufe
Erstdruck: ›Pariser Tageblatt‹. Paris. Jg. 3, Nr. 637 vom 10. September 1935, S. 1.
Geöffnete Tresors
Erstdruck: ›Pariser Tageblatt‹. Paris. Jg. 3, Nr. 642 vom 15. September 1935, S. 1.
Die Rede
Erstdruck: ›Pariser Tageblatt‹. Paris. Jg. 3, Nr. 650 vom 23. September 1935, S. 1.
Spaten faßt an!
Erstdruck: ›Die neue Weltbühne‹. Prag-Zürich-Paris. Jg. 32 [der ›Weltbühne‹], Nr. 39 vom 26. September 1935, S. 1212–1215, u. d. T.: *Die Spaten von Nürnberg.*
Kastendeutschland
Erstdruck: ›Pariser Tageblatt‹. Paris. Jg. 3, Nr. 658 vom 1. Oktober 1935, S. 1.
Die Deutschen und ihr Reich
Erstdruck: ›Die neue Weltbühne‹. Prag-Zürich-Paris. Jg. 31 [der ›Weltbühne‹], Nr. 47 vom 21. November 1935, S. 1472–1478.
Die Deutschen und ihre Juden
Erstdruck: ›Die neue Weltbühne‹. Prag-Zürich-Paris. Jg. 31 [der ›Weltbühne‹], Nr. 49 vom 5. Dezember 1935, S. 1532–1536.

Die Deutschen wiederholen sich

Erstdruck: ›Die neue Weltbühne‹. Prag-Zürich-Paris. Jg. 31 [der ›Weltbühne‹], Nr. 52 vom 26. Dezember 1935, S. 1628–1633.

Die Deutschen und ihre Christen

Erstdruck: ›Die neue Weltbühne‹. Prag-Zürich-Paris. Jg. 32 [der ›Weltbühne‹], Nr. 2 vom 9. Januar 1936, S. 36–41.

Hochglanz

Erstdruck: ›La Dépêche‹. Toulouse. Jg. 67, Nr. 24615 vom 14. Januar 1936, S. 1, u. d. T.: *L'Olympiade*.

Es kommt der Tag

Erstdruck: ›Die neue Weltbühne‹. Prag-Zürich-Paris. Jg. 32 [der ›Weltbühne‹], Nr. 5 vom 30. Januar 1936, S. 126–131.

Auszüge: ›Mitteilungen der Deutschen Freiheitsbibliothek‹. Paris. Nr. 10, Februar 1936.

Die Schicht Pachulke

Erstdruck: ›Die neue Weltbühne‹. Prag-Zürich-Paris. Jg. 32 [der ›Weltbühne‹], Nr. 7 vom 13. Februar 1936, S. 192–197.

Die deutsche Lebenslüge

Erstdruck: ›Die neue Weltbühne‹. Prag-Zürich-Paris. Jg. 32 [der ›Weltbühne‹], Nr. 9 vom 27. Februar 1936, S. 264–269.

Bei der Komposition dieser antinazistischen Kampfschriften gab Heinrich Mann also die Reihenfolge der Entstehung zugunsten einer thematischen Gliederung in die drei Teile *Sehen – Verachten – Lernen* auf. Der erste und dritte Teil bestehen überwiegend aus den Artikelserien in der ›Neuen Weltbühne‹ von 1934/35 und 1935/36, wobei die Serie von 1935/36 im ersten Teil *Sehen* untergebracht wurde. Beide Eckteile sind von den Fremdzitaten durchsetzt, die im Teil *Sehen* sich gegenüber dem dritten Teil häufen. Die Fremdzitate sind in beiden Teilen durch Kursivdruck wiedergegeben. Die äußeren Teile sind durch den Mittelteil *Verachten* getrennt, in dem Heinrich Mann seiner satirischen Kunst freien Lauf läßt. Auch hier wird zwar die typographische Abwechslung von Normal- und Kursivschrift beibehalten, letztere ist aber nicht mehr allein den Fremdzitaten, die relativ selten sind, vorbehalten, sondern wird auch für die eigenen satirischen Texte von Heinrich Mann verwendet, um sie gegen die ernsten abzusetzen. Das Kompositionsprinzip Heinrich Manns dabei wird aus seiner ursprünglichen Idee, die Texte jeweils nur auf den linken bzw. rechten Buchseiten abzudrucken und sie dadurch zu kontrastieren, deutlich, die ihm sein Verleger Fritz H. Landshoff am 19. November 1935 auszureden sucht: »Ich glaube, dass die Ausführung dieser reizvollen Idee doch auf große Schwierigkeiten stossen und den Leser abschrecken würde.« [vgl. Materialien, Nr. 15] Daß dann der weiter nicht unterscheidbare Kursivdruck im Mittelteil sowohl für die Fremdzitate wie die satirischen Texte Heinrich Manns Verwendung fand, dürfte herstellungstechnische Gründe gehabt haben. Für die vorliegende Ausgabe wird dieses Manko der Erstausgabe durch eine dritte Auszeichnungsform [Technische Kursive] behoben, die dem Leser den Überblick zu behalten erlaubt, aber dennoch etwas von Heinrich Manns ursprünglicher Idee und das vielleicht auch intendierte »Verwirrspiel der Komik« (Roland Wittig) beibehält.

Aus dem eben zitierten Brief des Querido-Verlags wird deutlich, daß Heinrich Mann schon Ende 1935 mit der Zusammenstellung dieser Essay-Sammlung befaßt war, die sich bis Frühjahr 1936 hinzog und zudem noch durch den Verlagswechsel erheblich gestört wurde. Noch Anfang März 1936 [vgl. Materialien, Nr. 22] ging Heinrich Mann davon aus, daß auch sein zweiter Essay-Band im Exil nach dem *Haß* (1933) bei Querido erscheinen würde,

EUROPA VERLAG A. G. ZÜRICH 1 RÄMISTR. 5 TEL. 42.795

Abrechnung über das Buch
HEINRICH M A N N
Es kommt der Tag

EUROPA VERLAG A. G. ZÜRICH

Zürich, den 22. November 1937.

Abrechnung an Herrn Heinrich Mann und an den Querido-Verlag

Laut letzter Abrechnung haben wir abzurechnen mit		1644 Ex.
Für Uebersetzungs-und Rezensionsexemplare haben wir seither ausgegeben		2 Ex.
		1642 Ex.
In Buchhandlungen und Kiosken der Schweiz liegen verkauft aber noch nicht bezahlt	79	
In Buchhandlungen und Kiosken der Schweiz liegen Vorräte in Kommission	93	
In den verschiedenen Auslieferungsländern liegen in Kommission	211	
An Rohbogen sind vorrätig	600	
Lagervorräte in Zürich	308	1291 Ex.
Seit letzter Abrechnung sind verkauft worden		351 Ex.

Für 351 Exemplare schreiben wir Ihnen an Honorar gut : 351 x 67,5 Rp. = Fr. 236.95

Saldo zu unsern Gunsten laut letzter Abrechnung	Fr. 414.40
Abzüglich des Saldos der heutigen Honorarabrechnung	Fr. 236.95
Saldo uns	Fr. 177.45

Hochachtend,
Europa-Verlag Zürich

POSTSCHECK: ZÜRICH VIII 23383 • WIEN B 197036 • PRAG 59984

Verlagsabrechnung zu *Es kommt der Tag*
[HMA 2877]

zumal dieser Verlag im Jahr zuvor auch den ersten Teil des *Henri Quatre* gebracht hatte. Anfang des Jahres wurden in einem Brief des Verlegers an den Autor schon Anzeichen von politischen Schwierigkeiten deutlich. Der Brief von Fritz H. Landshoff vom 22. April 1936 bestätigte die definitive Absage des Verlages [vgl. Materialien, Nr. 19 und 26]. In dieser Situation sprang der Schweizer Verleger Emil Oprecht mit seinem Europa-Verlag ein [vgl. Materialien, Nr. 24 und Nr. 25] und dürfte von Querido den fertigen und vom Autor korrigierten Satz übernommen haben. Nur so läßt sich die kurze Herstellungszeit zwischen Ende April und Ende Juni erklären, da Thomas Mann bereits am 11. Juli seine Lektüre-Eindrücke im Tagebuch festhält [siehe Materialien, Nr. 29].

Die genaue Auflagenhöhe von *Es kommt der Tag* ist heute nicht mehr zu ermitteln, da offenbar – bis auf eine spätere Abrechnung [vgl. Abb., S. 228] – keine Verlagskorrespondenz erhalten ist. Vermutlich betrug sie 3000 Exemplare.

Der Abdruck der Texte erfolgt nach der jeweiligen Fassung in *Es kommt der Tag* und mit der erwähnten typographischen Veränderung im Mittelteil, lediglich Druckfehler sind stillschweigend gebessert.

Materialien

1 Heinrich Mann an Félix Bertaux,
Nizza, 29. Dezember 1934 [Auszug]:

Was die politischen Dinge angeht, so denke ich weniger an sie, obwohl ich fortfahre, meine Artikel zu schreiben. Inzwischen war ich sogar verreist, um in der Tschechoslowakei Vorträge zu halten.

In: Heinrich Mann: *Zehn Briefe an Félix Bertaux*. In: Richard Ziegler: *Monotypien und Skizzen zu Heinrich Manns »Henri Quatre«. Mit Briefen Heinrich Manns an Félix Bertaux*. Berlin und Weimar: Aufbau-Verlag 1970, S. 21–63, Zitat, S. 36.
[Im folgenden zitiert: *Bertaux-Briefe*]
Die Briefe sind in dem angegebenen Band faksimiliert und – da alle in französischer Sprache geschrieben – in deutscher Übersetzung wiedergegeben, die Stephan Hermlin besorgte. Félix Bertaux (1881–1948), französischer Germanist und Übersetzer, war mit Heinrich und Thomas Mann befreundet und setzte sich für die Verbreitung der Werke beider Brüder in Frankreich maßgeblich ein. Der Briefwechsel mit Heinrich Mann begann 1922 und dauerte bis zum Tode Bertaux'; weit über 200 Briefe Heinrich Manns an Bertaux sind aus dem Zeitraum erhalten. In seiner Autobiographie *Ein Zeitalter wird besichtigt* widmete Heinrich Mann Félix Bertaux einen Abschnitt in dem Kapitel »Die Gefährten«.

Heinrich Mann (Toulon 1933)
[HMA 3686]

2 Henri Barbusse an Heinrich Mann,
Miramar par Théoule, 3. Januar 1935:

Mon cher Heinrich Mann,
Je vous adresse ci-joint le texte d'un Manifeste-Appel auquel je vous demande de bien vouloir adhérer. Il a pour but de constituer une grande organisation internationale d'écrivains de gauche.

Je suis persuadé que vous penserez comme moi et comme quelques-uns de nos plus éminents confrères, que le moment est venu de jeter les bases d'un vaste mouvement – très large, très éclectique, mais nettement progressif –, des hommes de lettres du monde entier. Je n'ai pas besoin de vous dire que votre adhésion est d'une très grande importance pour donner à cet appel toute l'autorité nécessaire et lui assurer une grande diffusion.

Lorsque j'aurai recueilli les quelques approbations des bases que je sollicite en ce moment, j'entreprendrai un grand lancement de ce Manifeste-Appel, qui, j'en suis sûr, sera enrichi de votre signature.

Croyez à mes sentiments cordiaux et dévoués.

Henri Barbusse

Original: HMA 812 (maschinenschriftlich). – Druck: *Heinrich Mann 1871–1950. Werk und Leben in Dokumenten und Bildern*. Mit unveröffentlichten Manuskripten und Briefen aus dem Nachlaß. Hg. von der Akademie der Künste zu Berlin anläßlich der Ausstellung zu seinem 100. Geburtstag. Ausstellung und Katalog: Sigrid Anger unter Mitarbeit von Rosemarie Eggert und Gerda Weißenfels. Berlin und Weimar: Aufbau-Verlag 1971, S. 274. [Im folgenden zitiert: *Dok.*]
Der Text des genannten Manifestes ist in Heinrich Manns Nachlaß nicht erhalten. – Die Übersetzung des Briefes lautet:
Mein lieber Heinrich Mann,
Beiliegend übersende ich Ihnen den Text eines Manifests und bitte Sie um Ihre Zustimmung zu diesem Aufruf. Er verfolgt das Ziel, eine große internationale Organisation linker Schriftsteller ins Leben zu rufen.

Ich bin überzeugt, Sie stimmen mit mir und einigen unserer hervorragendsten Kollegen darin überein, daß der Zeitpunkt gekommen ist, die Grundlagen einer umfassenden Bewegung – sehr breit, sehr eklektisch, aber eindeutig progressiv – der Schriftsteller der ganzen Welt zu schaffen. Ich brauche Ihnen nicht zu sagen, daß Ihre Unterschrift von größter Bedeutung ist, um diesem Appell die erforderliche Autorität zu geben und ihm eine große Verbreitung zu sichern.
Sobald ich die ersten zustimmenden Äußerungen, um die ich im Augenblick bitte, erhalten habe, werde ich das Manifest, das, wie ich fest glaube, auch Ihre Unterschrift tragen wird, groß herausbringen.
In herzlicher Verbundenheit

Ihr sehr ergebener Henri Barbusse

Henri Barbusse an Heinrich Mann, 3
Miramar par Théoule, 9. Januar 1935:

Mon cher Heinrich Mann,
Je vous accuse réception et vous remercie de votre lettre. Le Manifeste est déjà approuvé par la plupart des écrivains auxquels je l'ai adressé, mais qui ne constituent qu'une première sélection. Plusieurs d'entre eux, notamment Romain Rolland et Victor Margueritte en acceptent les termes, mais estiment, comme vous, qu'il y aurait peut être lieu d'atténuer certains passages. D'autre part, d'autres écrivains font porter leurs observations dans un sens contraire.
D'ici quelques jours, lorsque nous aurons réuni toutes les réponses et collationné celles-ci, nous pourrons, si vous le voulez bien, reparler de cette question du dosage et de la présentation du programme politique dans l'Appel aux écrivains. Peut-être à ce moment sera-t-il possible (et je m'efforcerai de le faire), d'organiser une petite réunion intime pour la mise au point définitive et le lancement du Manifeste. Je vous tiendrai donc au courant, et j'espère

HENRI BARBUSSE
MIRAMAR PAR THÉOULE
(ALPES-MARITIMES)
TÉLÉPHONE Nº 3 À MIRAMAR

9 janvier 1935.

Mon cher Heinrich Mann,

Je vous accuse réception et vous remercie de votre lettre. Le Manifeste est déjà approuvé par la plupart des écrivains auxquels je l'ai adressé, mais qui ne constituent qu'une première sélection. Plusieurs d'entre eux, notamment Romain Rolland et Victor Margueritte en acceptent les termes, mais estiment, comme vous, qu'il y aurait peut être lieu d'atténuer certains passages. D'autre part, d'autres écrivains font porter leurs observations dans un sens contraire.

D'ici quelques jours, lorsque nous aurons réuni toutes les réponses et collationné celles-ci, nous pourrons, si vous le voulez bien, reparler de cette question du dosage et de la présentation du programme politique dans l'Appel aux écrivains. Peut-être à ce moment sera-t-il possible (et je m'efforcerai de le faire), d'organiser une petite réunion intime pour la mise au point définitive et le lancement du Manifeste. Je vous tiendrai donc au courant, et j'espère qu'il vous sera possible d'y assister à cette réunion qui aura lieu chez moi.

Croyez à mes sentiments les meilleurs.

Henri Barbusse.

Henri Barbusse an Heinrich Mann

qu'il vous sera possible d'assister à cette réunion qui aura lieu chez moi.

Croyez à mes sentiments les meilleurs. Henri Barbusse.

Original: HMA 813 (maschinenschriftlich; Notiz auf dem Briefumschlag von Heinrich Mann: »Barbusse / will noch schreiben«). – Druck (mit Faksimile): *Dok.*, S. 275–277.

Die Übersetzung des Briefes lautet:

Mein lieber Heinrich Mann,

dankend bestätige ich Ihnen den Empfang Ihres Briefes. Das Manifest ist von den meisten Schriftstellern, an die ich mich gewandt habe, die aber nur eine erste Auswahl darstellen, bereits gebilligt worden. Einige von ihnen, insbesondere Romain Rolland und Victor Margueritte, sind mit den Zielen einverstanden, meinen aber, wie auch Sie, daß es vielleicht angebracht wäre, manche Passagen abzuschwächen. Andererseits zielen andere Schriftsteller mit ihren Bemerkungen in eine entgegengesetzte Richtung.

Sobald wir alle Antworten gesammelt und verglichen haben, könnten wir in einigen Tagen, wenn Sie einverstanden sind, noch einmal über die Frage der Dosierung und der Präsentierung des politischen Programms im Appell an die Schriftsteller sprechen. Vielleicht wird es dann möglich sein (ich werde mich darum bemühen), im engsten Kreise eine kleine Zusammenkunft zu organisieren, um das Manifest endgültig zu formulieren und zu veröffentlichen. Ich werde Sie also auf dem laufenden halten und hoffe, daß Sie an dieser Zusammenkunft, die bei mir stattfinden soll, werden teilnehmen können.

Aufrichtig Ihr Henri Barbusse.

Heinrich Mann an Klaus Pinkus, 4
Nizza, 13. Juni 1935 [Auszug]:

Auf die Beendigung meines Romans [*Die Jugend des Königs Henri Quatre*] ist eine ziemliche Abspannung gefolgt. Ich schwanke daher zwischen dem Entschluß, zu dem Schriftstellerkongreß nach Paris zu fahren, und der Neigung, es zu lassen. Der Kongreß beginnt am 21. Juni:

Sie erfahren wohl, wo. Ich weiß es nicht, weiß überhaupt noch nichts.

In: Heinrich Mann: *Briefe an Karl Lemke und Klaus Pinkus.* Hamburg: Claassen o.J. (1964), S. 126.
[Im folgenden zitiert: *Lemke / Pinkus-Briefe*]
Gemeint ist der ›Internationale Schriftsteller-Kongreß zur Verteidigung der Kultur‹, der vom 21. bis 25. Juni 1935 in der Pariser Mutualité stattfand und zu dem eine Gruppe französischer Schriftsteller, unter ihnen Louis Aragon, Henri Barbusse, Jean-Richard Bloch, André Gide, André Malraux, Victor Margueritte und Romain Rolland, eingeladen hatten. Heinrich Mann hielt am 24. Juni 1935 eines der Hauptreferate des Kongresses. Sein Vortrag *Probleme des Schaffens und Würde des Denkens* erschien in ›Die neue Weltbühne‹ (11. Juli 1935) unter dem Titel *Die Verteidigung der Kultur* und in der Toulouser ›Dépêche‹ (13. Juli 1935) unter dem Titel *La dignité de l'esprit* in Auszügen. – Klaus Pinkus (1895–1977), aus einer schlesischen Industriellenfamilie, hatte Heinrich und Thomas Mann im Mai 1933 durch Vermittlung von Lion Feuchtwanger in Bandol bei Toulon / Südfrankreich kennengelernt und zu Heinrich Mann eine engere Freundschaft geknüpft. Im Sommer 1935 vermittelte Pinkus bei dem von Heinrich Mann erwähnten ›Internationalen Schriftsteller-Kongreß zur Verteidigung der Kultur‹ in Paris eine Begegnung zwischen Heinrich Mann und Robert Musil. Pinkus hatte in Berlin zu dem kleinen Kreis der Freunde Musils gehört, die ihn, als der Rowohlt-Verlag 1931 in Zahlungsschwierigkeiten geraten war, finanziell unterstützten, um die Weiterarbeit am *Mann ohne Eigenschaften* zu sichern. Um 1940 war Klaus Pinkus etwa ein Jahr bei der Fremdenlegion, aus der ihn Helene Wolff, die Frau des Verlegers Kurt Wolff, freikaufte; durch sie kam er in Verbindung mit Bertha Gräfin Colloredo-Mannsfeld, auf deren Schloß in Saint Lary (Département Gers) er als Gärtner gut zwei Jahre Unterschlupf fand. Später hatte er eine Stellung in Séran par Lavour (Département Tarn) ebenfalls als Gärtner. Nach der Rückkehr nach Deutschland lebte Klaus Pinkus bis zu seinem Tode in Worpswede.

Klaus Mann: *Die Schriftsteller in Paris (Der Internationale Schriftsteller-Kongreß zur Verteidigung der Kultur)*: 5

Es wurde sehr viel geredet, und nicht immer war ein Zusammenhang zwischen den verschiedenen Referaten, nicht immer ein Kontakt zwischen dem Redenden und seinem Publikum spürbar. Trotzdem wurden mit der Zeit, und über alle Missverständnisse hinweg, Sinn und Bedeutung dieser grossen Zusammenkunft von Schriftstellern durchaus deutlich und wirksam.

Der grosse Kongress, an dem eine Anzahl der wesentlichsten europäischen Köpfe teilnahm, hatte eine doppelte Aufgabe: er war einerseits *Demonstration* – nämlich Demonstration aller antifaschistischen Geistigen gegen ihren Feind, den Faschismus –; andererseits *Diskussion* – nämlich die umfassende Diskussion der moralisch-intellektuellen Grundlagen, auf denen sich die antifaschistischen Geistigen finden und von denen aus sie gemeinsam – in breiter Einheitsfront – kämpfen können.

Die Schriftsteller, die sich in Paris versammelt hatten, empfinden den Faschismus als den gefährlichsten Feind der Kultur – ihres Bestandes und ihrer Weiterentwicklung. Hierin sind sie sich einig, dies ist der springende Punkt. Deshalb beschloss das Bureau, das nach Schluss des Kongresses gebildet wurde und in Permanenz weiter tätig sein soll: »Dieses Bureau, gebildet aus Schriftstellern verschiedener philosophischer, literarischer und politischer Richtungen, ist bereit, auf seinem ureigenen Gebiet, dem der Kultur, gegen Krieg, Faschismus und überhaupt gegen jegliche Bedrohung der Kultur zu kämpfen.« Dieser Beschluss ist u.a. gezeichnet von den Namen: André Gide, Maxim Gorki, Aldous Huxley, Heinrich Mann, Selma Lagerlöf, Romain Rolland. – Man muss feststellen, daß der Kongress seine Funktion als eine Parade der gros-

Internationaler Schriftsteller-Kongress

Paris 21.—25. Juni, in der Mutualité.

Freitag, 21. Juni, 9 Uhr abends

Thema: Das kulturolle Erbe.

Präsidenten:
André Gide — André Malraux (Frankreich).

Begrüssung durch: André Gide.

Referenten: E. M. Forster (England), Julien Benda (Frankreich), Bert Brecht (Deutschland), Egon Erwin Kisch (Deutschland), Louis Aragon (Frankreich), Lupol (U.S.S.R.), Alexej Tolstoj (U.S.S.R.).

Sonnabend, 22. Juni, 3 Uhr nachmittags

Thema: Humanismus.

Präsident: Henry Barbusse (Frankreich).

Referenten: Waldo Frank (U.S.A.), Luc Durtain (Frankreich), Valle Inclan (Spanien), Paul Nizan (Frankreich), Johannes R. Becher (Deutschland), Dubois (Frankreich), Friedmann (Frankreich), Jacub Kadri (Türkei), Jean Guéhenno (Frankreich).

Sonnabend, 22. Juni, 9 Uhr abends

Thema: Individuum.

Präsidenten: Heinrich Mann (Deutschland — Jean Richard Bloch (Frankreich).

Referenten: André Gide (Frankreich), Robert Musil (Deutschland), André Malraux (Frankreich), Carel Capek (C.S.R.), Max Brod (Deutschland), Ilja Ehrenburg (U.S.S.R.), Menno ter Braak (Holland), Willi Bredel (Deutschland).

Sonntag, 23. Juni, 3 Uhr nachmittags

Thema: Rolle des Schriftstellers in der Gesellschaft.

Präsidenten: Waldo Frank (U.S.A.) — Paul Nizan (Frankreich).

Referenten: Aldous Huxley (England), J. R. Bloch, John Strachey (England), Michael Kolzow (U.S.S.R.), Martin Andersen-Nexö (Skandinavien), Karin Michaelis (Skandinavien), Ernst Toller (Deutschland), Alfred Kerr (Deutschland), Iwanow (U.S.S.R.).

Sonntag, 23. Juni, 9 Uhr abends

Thema: Nation und Kultur.

Präsidenten: E. M. Forster (England)
Jean Guéhenno (Frankreich).

Referenten: Henri Barbusse, André Chamson (Frankreich), Anna Seghers (Deutschland), A. William Ellis (England), Mikitenko (U.S.S.R.), Tabidse (U.S.S.R.), Michael Gold (U.S.A.).

Montag, 24. Juni, 3 Uhr nachmittags

Diskussion.

Präsidenten: Martin Andersen-Nexö (Skandinavien) — Guilloux (Frankreich).

Montag, 24. Juni, 9 Uhr abends

Thema: Schöpferische Fragen und Würde des Geistes.

Präsident: Valle Inclan (Spanien).

Referenten: Heinrich Mann (Deutschland), Lion Feuchtwanger (Deutschland), Gustav Regler (Deutschland), Tichinow (U.S.S.R.), Ernst Bloch (Deutschland), Lahuti (U.S.S.R.), Dreyfus (Frankreich), Nezval (C.S.R.), Léon Moussinac (Frankreich), J. R. Lenormand (Frankreich).

Dienstag, 25. Juni, 10 Uhr morgens

Organisationsfragen.

Präsident: André Malraux (Frankreich).

Dienstag, 25. Juni, 3 Uhr nachmittags

Verschiedene Interventionen.

Referenten: Henri Poulaille (Frankreich), Humm (Schweiz), Kirchon (U.S.S.R.), Bodo Uhse (Deutschland), Siao (China), Alfred Kantorowicz (Deutschland), Klaus Mann (Deutschland), Erich Weinert (Deutschland).

Dienstag, 25. Juni, 9 Uhr abends

Präsidenten: Alexej Tolstoj (U.S.S.R.) — André Chamson (Frankreich).

Referenten: André Gide, Henri Barbusse, André Malraux, Ernst Toller, etc., etc...

Programm des ›Internationalen Schriftsteller-Kongresses zur Verteidigung der Kultur‹, 1935 sen antifaschistischen Namen glänzend erfüllt hat. Als den rührenden Höhepunkt der antifaschistischen Demonstration empfand ich die spontane Huldigung für Heinrich Mann: man erhob sich zu seinen Ehren, als er das Präsidium übernahm. Bis dahin hatte das Auditorium sich nur einmal von seinen Sitzen erhoben: das geschah zu Ehren Eines, der nicht mehr anwesend war in unserer Mitte – zu Ehren René Crevels. –

Kundgebungen von einem ebenso ergriffenen Enthusiasmus riefen noch hervor: André Gide; André Malraux mit seiner alarmierenden Rede, die das Pathos eines Kampfschreis und eines Warnungsrufes hatte; und der junge Deutsche Gustav Regler, der von seinen französischen Kameraden mit einer ganz besonderen Wärme begrüsst und entlassen wurde.

Die zweite grosse Angelegenheit des Kongresses – die Diskussion – war die schwerere; hier handelte es sich um sehr komplizierte Themen. Ein deutscher Delegierter, Rudolf Leonhard, fasste sie zusammen, indem er von dem »Gegensatz zwischen der... traditionellen Literatur« sprach »und einer neuen, traditionslosen, kollektivistischen«. »Dieser Gegensatz wurde auf höchst ergreifende Art dargestellt, und Sie haben die Heftigkeit eines Kampfes fühlen können, der sich zwischen zwei Literaturen... und meist im Herzen der Schriftsteller abspielt.« –

Leonhard analysiert diesen Konflikt, kommt aber zu dem Schluss, dass er im Grunde auf einer Täuschung beruht; denn: »Wir haben vom Kollektivismus nichts zu befürchten, wir Schriftsteller, wir Individualisten.« – Immerhin, und ganz zum Trotz solchen versöhnlichen Formeln, wurden hier sehr wesentliche und essentielle Gegensätze spürbar. Auf der »traditionellen«, der »liberalen« Seite standen vor allem die Engländer Forster und Huxley, von den Franzosen als der Berühmteste Julien Benda; auf der anderen Seite alle, die der Dritten Internationale angehören oder nahestehen, vor allem natürlich die Russen. Die grosse Auseinandersetzung – die für das Problem einer geistigen »Einheitsfront« so bedeutungsvoll, ja, entscheidend ist – fand ohne Frage ihren Höhepunkt in der Rede André Gides. Er ist es, der für alle »Individualisten«, für alle an den Werten westlicher Kultur Erzogenen und in ihre Reize Verliebten, der grosse Mentor in die »andere Gegend«, das neue Land sein könnte. Zu dem Themenkomplex »Kollektivismus-Individualismus« fand er auf dem Pariser Schriftsteller-Kongress die Formulierung: »Es kann die Gesamtheit am wirksamsten fördern, wer am individuellsten ist.«

Fraglich bleibt, ob im Rahmen eines grossen Kongresses – mit Lautsprechern und einem zwar aufmerksamen und leicht ergriffenen, aber doch stets ungeduldigen Publikum – tiefe und schwierige geistige Probleme überhaupt jemals zu lösen oder auch nur fruchtbar zu erörtern sind. Jedenfalls gibt eine solche Veranstaltung die Möglichkeit, Probleme aufzuzeigen. Das könnte schon viel bedeuten. Noch mehr aber bedeutet der Beweis, der in Paris erbracht wurde: nämlich der, dass die Probleme, die zwischen antifaschistischen Schriftstellern stehen, ihre Einheitsfront nicht zerstören müssen. Man ist sich einig in der Ablehnung der Barbarei. In anderen Punkten gibt es Meinungsverschiedenheiten. Über diese diskutiert man und wird weiter diskutieren. Die Diskussion ist die schönste Demonstration des guten Willens zum Miteinandergehen.

In: ›Die Sammlung. Literarische Monatsschrift‹. Herausgegeben von Klaus Mann. Amsterdam: Querido Verlag. Jg. 2, 1934/35, Heft 12, ›Glossen‹, S. 724 f.

Heinrich Mann an Thomas Mann, 6
Briançon, 16. Juli 1935 [Auszug]:

Lieber Tommy,
Du bist gewiss schon einige Tage zu Hause und hast erfreuliche Eindrücke mitgebracht. In Paris sah ich Klaus und Golo, besonders diesen als eifrigen Kongressbesucher. Der Kongress ist, vor Tausenden von Zuschauern, so eindrucksvoll verlaufen, wie die Veranstaltung einer Opposition es überhaupt kann. Die Schriftsteller haben es genau so gemacht, wie die französischen Linksparteien; grade dies unbedingte Zusammengehen aller Nichtfascisten fehlte früher. Wenn ein Deutscher auftrat, erhob sich das Haus, und oben fing man an, die Internationale zu singen. Den Singenden wurde aber zugerufen: Discipline, camarades! – und dann hörten sie wieder auf. Die Reden der Russen – Ehrenburg, Alexis Tolstoi, Kolzow, waren ganz auf Verteidigung der Kultur gestimmt. Man kann nicht mehr verlangen. Übrigens lege ich Dir das Telegramm bei, woraus Du Deine Wahl in den Vorstand des gegründeten Verbandes ersiehst. Er sieht nicht rein kommunistisch aus. Auch ich bin in meiner Abwesenheit gewählt worden, ich war am letzten Tage schon abgereist. Ich sage mir indessen, dass ohne den russischen Rückhalt das westliche Europa verloren wäre. Wir haben nur die Wahl.

In: Thomas Mann / Heinrich Mann: *Briefwechsel 1900–1949*. Herausgegeben von Hans Wysling. Erweiterte Neuausgabe. Frankfurt am Main: S. Fischer 1984, S. 217.
[Im folgenden zitiert: *TM/HM*]
Thomas Mann war vom 19. Juni bis 5. Juli 1935 auf seiner zweiten Amerika-Reise, wo ihm am 20. Juni von der Harvard University – zusammen mit Albert Einstein – die Ehrendoktorwürde verliehen wurde. Am 29. Juni waren er und seine Frau vom amerikanischen Präsidenten und dessen Gattin zu einem privaten Dinner im Weißen Haus geladen.

7 Heinrich Mann an Thomas Mann,
Nizza, 27. Juli 1935 [Auszug]:

Inzwischen sind wir in das gewohnte Bandol gefahren, haben eine schöne ruhige Wohnung gefunden oberhalb des Meeres und Badestrandes, vom Hafen die Strasse rechts hinauf. Der Buchhändler Aboab war uns behilflich, ich bin immer mit ihm in Verbindung wegen der Abschriften meiner französischen Artikel. Augenblicklich bieten diese die interessante Gelegenheit, vom »Wackeln« zu sprechen. Ich las auch einen Brief aus Berlin, nicht an mich gerichtet: Wenn »Tante Minna« so weiter macht, kommt sie doch noch in eine Anstalt! Dies als Stimme aus dem weiteren Publikum.

In: *TM/HM*, S. 219.
Zu Heinrich Manns Essay *Wackeln* vgl. S. 140 und S. 225.
»Tante Minna« ist vermutlich eine Verschlüsselung für den Nationalsozialismus.

8 Heinrich Mann an Thomas Mann,
Nizza, 2. September 1935 [Auszug]:

Aber mein Herbst, besonders nach grossen Anstrengungen, sieht gewöhnlich so aus; ich bin nicht verwöhnt und erwarte geduldig, dass die Fähigkeiten wieder zunehmen.

In: *TM/HM*, S. 220f.

9 Heinrich Mann an Romain Rolland,
Nizza, 20. September 1935:

Cher Romain Rolland
Vous m'honorez hautement en me demandant de faire part du Présidium effectif du Comité mondial de lutte contre la guerre et le fascisme. J'accepte de grand cœur et vous prie

de transmettre mes remerciements au Comité qui a bien voulu me compter parmi les siens.

Permettez-moi, cher Romain Rolland, de vous exprimer mon admiration sincère et cordiale.

Heinrich Mann

Abschrift: HMA SB 225 / 3. – Druck: *Dok.*, S. 278.

Die Übersetzung des Briefes lautet:

Lieber Romain Rolland

Sie erweisen mir eine große Ehre, indem Sie mich bitten, dem ordentlichen Präsidium des Weltkomitees gegen Krieg und Faschismus anzugehören. Ich nehme die Berufung mit großer Freude an und bitte Sie, dem Komitee, das mich in seinen Reihen wissen möchte, meinen Dank zu übermitteln.

Mit dem Ausdruck meiner aufrichtigen und herzlichen Verehrung, lieber Romain Rolland,

Ihr Heinrich Mann

Heinrich Mann an Thomas Mann, Nizza, 3. Oktober 1935 [Auszug]: 10

Lieber Tommy,

Deinen Brief hätte ich am liebsten gleich den ersten Tag beantwortet, so schön ist er. Ich kam aber grade aus Paris, und jeden Tag war ein Artikel zu schreiben, neben den Vorarbeiten für das weitere Leben des König Henri IV.

[...]

Du meinst, ich sollte sonst noch etwas davon haben, etwa die Rosette. So sind aber weder die Zeiten noch die Zeitgenossen, und wer in seinem eigenen Lande der Macht verdächtig ist, wird es jeder Macht. Der Einzelne ohne Hinterland bedeutet nach Massgabe der Dinge so wenig, dass ich mich sogar wundere, welche Ausnahme mit Dir und schliesslich auch mit mir gemacht wird. Man weiss wohl, dass bei Dir ein Unterschied besteht, nimmt Dich aber doch als Emigranten. Seit neulich bin ich im Vorstand des Weltkomitees gegen Krieg und Fascismus; Barbusse hatte mich noch bestimmt – Rolland, Langevin, mehrere andere Franzosen, vielleicht ein Engländer, sonst ich der Einzige von draussen. Das Komitee ist mächtig genug, dass ich auf diesem Wege wohl auch Franzose werden könnte, besonders wenn nächstes Jahr der Front populaire zur Macht käme. Es gibt Gründe, abzuwarten. Es gibt auch den Grund, dass meine Tochter in Prag die Erlaubniss [!] zu arbeiten nur bekommen kann, wenn mein Pass tschechisch ist.

[...] Drinnen [in Deutschland], ob das Dritte Reich steht oder fällt, kann es nur noch schlimmer kommen – für Bücher und Menschen. Diese Gesellschaft nimmt unter anderer gestohlenen Ware manchmal auch das Wort »Arbeitsplan« hervor. Dabei ist ihre einzige Arbeit die Vorbereitung des grossen Raubzuges, und erst als Sterbende werden sie ihn antreten. Was für eine Auflösung!

In: *TM/HM*, S. 221 und 222f.

Der Brief Thomas Manns, in dem er zu Heinrichs Roman *Die Jugend des Königs Henri Quatre* schreibt und u. a. meint, der Roman müßte dem Bruder eigentlich die Aufnahme in die Ehrenlegion (»Rosette«) eintragen, ist bislang nicht bekannt. – Diesem Brief Heinrich Manns liegt der Zeitungsausschnitt mit Heinrich Manns Artikel *Kastendeutschland* aus dem ›Pariser Tageblatt‹ vom 1. Oktober 1935 [vgl. S. 225] bei, auf dem der Autor handschriftlich vermerkt hat: »So was erscheint alle 8 Tage.«

11 Heinrich Mann an Arnold Zweig,
Nizza, 7. Oktober 1935 [Auszug]:

Lieber Herr Arnold Zweig,
Ihr Brief ist von Ende August; seitdem habe ich Arbeiten und Reisen gehabt, ich empfing Ihr Buch und las in der Weltbühne Ihren neuen Artikel.

Lassen Sie mich Ihnen zuerst für Ihren Roman danken. Sie haben das Wichtigste unternommen: Erziehung. Wir müssen hoffen, dass auch dieses Ihr Bemühen bald im Innern unseres Landes fortgesetzt werden kann. Moral ist zu lehren. Das ganze künftige Deutschland wird eine sittliche Frage sein. So weit wie man die sittliche – und die wirtschaftliche – Anarchie inzwischen getrieben hat, lässt sich nur noch von neuem anfangen, nach der Beseitigung der Klasse, die bisher sowohl die Besitzverhältnisse als die Moral bestimmt hat. Das ist die Lehre des Dritten Reiches. Es ist vorzüglich, dass Sie den ersten offenen Ausbruch der Rechtlosigkeit vorführen; der fällt in den Krieg, ist seither nur mit Mühe unterdrückt worden und tobt heute, wie sogar im Kriege noch nicht. Man muss auf die Ursprünge zurückgehn: das tun Sie. Man muss in alle Einzelheiten gehen, wie Sie es tun. Die privaten sind die überzeugendsten. Sie geben mit Recht den mittleren Kriegsteilnehmer, die Typen, die zögernd und feige zur Unredlichkeit und zum Verbrechen gelangen, weil man damals so zu sein hat. Bieder werden sie ein anderes Mal sein. Charaktere erziehen, die nicht mehr durch Zufall so oder so sind, darauf kommt künftig alles an.

Ihr Kampf um das Recht lässt in diesem Roman nichts zu wünschen übrig. So soll er sein, und soll zur Bestrafung führen.

Zu Ihrem Buch darf ich Sie beglückwünschen, glaube auch an seine Wirksamkeit. Recht und Unrecht: der Gegenstand versagt nicht, wenn er so kraftvoll behandelt wird. Was aber soll ich Ihnen über Ihren zweiten Artikel sagen? Mir bleibt wahrhaftig nur der schlichte Dank übrig. Denn ich darf mich kaum darüber äussern, ob ich so viel Rühmens verdiene. Sie würden es auch keinem Ihrer Altersgenossen zugestehen, sondern eben nur einem, den Sie für »vollendet« halten. Nun, und das wird jeder in seiner Art, wenn er je der Rede wert war und nicht einfach im

Sande verläuft. Dann muss zuletzt eine gewisse Höhe erreicht werden, im Grunde durch das lange Andauern der Bemühung. So wünsche ich es Ihnen für später. Aber wo Ihr Vergleich mit Anatole France anfängt, könnte man wirklich erschrecken vor der seither erfolgten Wendung. Er erlebt jetzt die bekannte Verfinsterung, die nach dem Tode ein paar Jahrzehnte dauern kann. Aber sie liegt diesmal daran, dass sein ganzes Wesen verworfen wird, die Humanität selbst, und mit ihr der Zweifel so gut wie die Erkenntnis. Zu seiner Zeit hatte er für sich ein Volk von Humanisten und eine noch ungebrochene Tradition. Meinesgleichen ist heute ohne Hinterland. – Führen wir den Vergleich lieber nicht fort.

Woran wir leiden, ist der Nationalismus: dieser als Folge des verkrachenden Kapitalismus. Man darf es nicht wissen – neulich schrieb ich es der Jewish Tribune in New York; aber sogar die Juden, die unter dem Nationalismus der Anderen doch etwas zu seufzen haben, sollen darüber in Unkenntnis bleiben, dass möglichenfalls der ganze Antisemitismus ein Notbehelf des Trustkapitals ist. Lassen wir sie dumm bleiben, vielleicht tröstet es sie.

In: *Heinrich Mann an Arnold Zweig*. In: ›Neue deutsche Literatur‹. Herausgegeben vom Deutschen Schriftstellerverband. Berlin/DDR. Jg. 11, Heft 2, Februar 1963, S. 86–92; Zitat, S. 87f.
[Im folgenden zitiert: *Zweig-Briefe*]
Arnold Zweig (1887–1968) war nach Palästina ins Exil gegangen; bei seinem hier erwähnten Buch handelt es sich um den Roman *Erziehung vor Verdun*. – Mit »zweiter Artikel« ist Arnold Zweigs Rezension des Romans *Die Jugend des Königs Henri Quatre* mit dem Titel *Heinrich Manns Meisterwerk* [In: ›Die neue Weltbühne‹. Prag-Zürich-Paris, Jg. 31 [der ›Weltbühne‹], Nr. 40 vom 3. Oktober 1935, S. 1248–1252] gemeint. Kurz vorher war Zweigs »erster Artikel« *Heinrich Mann* ebenfalls in ›Die neue Weltbühne‹ [Jg. 31, Nr. 30 vom 25. Juli 1935, S. 935–938] erschienen.

Thomas Mann an Heinrich Mann, 12
Küsnacht, 10. Oktober 1935 [Auszug]:

Deine Anrede an den Burschen in Berlin ist höchst amüsant, schlagend und erquicklich. Schicke doch öfter von diesen Erfrischungen! Sie tun allen im Hause wohl.

In: *Thomas Mann – Heinrich Mann: Briefwechsel. Neu aufgefundene Briefe 1933–1949.* Herausgegeben von Hans Wysling unter Mitwirkung von Thomas Sprecher. In: ›Thomas Mann Jahrbuch‹. Frankfurt am Main. Bd. 1, 1988, S. 167–230; Zitat, S. 196.
[Im folgenden zitiert: *TM/HM-Nachtrag*]
Gemeint ist wieder [vgl. Anm. zu Materialien, Nr. 10] Heinrich Manns Artikel *Kastendeutschland*, der mit dem Satz beginnt: »Herr Hitler, haben Sie nicht das Gefühl, daß es zu Ende geht?«

Heinrich Mann an Thomas Mann, 13
Nizza, 26. Oktober 1935 [Auszug]:

Die Wahnsinnigen dort hinten mit ihren Juden. Was werden sie machen, wenn sie endlich keine mehr haben. Dabei bereiten sie sich selbst keine andere Zukunft als ihren Juden. Der Gedanke ist heute nicht mehr märchenhaft, dass ein bettelarmes, der Auflösung verfallenes Deutschland in fremde Regie genommen und dass es Kolonie wird – statt der Ukraine. Denn alles lässt sich auch umkehren; und aus einem Sieg die letzten Folgerungen zu ziehen, das lernt die Welt jetzt von der deutschen Wehrwissenschaft.

In: *TM/HM*, S. 224.

14 Thomas Mann an Heinrich Mann,
Küsnacht, 15. November 1935 [Auszug]:

Lieber Heinrich,
vielen Dank für den Ausschnitt. Es ist überaus nützlich und verdienstvoll, diese Dinge zu sagen und der bürgerlichen Welt beizubringen, daß der Fascismus eben die westliche Form des Bolschewismus ist und daß die »Alte Welt« nichts von ihm zu hoffen hat. Mit der Verbreitung dieser Einsicht wäre viel gewonnen, noch mehr aber mit der Erkenntnis der Engländer, daß sie den Diktaturen nicht zu Prestige-Erfolgen verhelfen dürfen, sondern sie stürzen müssen, wenn sie Frieden haben wollen. Ein Anfang ist gemacht dank Mussolinis Plumpheit. Churchill und der Artikel der Times über die deutschen Judenverfolgungen waren sehr gut, und von der deutsch-englischen Freundschaft ist schon wieder nicht viel übrig. Auch von der deutsch-polnischen nicht; und wenn nicht Frankreich aus seiner freilich prekären Lage einen Ausweg nach Berlin suchte, wie es scheint, so könnte man wegen der auswärtigen Angelegenheiten des III. Reiches ziemlich beruhigt sein.

Mit den inneren steht es sowieso desaströs, allen meinen Nachrichten zufolge. Was ich aber mit unangenehmeren Empfindungen erwarte als früher je etwas, die Saar-Abstimmung eingeschlossen, ist die Olympiade, die zu einer Riesen-Reklame für Nazi-Deutschland auszuschlagen droht. Wenn doch ein paar bessere Völkerschaften die Entschlußkraft aufgebracht hätten, abzusagen! Es hätte sich doch durchaus unaggressiv und natürlich begründen lassen – und es hätte das Ende des Regimes sein können. Will man es denn erhalten? Das Welt-Sportfest wird im humanitärsten Stil, unter Verleugnung auch des Anti-Semitismus, weltfreundlich-weltfriedlich, mit Schillers Lied an die Freude und allem Zubehör aufgezogen werden, ungeheuer gewinnend. Dazu die Ordnung, die vollkommene Organisation, die modernen Riesenbauten – es gibt eine katastrophale Propaganda. Wäre den schamlosen Burschen ein Strich durch die Rechnung zu machen! –

Dr. Hans Bauer, Redaktor der Baseler Nationalzeitung, bat mich um Deine Adresse und darum, ich möchte ein gutes Wort bei Dir einlegen für ihn und den großen Wunsch, den er an Dich hat. Er ist der Haupt-Organisator der Schweizer Europa-Union gegen den Krieg und wünscht brennend, daß Du kommst und in solcher Versammlung oder mehreren sprichst. Willst Du es nicht tun? Ich frage mit geringer Zuversicht. Aber schön wäre es.

In: *TM/HM-Nachtrag*, S. 198.

Mit »Ausschnitt« dürfte Heinrich Manns Leitartikel *L'ancien monde* gemeint sein, der am 9. November 1935 in der Toulouser ›La Dépêche‹ erschienen war. – »Mussolinis Plumpheit« bezieht sich vermutlich auf den Protest Italiens vom 11. November 1935 an die Mitglieder des Völkerbundrates gegen die von diesem beschlossenen Sanktionen. – Zur »Saar-Abstimmung«: Nach dem Waffenstillstand vom 11. November 1918 wurde das Saargebiet aus dem Staatsverband des Deutschen Reiches herausgelöst. Ziel der französischen Politik war es, das deutsche Machtpotential möglichst langfristig zu schwächen, um dadurch die Wiederholung der Kriegskatastrophe zu verhindern. Versuche Deutschlands, so durch dessen Außenminister Stresemann 1926, das Saargebiet wieder zurückzuholen, scheiterten wiederholt an innen- und außenpolitischen Widerständen. Erst am 13. Januar 1935 fand eine Volksabstimmung darüber statt. 8,8 % der Stimmen waren für den Status quo, 0,4 % für Frankreich; 90,8 % aber votierten für die Rückgliederung des Saargebietes an Deutschland, die dann am 1. März 1935 erfolgte. Die Saargruben wurden von Deutschland für 900 Mill. FF zurückgekauft. Thomas Mann verfolgte die Wahlvorbereitungen aufmerksam und, da er sie als Reklame für das Hitler-Regime erkannte, mit Widerwillen (vgl. den Brief vom 1.1.35 an René Schickele; TB vom

15.12.34, 4.–12.1.35). Das Wahlergebnis bezeichnete er als »ein Faktum, von dem ich mich möglichst gleichmütig abwende« (TB, 15.1.35; vgl. auch die Eintragungen vom 19.1.35 und 5.3.35). – Hans Bauer (geb. 1901) war Präsident der Europa-Union und vom 1. September 1926 bis 31. Februar 1952 Redakteur der Basler ›National-Zeitung‹.

15 Fritz H. Landshoff / Querido Verlag an Heinrich Mann, Amsterdam, 19. November 1935 [Auszug]:

Der ESSAYBAND steht also vor dem Abschluss. Erlauben Sie mir bitte einen Einwand gegen Ihre Absicht, die ernsten Stücke auf der linken Seite, die komischen auf der rechten Seite fortzusetzen. Ich glaube, dass die Ausführung dieser reizvollen Idee doch auf grosse Schwierigkeiten stossen und den Leser abschrecken würde.

Die TITELFRAGE ist schwierig. »DER FALL DEUTSCHLAND« ist gewiss wirkungsvoll. Vielleicht lässt sich aber ein dem HASS ebenbürtiger, knapper Titel finden.

Original: HMA 3132.

16 Heinrich Mann an Thomas Mann, Nizza, 20. November 1935:

Lieber Tommy,
Deine Mitteilungen über die Vorkehrungen zur Olympiade waren mir neu, und ich werde mir erlauben, sie für meinen nächsten französischen Artikel zu benutzen. Morgen fahre ich nach Paris und frage Koenen, den früheren Abgeordneten der K.P.D., was seine Gegenpropaganda der Olympiade bisher hat schaden können. Ich werde in mehreren Comités Vieles zu besprechen haben, soll auch reden – hoffentlich nicht zu einer grossen Öffentlichkeit: dann pflegt am nächsten Tage die Vorladung

auf das Kommissariat zu kommen, und man wird mit der Ausweisung bedroht. Aber in meinem Fall ist die Veranstaltung französisch, und der Einfluss der Herren wird wohl gross genug sein.

Den 26. November soll ich mit anderen Delegirten nach Genf fahren, wir werden am 28. vom Völkerbund empfangen. Nach dem Tode des Hohen Kommissars werden die Emigranten zur eigenen Vertretung zugelassen. Jetzt kommt es. Wahrscheinlich bin ich den 27. und 28. in Genf, könnte aber noch den 29. dort bleiben, – wenn Du Dir die Zeit und Mühe nähmest, hinzukommen. Ich weiss, dass man gewöhnlich nicht einfach disponieren kann. Ich würde mich ausserordentlich freuen.

Du erreichst mich brieflich oder telegraphisch bis 25. in Paris (7^{e}) Hôtel Lutetia, B^{d} Raspail. Meine Genfer Adresse erfährst Du dann. – Versammlungen in der Schweiz – noch nicht, bitte.

Herzlichst H.

In: *TM/HM*, S. 224f.

Am 28. November hielt Heinrich Mann in Genf seine *Rede vor dem Völkerbund*, die in ›Die Neue Weltbühne‹ [Prag, Zürich, Paris. Jg. 4, Nr. 51 vom 19. Dezember 1935, S. 1599–1601] abgedruckt wurde.

Fritz H. Landshoff / Querido Verlag an Heinrich Mann, Amsterdam, 12. Dezember 1935 [Auszug]: 17

Der von Ihnen für den ESSAYBAND vorgeschlagene Titel ES KOMMT DER TAG scheint mir ausgezeichnet zu sein. Wir hoffen recht bald das Manuskript zu erhalten. Bitte haben Sie die grosse Liebenswürdigkeit, uns schon jetzt 10 bis 12 Zeilen »Waschzettel« für das Buch zur Verfügung zu stellen, die wir für die Vorpropaganda, die jetzt schon einsetzen muss, dringend benötigen. Sehr erwünscht wäre es auch, wenn Sie gleichzeitig damit 1 oder 2 Manuskriptseiten schicken könnten, die für »Reisemuster« verwandt werden.

Original: HMA 3133.

18 Heinrich Mann an Arnold Zweig,
Nizza, 26. Dezember 1935 [Auszug]:

Lieber Herr Arnold Zweig,
oftmals habe ich Ihrer gedacht, jetzt endlich schreibe ich. Woher kommt es, dass das Exil so arbeitsreich ist? In Berlin, mit allem Trara, behielt ich, glaube ich, mehr freie Zeit. Ausser vielfältigen Manuscripten war mir in der Zwischenzeit eine längere Reise beschieden: Paris (Comité-Sitzungen), Genf (Auftreten vor dem Völkerbund, damit die Emigranten eine Vertretung und Papiere bekommen). Dann konnte ich nach Zürich zu meinem Bruder fahren, was eine Insel des Friedens und der Eintracht war. Jetzt mache ich ein Buch mit Aufsätzen fertig, habe aber meinen zweiten Henri IV schon vorbereitet. Der erfüllt dann mindestens ein Jahr. – Hiermit sind meine Geschicke ziemlich berichtet.

Sie haben dort gewiss die besten Bedingungen, um zu arbeiten. Das ist das Wichtigste – auch im Hinblick auf die Eingewöhnung im neuen Land. Ich bin meistens bei fremden Völkern gewesen, auch die Bayern und die Preussen bestanden vorzugsweise aus befremdlichen Elementen. Sooft ich aber in einem Zimmer etwas geschrieben hatte, sah ich es als Heimat an: das Zimmer, sonst nichts. Allerdings war die weitere Umwelt nicht immer ganz so feindlich, wie sie sich jetzt verhält. Grade dieses Zustandes wegen bekommt jede freundliche Beziehung den vielfachen Wert; und ich will Ihnen sagen, dass mir Ihre gütige, verständnisvolle Annäherung sehr wohl getan hat. Sie gehört zum Besten im abgelaufenen Jahr.

In: *Zweig-Briefe*, S. 89f.

Fritz H. Landshoff / Querido Verlag an Heinrich Mann, 19
Amsterdam, 16. Januar 1936 [Auszug]:

Ich freue mich ausserordentlich, aus Ihrem Brief zu ersehen, dass das Manuskript des Essaybuches abgeschlossen ist. Bitte lassen Sie uns das Ms. auch zugehen, wenn einzelne Stellen noch nicht getippt sind. Ihre Handschrift kann in der Druckerei mühelos gelesen werden. Sollte der ein oder andere Satz nicht so leicht leserlich sein, so lasse ich ihn hier noch abschreiben.

Ihre Bemerkungen für die Herstellung des Buches werden sorgfältig beachtet. Der Preis des Buches wird auf hfl. 2,50 broschiert und hfl. 3,50 gebunden festgesetzt – auch dann, wenn der Umfang des Buches etwa 250 Seiten sein sollte. Ich werde den Umfang sofort nach Eingang des Manuskriptes genau schätzen lassen. Die Fahnen des Buches werden wir, ähnlich wie wir es bei dem Hitler-Buch von OLDEN getan haben, einem politisch gut orientierten, holländische[n] Anwalt zur Einsicht geben und Ihnen berichten, ob er irgendwelche Bedenken gegen die ein oder andere Stelle hat.

Original: HMA 3136.

20 Heinrich Mann an Thomas Mann,
Nizza, 6. Februar 1936 [Auszug]:

Soeben kommen die Korrekturen ›Es kommt der Tag. Deutsches Lesebuch‹. Sage es Katja, die ich freundlich grüsse.

In: *TM/HM*, S. 225 f.

21 Thomas Mann an Heinrich Mann,
Küsnacht-Zürich, 26. Februar 1936 [Auszug]:

Lieber Heinrich,
der Aufruf ist so gut, daß ich mir ein paar Tage Zeit zur Überlegung nehmen mußte. Aber es widerspräche doch meinen Vorsätzen, hier mitzutun, und mein »Gastland« sieht eine allzu lebhafte politische Betätigung seiner Gäste garnicht gern. Zudem: Hast Du denn einen Schimmer von Hoffnung, daß das deutsche Staatsgesindel sich durch dieses Manifest die Freigabe seiner politischen Gefangenen abzwingen lassen wird? Und dann: »Amnestie.« Können Gewalthaber, die Menschen ohne Gericht und Urteil gefangen halten, überhaupt »amnestieren«? Erweist nicht schon diese Forderung ihnen zuviel Ehre? Es ist eine politische Einzeldemonstration, die nicht aufs Ganze geht. Im richtigen Augenblick, so denke ich oft, müßte ein mit Tausenden von Namen aus aller Welt bedeckter, in herzlichen, guten und großen Tönen abgefaßter Aufruf direkt an das deutsche Volk gerichtet werden, des Sinnes, daß es die infame Zwingherrschaft abschütteln und zu Recht, Vernunft und Menschenanstand zurückkehren möge, worauf es ihm und allen gut gehen werde. Die organisierte und nicht organisierte Kulturwelt Europas und Amerikas müßte das unterschreiben, nicht ein Dutzend Linkspolitiker, und müßte in der Weltpresse erscheinen, dann würde

es den Adressaten schon vor Augen kommen. Sogar mein Offener Brief kommt ihm vielfach vor Augen. Hinausgelangende Deutsche nehmen ihn mit hinein und lesen ihn vor.

Heute sprach ich wieder einen, einen adeligen Rechtsanwalt aus Berlin. Wie lange es wohl noch dauern könne, fragte ich ihn. Er fürchte, sehr lange, sagte er. Und wie lange also? In zwei Jahren spätestens, antwortete er, müsse notwendig und zwangsläufig der wirtschaftliche Zusammenbruch erfolgen, und dann würde zweifellos die Auseinandersetzung auf »die Straße« getragen werden und diese die Sache in die Hand nehmen. Das nannte er lange! – Die Frage wird dann nur sein, ob die Reichswehr auf »die Straße« schießt oder nicht lieber auf die S. S., wenn diese es tut.

Herzliche Grüße! T.

In: *TM/HM-Nachtrag*, S. 202 f.
Um welchen »Aufruf« es sich hier handelt, ist nicht eindeutig zu ermitteln. Es könnte entweder Heinrich Manns *Einheit! Einheit! Einheit! Gegen Faschismus und Krieg* [In: ›Die Volks-Illustrierte‹. Prag. Jg. 1, Nr. 12, 1936, S. 179] oder *Seid einig!* [In: ›Arbeiter-Illustrierte-Zeitung‹. Prag. Jg. 15, Nr. 14 vom 29. März 1936, S. 220] gemeint sein. – Mit »Offener Brief« ist Thomas Manns *Offener Brief an Korrodi* [In: ›Neue Zürcher Zeitung‹, 3. Februar 1936] gemeint. – Zu »Rechtsanwalt«: Im Tagebuch notiert sich Thomas Mann am 26. Februar 1936: »Ins Baur au lac zur Konferenz mit Rechtsanwalt v. Brandenstein aus Berlin. Saßen in derselben Ecke der Halle wie mit Wassermann, 14 Tage vor seinem Tode. Mit B. über Lage und Aussichten in Deutschland. Will echte Ergebnisse wahrhaben wie die innere Realität der ›Arbeitsfront‹. Fügt aber hinzu, daß (man) mit dem Negativismus der Emigranten in Deutschland ›nicht leben könne‹. Erwartet übrigens in 1½ Jahren den wirtschaftlichen Zusammenbruch und das Eingreifen der ›Straße‹. Schacht könne und möge nicht mehr. Heiter. Zwei Jahre wollte man schon warten, wenn es dann gründlich und lehrreich käme. B. scheint Halbjude.«

22 Heinrich Mann an Katia Mann,
Nizza, 1. März 1936:

Liebe Katja,
nehmen Sie meinen tiefgefühlten Dank und sagen Sie, bitte, dem ernsten jungen Gelehrten, dass ich und mein »Lesebuch« ihm sehr verpflichtet sind. So viel ist gewiss, dass die Citate noch aufgenommen werden könnten; die Frage ist, ob Landshoff den Zeitverlust und die Mehrkosten genehmigt. Ich wäre enttäuscht, wenn diese vorzüglichen Sachen fortblieben.

Der Irrsinn der Läufte wird in der Tat so auffallend, dass er demnach logisch und gewollt sein müsste. Warum auch nicht. Man hat noch nie gesehen, dass eines der menschlichen Unternehmen infolge rechtzeitiger Besinnung abgestoppt worden wäre. Sondern jedes musste bis an sein mehr oder weniger blutiges Ende forttreiben. So jetzt die nationalistische Anarchie, ein offenbarer Auflösungsprozess.

Mit der Antwort Tommys und seiner Entscheidung, nicht zu unterschreiben, bin ich einverstanden. Wenn ich ihm künftig solche Versuchungen vorlegen soll, werde ich sie in den meisten Fällen zurückbehalten.

Vielleicht interessiert es Sie und Tommy, den beigelegten Artikel zu lesen. Herzliche Grüsse, auch an Golo, dessen Adresse ich kennen möchte. Ich muss ihm, mit oder ohne die Citate, das Buch schicken.

Ihr Schwager Heinrich

In: *TM/HM*, S. 226f.

Mit »dem ernsten jungen Gelehrten« ist Golo Mann gemeint.

Thomas Mann: *Dem Fünfundsechzigjährigen* (1936): 23

Meinem Bruder Heinrich zu seinem Geburtstag auch öffentlich meine liebevolle Huldigung darzubringen ist mir ein Herzensbedürfnis, und ich weiß es Ihrer Zeitschrift Dank, daß sie den Rahmen dazu bietet.

Der Fünfundsechzigjährige ist wahrhaft zu beglückwünschen. In diesen doch schon späten Jahren seines Lebens hat er außer einer Menge kleinerer Beiträge zum Ideenkampf der Zeit, deren jeden wir mit einer ob seiner moralischen Klarheit und Gewißheit fast heiteren Ergriffenheit lasen, den großen Roman von der Jugend des König[s] Henri siegreich vollendet: ein Werk erster Ordnung, in dem Güte und Kühnheit sich auf eine Weise mischen, die, aus dem Intellektuellen ins Wirkliche übertragen, einen Erdteil erretten könnte; ein Geschichts- und Menschheitsgedicht, dessen trauernde Ironie und grimmige Kenntnis des Höllisch-Bösen seinem Glauben an die Vernunft und das Gute keinen Abbruch tu[n]; eine Synthese aller Gaben dieses großen Künstlers, worin sich der schon politisch gespannte Ästhetizismus seiner Jugend mit der durchaus eigenartigen kämpferischen Milde seines Alters bewundernswert zusammenschließt. Dies Leben ist eine klare Einheit; da es außerdem großes Format hat, so gewährt es den immer noch unvergleichlichen Genuß des Anblicks einer Persönlichkeit. Und wenn es wahr ist, was Goethe sagt, dass »der der Glücklichste ist, welcher das Ende seines Lebens mit dem Anfang in Verbindung setzen kann«, dann ist Dein Gestalter-Leben, lieber Bruder, bei aller Bitterkeit, die nach unverbrüchlichen Gesetzen darin einschlägig ist, das glücklichste zu nennen.

Welchen Wunsch soll ich Dir sagen an diesem Tag? Nun, den natürlichsten, größten, der alles umfaßt: Daß in fünf Jahren, bis Du siebenzig wirst, unser Volk und Land uns wieder möge brauchen können.

In: ›Die neue Weltbühne‹ Prag-Zürich-Paris. Jg. 32, Nr. 13 vom 26. März 1936, S. 390.

24 Heinrich Mann an Thomas Mann,
Nizza, 29. März 1936:

Lieber Tommy,
Eure Glückwünsche haben mich erfreut, ich danke Euch Allen. In dem Geburtstags-Artikel hast Du liebevoll und tief meine Existenz bedacht; ich freue mich Deiner brüderlichen Sorgfalt und des glücklichen Ergebnisses, zu dem Du kommst. Ja, zuletzt wird alles in Ordnung sein, und ordentlich heisst beinahe schon gewöhnlich und normal. Als schwierige Ausnahme empfand ich mich noch bis über die erste Lebenshälfte hinaus, bemerkte aber seither mit Staunen, wenn nicht sogar Beschämung, dass ganz im Grunde alles verlief wie vermutlich bei Anderen auch. Daher bin ich jetzt vor allem auf Einfachheit bedacht und lerne für das Publikum der AIZ oder der Prawda zu schreiben. Euer Golo hat mir einen guten und schönen Brief geschrieben. Wenn Ihr gerade Gelegenheit habt, sagt ihm, bitte, meinen vorläufigen Dank. Ich antworte bald.

Katja danke ich vielmals für ihre Bemühungen bei Herrn Oprecht. Mögen sie Erfolg haben!

Gestern hatten wir abends Gäste, Frau Dr. Landshoff, Herr Oscar Levy, dessen Geburtstag auch in diese Tage fällt, und seine Tochter. Wir feierten bei Hummer, Huhn und Veuve Clicquot, es geht noch. Zu Ostern und im Mai werden Besucher von ausserhalb erwartet. Und Ihr – auf Eurer Fahrt nach Spanien? Es wäre schön, wenn wir uns bald wiedersähen. Ich begrüsse Euch Alle herzlich, Frau Kroeger begrüsst besonders Katja. Dein H.

In: *TM/HM*, S. 228 f.

Heinrich Mann an Thomas Mann, 25
Nizza, 3. April 1936 [Auszug]:

Wenn doch Oprecht zusagte!

In: *TM/HM*, S. 231 f.

Fritz H. Landshoff / Querido Verlag an Heinrich Mann 26
Amsterdam, 22. April 1936 [Auszug]:

Es ist mir ein aufrichtiges Bedürfnis Ihnen zu versichern, wie sehr ich es bedaure, dass nun ein Buch von Ihnen, dessen Publikation bei uns geplant war, in einem anderen Verlage erscheint. Leider mussten wir uns in den letzten Wochen wieder davon überzeugen, dass die hier bestehenden Bedenken nicht unbegründet waren. Vor kurzer Zeit ist gegen einen verantwortlichen Redakteur von ›Het Volk‹ (der übrigens sehr gemässigten sozialdemokratischen Zeitung hier), augenscheinlich auf Intervention der deutschen Botschaft, Anklage wegen »Beleidigung des Staatsoberhauptes einer befreundeten Macht« erhoben worden. Der Prozess hat noch nicht stattgefunden. Es ist aber immerhin bezeichnend für die Stimmung, dass eine solche Anklage bei sehr geringfügigem Anlass erhoben werden konnte.

Die Angelegenheit mit OPRECHT scheint in Ordnung zu sein. Jedenfalls haben wir ihm auf Grund eines dieser Tage eingetroffenen Schreibens den Vertrag schicken können.

Original: HMA 3137.

27 Heinrich Mann an Arnold Zweig,
Nizza, 27. April 1936:

Lieber Herr Arnold Zweig,
Ihrer gedenke ich oft, und Ihre Briefe liegen vor mir. Leider habe ich mehr zu tun, als ich eigentlich vertrage, und bin am Abend, wenn ich Ihnen schreiben möchte, oft recht müde. Mit grosser Freude habe ich gehört, dass Sie sich, mit Ihren Freunden, meines Geburtstages erinnert haben. Weit fort, sehr weit fort hat man jetzt eher Freunde als ganz nahe. Am entferntesten liegt das Dritte Reich, eine sagenhafte Gegend; aber Sie werden es nicht glauben wollen, sogar dorther erreichte mich ein Glückwunsch – sogar im Namen mehrerer tausend Arbeiter. Das Papier hatte grosse Umwege gemacht; die Schrift war erst nach besonderer Behandlung hervorgetreten. So wird gelebt, so verkehren Menschen. Früher dachte ich, dass Stendhal vieleicht doch übertreibe im Misstrauen gegen seine Zeitgenossen, und dass er zu sehr vereinfache, wenn er jeden coquin nennt. Heute weiss ich, dass beides richtig ist.

Andererseits habe ich, infolge näherer Einsicht, einen ganz veränderten Begriff bekommen von der sittlichen Widerstandskraft der Deutschen: des wichtigsten Teiles von ihnen, und der wird, ich will es glauben, auch Angriffskraft finden. Wie lange soll denn dies unsägliche Regime sich noch erhalten können. Der Krieg wäre sein sicheres Ende; aber gerade darum hoffe ich, dass sein innerer Feind schon vorher den richtigen Zeitpunkt erfasst, es zu stürzen. Auch wir hier bemühen uns, ich darf Sie dessen versichern; und die entstehende Volksfront wäre ohne uns schwerlich so weit gediehen. Drinnen aber sind schlechthin Helden: jetzt mache ich die Erfahrung und neige mich, was wohltut und unerwartet kommt. – Auf fremde Hilfe werden wir rechnen können, sobald wir uns selbst helfen: erst dann, und dann gewiss. Wenn wir deutsch schreiben, müssen wir zur Einigkeit ermahnen und die Opfer preisen. In anderen Sprachen ist es geboten, die Opposition als sehr stark und ihres Sieges sicher darzustellen. Übrigens sind von ihrem Siege noch Andere überzeugt, ich meine die Gewiegteren unter den Gangstern, z. B. Goebbels. Seine Reden verraten Angst, indessen »mein Führer« traumwandelt.

Diese Dinge wollten Sie, glaube ich, von mir hören. Sonst schreiben wir unsere Romane. Wenn nur die ganz grossen Schmerzen erspart bleiben! Ihrer gedenkend wünsche ich immer, dass Sie Besserung finden, sie womöglich schon gefunden haben möchten. Jetzt muss ich auch wünschen, dass die Unruhen dort Ihnen weder Unbequemlichkeit noch Kummer verursachen. Hat das Geld des Dritten Reiches mitgewirkt? Für jede Niedertracht haben diese Elenden plötzlich Geld.

Der Frühling ist hier langsam, die côte d'azur nimmt an den grämlichen Zeiten teil. Vielleicht nimmt aber einer den Regenhimmel für blau, wenn er das erste Mal herkommt und womöglich erst dreissig ist. Ihre verehrte Gattin sollte von Frau Kroeger schon längst einen Brief bekommen. Die Schreiberin ist durch vielfache Tätigkeit bisher verhindert worden, aber sie grüsst herzlich. Ich füge meine Empfehlungen und Grüsse für Sie Beide hinzu.

Ihr
H. Mann

In: *Zweig-Briefe*, S. 90f.

Thomas Mann an Heinrich Mann, 28
Küsnacht-Zürich, 4. Mai 1936

Lieber Heinrich, Dank noch für Deine Zeilen vom 19. April. Ich gratuliere zu Oprechts Entschluß! Wir haben uns sehr darüber gefreut. Deine Weltbühnen-Aufsätze habe ich mir unterdessen alle kommen lassen und noch Unbekanntes nachgeholt. Vielleicht am meisten Eindruck hat mir die Vernichtung des Reiches gemacht. Viele Deutsche leben in ähnlichen Vorstellungen.

In: *TM/HM*, S. 232.

Der Brief Heinrich Manns vom 19. April ist bislang nicht bekannt.

29 Thomas Mann: Tagebucheintragung,
[Küsnacht], 11. Juli 1936 [Auszug]:

Heinrichs Essay-Sammlung »Es kommt der Tag« von Oprecht übersandt. Las darin nach Tische. [...] Vor dem Abendessen und noch abends die Lektüre von H.'s Buch fortgesetzt. Bewegt von diesen oft naiven, aber selbstsicheren und fulminant moralischen Manifesten, von denen ich glaube, daß die Zukunft sie hoch in Ehren halten wird.

In: Thomas Mann: *Tagebücher 1935–1936*. Herausgegeben von Peter de Mendelssohn. Frankfurt am Main: S. Fischer 1978, S. 329.

[Im folgenden zitiert: *TM:TB 35/36*]

30 Thomas Mann: Tagebucheintragung,
[Küsnacht], 14. Juli 1936 [Auszug]:

Schrieb an Heinrich über sein Buch, zerriß aber den Brief.

In: *TM:TB 35/36*, S. 330.

Heinrich und Nelly Mann
Paris 1938

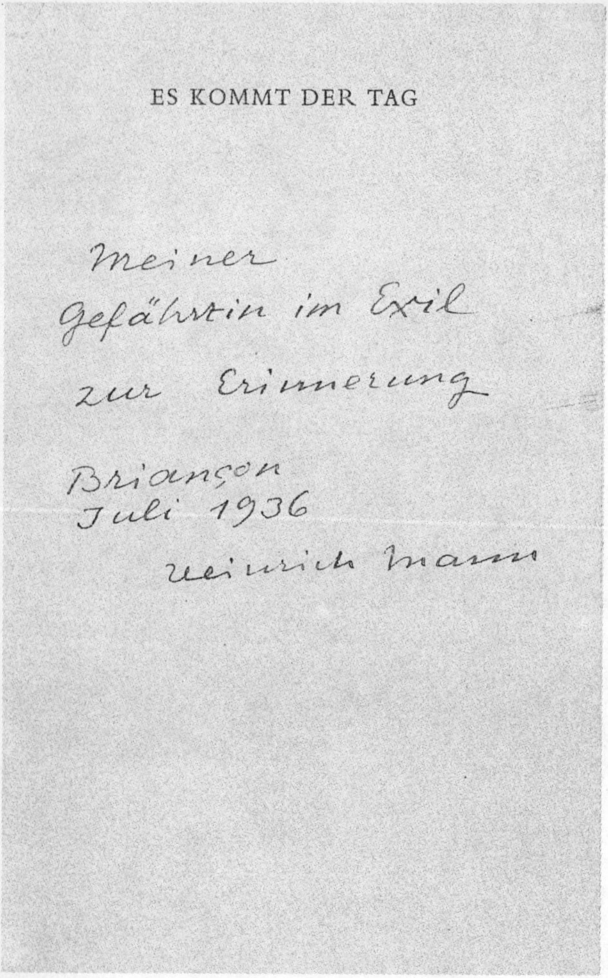

ES KOMMT DER TAG

Meiner
Gefährtin im Exil
zur Erinnerung

Briançon
Juli 1936
Heinrich Mann

Widmung Heinrich Manns
für seine spätere zweite Frau Nelly
in der Erstausgabe von *Es kommt der Tag*

Heinrich Mann an Thomas Mann, 31
Briançon, 18. Juli 1936 [Auszug]:

Oprecht wird Euch mein Buch geschickt haben. Auch dem hilfreichen jungen Gelehrten schickte ich sein Exemplar zu Euch. Meine Artikel gehen sogar in den Ferien weiter, nur der Roman nicht.

In: *TM/HM*, S. 237.

Mit dem »hilfreichen jungen Gelehrten« ist wieder Golo Mann gemeint.

Thomas Mann an Heinrich Mann, 32
Küsnacht-Zürich, 20. Juli 1936 [Auszug]:

Lieber Heinrich,
vor allem: Dein Lesebuch ist gekommen, eine fulminante Lektüre. Ich habe zwei Tage unausgesetzt darin gelesen und nach Aufnahme des mir noch Neuen auch alles schon Bekannte repetiert. Es ist ein großer Genuß und eine große Genugtuung. Ich bin überzeugt, daß diese Manifeste in Zukunft einmal eine höchst ehrenvolle historische Rolle spielen werden – eine ehrenrettende für Deutschland, zusammen mit wenigen anderen, z. B. der Kundgebung Niemöllers und der Seinen an Hitler, die das elende Subjekt an seinen »Kirchenminister« weitergegeben hat. Besonders ist man dankbar, für die Komik, die Du entfesselst. Ich habe öfters laut lachen müssen, und später wird man das noch freier, ungequälter und herzlicher tun.

In: *TM/HM*, S. 237f.

33 Heinrich Mann an Thomas Mann,
Briançon, 2. August 1936 [Auszug]:

Oesterreich hat nach seiner Gleichschaltung mein Buch als erstes sofort verboten; das ist eine unverkennbare Warnung – nur für mich und meine Tochter natürlich.

In: *TM/HM*, S. 239.

34 Thomas Mann: *Ansprache zu Heinrich Manns siebzigstem Geburtstag*
[gehalten am 2. Mai 1941] [Auszug]:

Du, lieber Heinrich, hast diese neue Situation des Geistes früher geschaut und erfaßt, als wohl wir alle; du hast das Wort »Demokratie« gesprochen, als wir alle noch wenig damit anzufangen wußten, und die Totalität des Menschlichen, die das Politische einschließt, in Werken verkündet, die vornehmste Kunst und Prophetie sind in einem. Empfinden wir nicht Bücher wie den »Untertan«, den »Professor Unrat«, die »Kleine Stadt« heute als vollendete Prophetie? Wenn Genie Vorwegnahme ist, Vorgesicht, die leidenschaftliche Gestaltung kommender Dinge, dann trägt dein Werk den Stempel des Genialen, und über seine Schönheitswagnisse hinaus ist es ein moralisches Phänomen. Ich sprach von einer Vereinfachung und Verjüngung des Geistes, – deine Kampfschriften gegen das schlechthin Infame, das jetzt seinen blutigen Schaum schlägt, diese Kampfschriften in ihrer Mischung aus literarischem Glanz und einer – ich möchte fast sagen: märchenhaften Simplizität, einer menschheitlichen Volkstümlichkeit, sind das großartigste Beispiel dafür. Die Schul-Lesebücher der Zukunft, glaube ich, werden sie einer Jugend bieten, die das Leiden, den sublimen Haß nicht mehr nachempfinden kann, aus dem sie kamen, und der doch das Herz dabei höher schlagen wird.

Diese Zukunft, diese Jugend werden kommen, wir wollen uns dessen versichert halten. Unsere Deutschen glauben zu sehr an den kruden Erfolg, an die Gewalt, an den Krieg. Sie glauben, es gelte nur eiserne Tatsachen zu schaffen, vor denen die Menschheit sich schon beugen werde. Sie wird sich nicht davor beugen, weil sie es nicht kann. Man mag über die Menschheit noch so bitter-zweifelhaft denken – es ist, unter aller Erbärmlichkeit, ein göttlicher Funke in ihr, der Funke des Geistes und des Guten. Den endgültigen Triumph des Bösen, der Lüge und der Gewalt, kann sie nicht hinnehmen – sie kann damit einfach nicht leben. Die Welt, die das Ergebnis vom Siege des Hitler, wäre ja nicht nur eine Welt universeller Sklaverei, sondern auch eine Welt des absoluten Zynismus, eine Welt, die jedem Glauben an das Gute, das Höhere im Menschen Hohn spräche, eine durchaus dem Bösen gehörige, dem Bösen untertänige Welt. Das gibt es nicht, das wird nicht geduldet. Die Revolte des Menschentums gegen eine Hitler-Welt vollkommener Negierung dessen, was im Menschen zu Geiste strebt – diese Revolte ist die gewisseste der Gewißheiten; sie wird eine elementare Revolte sein, vor der »eiserne Tatsachen« zerbröckeln werden wie Zunder.

Vor einem Menschenalter, lieber Bruder, gabst du uns den Mythos vom Professor Unrat. Hitler ist kein Professor – weit davon. Aber Unrat ist er, nichts als Unrat, und wird bald ein Kehricht der Geschichte sein. Wenn du, wie ich vertraue, die organische Geduld hast, auszuharren, so werden deine alten Augen sehen, was du in kühner Jugend beschriebst: das Ende eines Tyrannen.

In: *TM/HM*, S. 296f.

35 Heinrich Mann an Alfred Kantorowicz,
Los Angeles, 3. März 1943 [Auszug]:

Nach Frankreich war ich seit 1907 immer häufiger gekommen. 1923 hatte ich angefangen, für die Verständigung zu arbeiten. Wenn man weiss, dass der Eine sich verständigen will, während der Andere Rache brütet, ist das ein schwieriges Geschäft – Kampf habe ich es nie genannt. Ich kenne nur Werke, die manchmal übrigbleiben. Von den Kämpfen, die ich miterlebte, ist nichts geblieben. Aber hoffen wir!

Die 8 Jahre meines »Exils« in Frankreich waren ein etwas ausgedehnter Aufenthalt in einem Land, wo ich ohnehin meine Gewohnheiten, auch Freunde und einen besten Freund hatte. Félix Bertaux hat ein *Panorama de la Littérature allemande* verfasst, darin steht über mich, und über Andere, das Beste, was je gesagt wurde.

Die 8 Jahre, besonders der ›Front populaire‹ 1936, machten mich zu einem Zugehörigen. Ich sprach nicht mehr allein, vor geladenen Hörern; mit den französischen Schriftstellern Barbusse, Gide, Aragon, Bloch leitete ich Volksversammlungen.

Die deutsche Volksfront wurde unternommen. Ich kam in den persönlichen »Untergrund«-Verkehr mit den antifascistischen deutschen Arbeitern. Ihre Berichte waren gemeinsam gezeichnet von den Funktionären beider Parteien. Sie gaben mir viel Hoffnung; noch jetzt dauert mein Eindruck, dass die Revolution kam, wenn nicht der Krieg kam; dass Hitler nur die Wahl hatte. Die alte und fehlgeschlagene Hoffnung ermutigt heute, wieder zu hoffen. (Mit Vorbehalt. Das Untergrund-Manifest, das wir kürzlich lasen, spricht von keiner Revolution, nur vom Frieden schlechthin.)

In Frankreich habe ich meinen *Henri Quatre* geschrieben. Er ist das wohlausgereifte Werk meiner späten Zeit.

Mir hat Frankreich mein Leben lang Gutes gegeben. Ich liebe es als geschichtliche Erscheinung bis in seine vorletzten Tage.

Original: Deutsches Literaturarchiv / Schiller-Nationalmuseum, Marbach am Neckar (A: Heinrich Mann; 64.39). – Druck (unvollständiges Faksimile): *Kurze Selbstbiographie*. In: Herbert Jhering: *Heinrich Mann*. Berlin: Aufbau-Verlag 1951, o. S. und (vollständig) in: Heinrich Mann: *Ein Zeitalter wird besichtigt*. Frankfurt am Main. Fischer Taschenbuch Verlag 1988 (= Fischer Taschenbuch, Bd. 5929), S. 711–716; Zitat, S. 715.

Heinrich Mann: *Ein Zeitalter wird besichtigt* (1945) [Auszüge]: 36

[Aus dem sechsten Kapitel »Es wird Zeit«, »Gut und Böse«:]

Drohungen 1933! Noch nicht einmal eine Armee, groß genug gegen Holland, hatte der Fürchterliche. An Frankreich sollte er sich noch lange nur in Reden messen. Die gebotene Antwort ist nicht erfolgt. Aber während acht erwartungsvoller Jahre brachte eine Zeitung, der Regierung der französischen Republik persönlich verbunden, meine Artikel. Es waren regelmäßige Warnungen vor Hitler. Sie veranlaßten, nicht ganz so regelmäßig, einen Besuch des Hitlerschen Botschafters im Auswärtigen Amt.

Er befolgte den Auftrag, meine öffentliche Tätigkeit zu stoppen. Den Bescheid kannte er nachgerade. »Wir haben auf die ›Dépêche‹ keinen Einfluß.« Gewiß nicht, wenn nur der ständige Innenminister ein Mitbesitzer der Zeitung ist! Der Präsident der Republik hätte es mindestens sein müssen, noch besser Hitler selbst.

[Aus dem elften Kapitel »Die deutsche Republik«, »Die Republik erhöhte das Lebensgefühl«:]

Die geistige Freiheit hat dennoch bestanden, einzig die

Republik hat sie den Deutschen jemals gewährt – nicht aus Schwäche, sondern weil in ihrer Exekutive einige sich selbst achteten.

Sie hat die Literatur amtlich anerkannt und hat sie geehrt. Jede vorige Literatur war dem Staate fremd gewesen: die unsere nicht. Die Preußische Akademie der Künste, eine Gründung Friedrichs des Großen, hatte so lange die bildenden Künste und die Musik umfaßt; sie bekam endlich eine Sektion für Dichtung. Das war nötig und darauf berechnet, daß die Literatur eine Macht sei. Allein durch ihre innere Auszeichnung wird sie keine, aber sie wird es vermöge ihrer behördlichen Zuständigkeit, im Mitbesitz eines Palastes, Sitzungssaales und der Mittel, um öffentlich zu repräsentieren. Der Staat gewährte der literarischen Akademie ihre Unabhängigkeit, er hat die Zuwahl von Mitgliedern niemals beeinflußt. Daher ließ er geschehen, daß dort, wie überall, seine Feinde eindrangen.

Gleichwohl beschloß die Sektion ein Volkslesebuch – sein Inhalt sollten die Arbeiten des Volkes und seine Freuden sein, die Geschichte Deutschlands sollte nicht länger beschränkt werden auf Schlachten, auf den Ruhm von Feldherren und Fürsten. Das Buch wurde fertig, der Minister Grimme, der letzte sozialdemokratische, begünstigte es. Seine Beamten hüteten sich, es in die Schulen einzuführen: das Ende der Republik kam schon in Sicht. Der Vorsatz war gewesen, die Erziehung der Deutschen umzugestalten im Sinn der gegebenen Tatsachen, gesetzt, sie wären Tatsachen und wären gegeben. Die Vernunft und die Menschlichkeit, wenig angewendete Begriffe, sollten eine Handhabe bekommen.

Dieser war nicht der erste Versuch der Republik, die nationale Erziehung geistig und sittlich zu berichtigen. Ein anderer hochgebildeter Unterrichtsminister, Becker, der es vorzog, bald zu sterben, hatte zwischen Lehrerseminare und Hochschulen eine vermittelnde Stufe gelegt, der Abstand wurde verringert von den Studien der Elementarlehrer zu der Ausbildung höherer Dozenten. Nur Zeit, der Nachwuchs der arbeitenden Klasse hätte eine Grundlage von Wissen erworben. Gemeint war gewiß, die Feindseligkeit abzustellen zwischen den halbbelehrten Zöglingen der Mittelschulen, die ihre Unwissenheit nicht empfinden, und den Gemeinen, die immer unter ihr leiden. Die entschiedenste demokratische Maßnahme der Republik ist diese. Die Republik, in jeder anderen ihrer Betätigungen unfrei, hat wenigstens die Erziehung nach ihren Kräften befreit.

Das ist, für sich allein, nicht viel. Die Lehrer mußten nicht alle guten Willens sein. Die Machtverteilung im Staat aber blieb sich gleich; da hilft nicht, daß die Benachteiligten mehr wissen. Oder es hülfe erst, wenn die friedlichen Zeiten und Zustände lange genug gedauert haben. Sie sollten nicht anhalten, dafür war gesorgt.

Die Schriftsteller standen bei der Menge, einer erheblichen Menge aus arm und reich, nicht nur im Ansehen, sie waren ihr bekannt. Ein Mittelstand, der umfänglicher wurde mit dem Anwachsen einer gehobenen Arbeiterschaft, ließ sich nicht mehr genügen an den literarischen Äußerungen eines Augenblicks: die Leute fingen an, die Zusammenhänge des Geschehens zu beachten. Das ist aber das erste. Eine nationale Gemeinschaft muß urteilen lernen bis in ihre Vergangenheit, damit sie endlich selbst über sich bestimmt. Das eigene politische Handeln setzt die Kenntnis der Literatur voraus.

[Aus dem elften Kapitel »Die deutsche Republik«, »Der Weg aus dem Land«:]

Nachdem ich in Deutschland für den Tag und Augenblick viel geschrieben hatte, oblag ich derselben unbedankten Pflicht in Frankreich. Ein Organ der französischen Regierung wollte die Erfahrungen des Verbannten bekanntmachen, tat es acht Jahre lang, bestand darauf. Von den Eigentümern der Zeitung war der eine meistens Minister, immer in der Lage, die Proteste des Hitlerschen Botschafters gegen meine Beiträge abzuweisen. Darum blieben sie doch Literatur, etwas in Frankreich um seiner selbst willen Geschätztes, geschehe übrigens, was will.

[Aus dem dreizehnten Kapitel »Frankreich«, »Auch ich kam aus Deutschland«:]

Auch ich kam aus Deutschland, mit der sehr merkwürdigen Aufgabe, Franzosen zu gemahnen, wer sie seien. Ich tat es von 33 bis 40, an die acht Jahre, in einer Zeitung, deren Leser bis in die Regierung reichten [einer der Besitzer war fast immer Innenminister]. Ich konnte mein aufgegebenes Land zeigen, wie es nun war, mit seinen Folterkellern und den Märtyrern der Freiheit, ihrer Enthauptung durch das Beil. Mir war erlaubt zu warnen: in Deutschland beginnt es nur. Gebt wohl acht, wie es fortgeht!

Von Zeit zu Zeit erschien am Quai d'Orsay der Botschafter Hitlers und verlangte, daß meine Artikel verboten würden. Er nahm den Bescheid mit, die Regierung habe keinerlei Einfluß auf das Blatt (Mitinhaber M. Albert Sarraut, Innenminister). Mir wurde hiermit persönlich bewiesen, daß die Regierung der Republik die faschistische Mitschuld des Landes nicht unterstützte. Sie hat sie groß werden lassen nach dem Mißlingen der Volksfront, eines eher zaghaften Versuches, einigen sozialen Selbstverständlichkeiten nachgerade gerecht zu werden. Revolutionäre Halbheiten werden immer bestraft. Ihnen folgt unfehlbar vom Gegenteil das äußerste.

[Aus dem vierzehnten Kapitel »Frankreich«, »Die deutschen Herren über Frankreich«:]

Paul Langevin, Membre de l'Institut, war krank, er wurde

in die Santé gebracht – keine Heilanstalt, sondern ein Gefängnis. Langevin, der namhafte Wissenschaftler, scheint von den Nachrichtern bisher vergessen: sie scheuen die französischen großen Namen. Sie können gegen ihren Respekt nicht an, er ist ein altes deutsches Erbe. Friedrich der Große redet ihnen manchmal hinein, wo sie lieber töten würden.

Dabei hatte der Gelehrte sich besonders schuldig gemacht. Er hatte gegen die deutsche Weltanschauung verstoßen vor der Niederlage, als Frankreich in der Täuschung befangen war, es habe das Recht auf seine eigene. Unsere spätesten antifaschistischen Veranstaltungen, als die Republik angefangen hatte, sich faschistisch zu benehmen, wurden von ihm geleitet. Sein hohes Ansehen, sein gebietender Titel nahmen ihn von Belästigungen aus (obwohl der Eingang des Hauses von Polizei besetzt war). Unseren Volksversammlungen glich dies nicht ganz: Intellektuelle, einzeln und in Abordnungen, füllten mächtige Säle.

Viele waren vorher einander kaum begegnet. Wer sich sonst nicht zugehörig gefühlt hätte, kam dennoch, gerufen von der äußersten Stunde, ermutigt von einer seltenen Persönlichkeit. Er war einfach, streng und rein. Fremd blieb ihm immer der äußere Anschein, als kämpfte er, die Geste eines Wagnisses fehlte. Er tat, was recht war. Die Wahl der deutschen Nachrichter ist auf ihn gefallen. Manche demonstrativen Gestalten traf sie nie. Aber sie traf Maurice Sarraut. Als die Deutschen ihn ermordet hatten, verbreiteten sie, der französische Untergrund habe es getan.

Schmerzlich denke ich seiner: daß ein entehrendes Ende ihm von seinen Mördern nachgesagt werden konnte, und niemand sah sogleich die feige Lüge. Der stolze Herr der ›Dépêche‹ – ein Co-Operationist? Das wird am wenigsten aus Männern der altbürgerlichen Mitte, die nicht anders können, als sich jakobinisch betonen bis in den nationalen Zusammenbruch.

Als ich, nach der Kriegserklärung, meine Verbindung mit der Zeitung löste, entschuldigte er sich, weil er mich gehen ließ. Die ›Dépêche‹ werde klein werden – réduite à sa plus simple expression. Dann aber wäre er in der Selbstverleugnung bis zum Verrat gegangen? Hätte verdient, von Patrioten gerichtet zu werden?

Toulouse ist eine sozialistische Stadt. Sie lag noch lange außerhalb des besetzten Gebietes. Die alteingesessene Familie, ihre Zeitung, die den Südwesten beherrschte, ihn in Paris vertreten hatte; der Minister, dessen Macht die Zeitung gewesen war – und die Macht vertrug, ideell und praktisch, keinen anderen Ausdruck als Freiheitssinn und Liebe zum Lande! Als aber gemeldet wurde, sein bejahrter Bruder, der bedeutendere von ihnen, habe sich die Rache des Landes zugezogen – niemand hat sogleich widersprochen, auch ich nicht.

Es zeigt an, wie tief wir schon gedemütigt sind. Einen Augenblick, bis wir durch die Wahrheit beschämt werden, lassen wir uns beleidigen in den Menschen, die wir hochstellten und die mir nichts, dir nichts gesunken sein sollen. Nicht, daß ein Abfall und Versagen, wie diese erfundenen, mich ausrücklich überzeugt hätten. Entmutigt durch der Zeiten Schande, bezieht man das Unwahrscheinliche in sie ein. Das Wahrscheinliche bleibt immer die Furcht dieser Deutschen in Frankreich vor ihrer eigenen Herrlichkeit.

In: Heinrich Mann: *Ein Zeitalter wird besichtigt*. Frankfurt am Main: Fischer Taschenbuch Verlag 1988 (= Fischer Taschenbuch, Bd. 5929), S. 178f., 342–344, 365, 409 (bei dem in eckigen Klammern gesetzten Einschub handelt es sich um eine aus der Handschrift ausgeschiedenen Partie, die in den Paralipomena, S. 608, wiedergegeben ist), 446f.

Zeitgenössische Rezensionen
(Auswahlbibliographie)

[Die mit * gekennzeichneten Angaben folgen einem jeweils vorliegenden Zeitungsausschnitt. Da die Zeitung/Zeitschrift über Fernleihe nicht erreichbar war, konnten sie bibliographisch nicht weiter überprüft werden.]

[Anonym]: *Es kommt der Tag.*
In: ›Prager Tagblatt‹. Jg. 36, Nr. 163 vom 15. Juli 1936, S. 2.

Styx.: Es kommt der Tag.
In: ›Volksrecht‹. Zürich. Jg. 39, Nr. 169 vom 21. Juli 1936, Dienstag-Ausgabe, S. [4].

Bührer, Jakob: Zu Heinrich Manns Buch: *Es kommt der Tag.*
In: ›Volksrecht‹. Zürich. Jg. 39, Nr. 173 vom 25. Juli 1936. Beilage ›Der Sonntag‹. Jg. 12, Nr. 30, S. [2].

Steinfeld, Justin: *Es kommt der Tag.*
In: ›Die Wahrheit‹. Prag. Jg. 15, Nr. 18/19 vom 1. August 1936, ›Das neue Buch‹, S. 14.

Franck, Wolf: Das Beispiel Heinrich Manns.
In: ›Pariser Tageszeitung‹. Jg. 1, Nr. 52 vom 2. August 1936, S. 4 und 6.

[Anonym]: *[Es kommt der Tag].*
In: ›Neuer Vorwärts‹. Karlsbad. Nr. 164 vom 2. August 1936, ›Neue Bücher‹, o. S.

K.: Heinrich Mann: *Es kommt der Tag.*
In: ›Volkswille. Sozialdemokratisches Tagblatt‹. Karlsbad. Jg. 43, Nr. 185, vom 9. August 1936, ›Literatur‹, S. 7.

[Anonym]: Heinrich Mann: *Es kommt der Tag*.
In: ›Argentinisches Tageblatt‹. Buenos Aires. 9. August 1936.*
Lackner, Stephan: *Es kommt der Tag*.
In: ›Das Neue Tage-Buch‹. Paris. Jg. 4, Heft 33 vom 15. August 1936, S. 787.
Pindar: Es kommt der Tag…
In: ›Neue Aargauer Zeitung‹. Aarau, Jg. 24, Nr. 190 vom 15. August 1936, ›Für Stadt und Land: Unterhaltungsbeilage der Neuen Aargauer Zeitung‹. Jg. 8, Nr. 33, ›Tagebuchblätter‹, S. 130f.
Schongauer, Friedrich: *Es kommt der Tag. Deutsches Lesebuch*. Von Heinrich Mann.
In: ›Volksstimme‹. St. Gallen. Jg. 32, Nr. 193 vom 19. 8. 1936, ›Eingegangene Druckschriften‹, S. [4].
Europa-Verlag Zürich: Verlagsanzeige für Heinrich Manns *Es kommt der Tag*.
In: ›Die neue Weltbühne‹. Prag-Zürich-Paris. Jg. 32 [der ›Weltbühne‹], Nr. 34 vom 20. August 1936, Innenseite des vorderen Heftumschlags.
Olden, Balder: Heinrich Mann über Pachulke.
In: ›Die neue Weltbühne‹. Prag-Zürich-Paris. Jg. 32 [der ›Weltbühne‹], Nr. 34 vom 20. August 1936, S. 1054–1056.
-kh-: Heinrich Mann: *Es kommt der Tag*.
In: ›Berner Tagwacht‹. Jg. 44 [= Jg. 49 des ›Schweizer Sozialdemokrat‹], Nr. 196 vom 22. August 1936, Abend-Ausgabe, ›Theater, Musik, Vorträge‹, S. 2.
[Anonym]: Heinrich Mann: »Die deutschen Juden werden planmäßig vernichtet«.
In: ›Zidovska Telegrafni Agentura‹. Prag. Nr. 194 vom 24. August 1936, S. 6.
Olden, Balder: Heinrich Mann und Bismarck.
In: ›Die neue Weltbühne‹. Prag-Zürich-Paris. Jg. 32 [der ›Weltbühne‹], Nr. 35 vom 27. 8. 1936, S. 1091f.

[Anonym]: Heinrich Mann: *Es kommt der Tag*.
In: ›Zeit im Bild‹. Prag. Jg. 12 Nr. 45 vom 27. August 1936, S. 15.
Huber Noodt, U.: Heinrich Mann, *Es kommt der Tag*.
In: ›Nieuwe Rotterdamsche Courant‹. Jg. 93, Nr. 239 vom 28. August 1936, Avondblad E, S. 2 [mit Porträtfoto von Heinrich Mann].
WSZ: Heinrich Mann. *Es kommt der Tag*.
In: ›Freiwirtschaftliche Zeitung. Organ des Schweizer Freiwirtschaftbundes‹. Bern. Jg. 14, Nr. 75 vom 19. September 1936, ›Büchertisch‹, S. 4.
-a-: Heinrich Mann: *Es kommt der Tag*.
In: ›Die Brücke. Wochenschrift für Politik, Kultur und Wirtschaft‹. Prag. Folge III, Nr. 31 vom 25. September 1936, ›Bücher, Bücher...‹, S. 14.
[Anonym]: »Die Deutschen und ihre Juden«.
In: ›Israelitisches Wochenblatt‹. Zürich. Jg. 36, Nr. 39 vom 25. September 1936, S. 10f.
[Anonym]: Heinrich Mann: *Es kommt der Tag*.
In: ›Wirtschaftskorrespondenz für Polen‹. Katowice. Jg. 13, Nr. 25/26 vom 30. September 1936, S. 8.
Van Alphen, L. S.: Antifascistische Literatuur.
In: ›Anti-Fascistische Stemmen. Orgaan van de Algemene Anti-Fascistische Beweging in Nederland‹. 's Gravenhage. Nr. 4, August-September 1936 [Sammelbesprechung].*
Sternbach, Herman: »Niemiecka czytanka« Henryka Manna.
In: ›»Chwila« poranna‹. Lwow [Lemberg]. Nr. 6299 vom 3. Oktober 1936, ›Literarische Beilage‹, S. 11.
Steinhausen, H.: Bücher über Politik.
In: ›National-Zeitung‹. Basel. Jg. 94, Nr. 460 vom 4. Oktober 1936, Sonntags-Ausgabe, S. [5] [Sammelbesprechung].

Liepmann, Heinz (London): German Authors Who Write in Exile.
In: ›The New York Times‹. Jg. 41, Nr. 43 vom 25. Oktober 1936, ›Book Review‹, S. 8 und S. 24 [Sammelbesprechung].

Forster, G.: Es kommt der Tag...
In: ›Deutsche Volkszeitung‹. Prag-Paris-Basel, Jg. 3, Nr. 34 vom 8. November 1936, S. 5.

it.: Heinrich Mann: *Es kommt der Tag.*
In: ›Das Jüdische Heim‹. Zürich. Nr. 25 vom 11. November 1936.*

Marcuse, Ludwig: Der Lehrer. Zu Heinrich Manns Buch: *Es kommt der Tag, Deutsches Lesebuch.*
In: ›Das Wort. Literarische Monatsschrift‹. Moskau. Jg. 1, Heft 5, November 1936, S. 95–100.

Hiller, Kurt: Publizist Heinrich Mann.
In: ›Sozialistische Warte‹. Paris. S.N.I.E. Jg. 11, Nr. 21 vom 1. Dezember 1936, ›Sozialistische Tribüne‹, S. 503–507; wieder abgedruckt in: ders.: *Köpfe und Tröpfe. Profile aus einem Vierteljahrhundert.* Hamburg, Stuttgart: Rowohlt 1950, S. 43–51.

Roberts, Peter: Heinrich Mann. *Es kommt der Tag. Deutsches Lesebuch.*
In: ›Der Kampf. Sozialdemokratische Monatsschrift‹. Prag. Jg. 3, Nr. 12, Dezember 1936, S. 497f.

[Anonym]: Heinrich Mann. – *Es kommt der Tag.*
In: ›De Vlaamsche Gids‹. Antwerpen. Dezember 1936.*

A. S. [d. i. Siemsen, Anna]: Heinrich Mann. *Es kommt der Tag.*
In: ›Buchberatung für Arbeiterbibliotheken‹. Bern. Jg. 1936, S. 4f. (= Flugschriften der Schweiz. Arbeiterbildungszentrale Bern)

[Anonym]: Kämpferische Pazifisten.
In: ›Sozialdemokrat‹. Prag. Jg. 17, Nr. 7 vom 8. Januar 1937, ›Literatur‹, S. 6

Löwenstein, Th.: Heinrich Mann: *Es kommt der Tag.*
In: ›Adam‹. Bukarest. 15. Januar 1937.*
Huppert, Hugo: Ein deutsches Lesebuch.
In: ›Internationale Literatur. Deutsche Blätter‹. Moskau. Jg. 7, Heft 1, 1937, S. 135–141.
H. W. [d. i. Wielek, Heinz]: Heinrich Mann, *Es kommt der Tag.*
In: ›De Social-Democraat‹. Amsterdam. 13. Februar 1937.*
[Anonym]: Mann, Heinrich. *Es kommt der Tag.*
In: ›International Institut for Social History‹. Amsterdam. 1937, Nr. 2.*
H. J. S.: Heinrich Mann: *Es kommt der Tag.*
In: ›De Arbeider‹. Amsterdam. Jg. 47, Nr. 12 vom 20. März 1937, S. 3.
Schroeder, H. E.: Mann en Mann. Heinrich Mann, *Es kommt der Tag.*
In: ›De Stem. Critisch Bulletin‹. Arnhem. Jg. 17, Heft 4, April 1937, S. 433f. [zusammen mit einer Besprechung zu Klaus Mann: *Mephisto*].
Kooperberg, P.: *Es kommt der Tag*, door Heinrich Mann.
In: ›Nederland‹. 1937, Nr. 4.*
W. V.: Heinrich Mann: *Es kommt der Tag.*
In: ›Tagesanzeiger‹. Zürich. Jg. 45, Nr. 201 vom 28. August 1937, Bl. 4 – Rückseite.
H. K. B.: Heinrich Mann. *Es kommt der Tag.*
In: ›Books Abroad‹. Norman, Oklahoma. Vol. 11, Nr. 4, Autumn 1937, S. 466f.

Zeittafel

1870/1871	Deutsch-Französischer Krieg. Gründung des Deutschen Reiches unter preußischer Vorherrschaft (18.1.1871). Bismarck Reichskanzler
1871	Luiz Heinrich Mann am 27. März als erster Sohn von Thomas Johann Heinrich Mann und seiner Ehefrau Julia, geb. da Silva-Bruhns, in Lübeck geboren
1875	Geburt des Bruders Thomas
1877	Wahl des Vaters zum Senator von Lübeck
1878–1890	Sozialistengesetz
1884	Reise nach St. Petersburg
Seit 1885	Erste erzählerische, seit 1887 erste poetische Versuche
1889	Abgang vom Gymnasium aus Unterprima. Buchhandlungslehrling in Dresden
1890	Entlassung Bismarcks. Heinrich Manns erste Veröffentlichung einer Erzählung in der ›Lübecker Zeitung‹
1891–1892	Volontär im S. Fischer Verlag, Berlin. Studien an der Friedrich-Wilhelms-Universität
1891	Tod des Vaters (geb. 1840). Liquidierung der Firma Johann Siegmund Mann. Erste Rezensionen in ›Die Gesellschaft‹
1892	Sanatoriumsaufenthalt nach Lungenblutung in Berlin; danach Kuraufenthalte in Wiesbaden, im Schwarzwald und in Lausanne. Rezensionen in ›Die Gegenwart‹

1893	Übersiedlung der Familie nach München Reisen nach Paris, Italien
1894	*In einer Familie*, Roman
1895–1896	Herausgeber der Monatsschrift ›Das Zwanzigste Jahrhundert. Blätter für deutsche Art und Wohlfahrt‹
1895–1898	Aufenthalt in Rom und Palestrina, zeitweilig zusammen mit dem Bruder Thomas *Im Schlaraffenland* begonnen Erste Notizen zu den *Göttinnen*
1897	*Das Wunderbare und andere Novellen*
1898	*Ein Verbrechen und andere Geschichten*
1899–1914	Ohne festen Wohnsitz. Aufenthalte in München, Berlin, meistens in Italien, oft in Riva am Gardasee im Sanatorium von Dr. von Hartungen
1900	*Im Schlaraffenland. Ein Roman unter feinen Leuten*
1903	*Die Göttinnen oder Die drei Romane der Herzogin von Assy* *Die Jagd nach Liebe*, Roman
1905	*Flöten und Dolche*, Novellen *Professor Unrat oder Das Ende eines Tyrannen*, Roman *Eine Freundschaft: Gustave Flaubert und George Sand*, Essay Übersetzung von Choderlos de Laclos' *Gefährliche Freundschaften* Bekanntschaft mit Inés (Nena) Schmied
1906	Erste Notizen zum *Untertan* Drei Novellenbände: *Schauspielerin, Stürmische Morgen, Mnais und Ginevra*
1907	*Zwischen den Rassen*, Roman
1908	*Gretchen*, Novelle aus dem Stoffkreis des *Untertans. Die Bösen*, Novellen

1909	*Die kleine Stadt*, Roman
1910–1913	Jährliche Uraufführungen der Schauspiele Heinrich Manns in Berlin
1910	*Französischer Geist* (später *Voltaire – Goethe*); *Geist und Tat*, kulturpolitische Essays
	Das Herz, Novellen
	Freitod der Schwester Carla (geb. 1881)
	Variété, Einakter
1911	*Die Rückkehr vom Hades*, Novellen
	Schauspielerin, Drama
1912	Bekanntschaft mit der Prager Schauspielerin Maria (Mimi) Kanová während der Proben zu *Die große Liebe* im Deutschen Theater, Berlin
	Beginn der Niederschrift von *Der Untertan*
1913	*Madame Legros*, Drama
1914	*Der Untertan* als Fortsetzungsroman in ›Zeit im Bild‹
	13. August: Abbruch des Vorabdrucks nach Beginn des Ersten Weltkrieges. Weiterer Abdruck der russischen Übersetzung bis Oktober in Petersburg (›Sowremennij Mir‹)
	12. August: Heirat mit Maria (Mimi) Kanová. Wohnsitz in München
1915	Russische Buchausgabe des *Untertan*
	Konflikt mit dem Bruder. Abbruch der Beziehungen nach dem Erscheinen von Thomas Manns *Gedanken im Kriege*
	Zola, Essay; in ›Die Weißen Blätter‹, hg. von René Schickele
1916	*Der Untertan*, Privatdruck in etwas mehr als 10 Exemplaren
	Geburt der Tochter Henriette Maria Leonie

1917	*Die Armen*, Roman *Brabach*, Drama *Madame Legros* an den Münchener Kammerspielen und am Lessing-Theater in Berlin uraufgeführt Grabrede auf Frank Wedekind Versuch einer Versöhnung mit Thomas Mann
1918	Ende des Ersten Weltkrieges. Abdankung Wilhelms II. Novemberrevolution in Deutschland Mitarbeit Heinrich Manns im ›Politischen Rat geistiger Arbeiter‹ in München *Der Untertan*, Roman Beginn der Arbeit am Roman *Der Kopf*
1919	Ermordung Karl Liebknechts und Rosa Luxemburgs. Friedrich Ebert Reichspräsident. Beginn der Weimarer Republik (Weimarer Reichsverfassung) *Macht und Mensch*, Essays (Gewidmet *Der deutschen Republik*) Gedenkrede für Kurt Eisner, den ermordeten Ministerpräsidenten der bayerischen Räterepublik
1920	*Der Weg zur Macht* im Residenz-Theater München uraufgeführt. In den folgenden Jahren wachsende publizistische Tätigkeit *Die Ehrgeizige*, Novelle
1921	*Die Tote und andere Novellen*
1922	Aussöhnung mit Thomas Mann Bekanntschaft mit dem französischen Germanisten Félix Bertaux Rapallo-Vertrag zwischen Deutschland und der UdSSR
1923	Ruhrbesetzung, Generalstreik. Putschver-

1923 such der Nationalsozialisten in München. Hitler in Festungshaft. Inflation und erster Nachkriegsbesuch Heinrich Manns in Frankreich (Teilnahme an den Entretiens de Pontigny)

Rede bei der Verfassungsfeier in der Staatsoper Dresden

11. März: Tod der Mutter Julia (geb. 1851). *Diktatur der Vernunft*, Reden und Aufsätze

1924 Reise in die Tschechoslowakei, Begegnung mit Tomáš G. Masaryk auf Schloß Lana bei Prag

Abrechnungen, Novellen

Der Jüngling, Novellen

Das gastliche Haus, Komödie

1925–1932 *Gesammelte Werke in 13 Bänden* im Paul Zsolnay Verlag, Wien

1925 Zweite Frankreichreise nach dem Krieg, erste Impulse für den *Henri Quatre* in den Pyrenäen und in Pau

Der Kopf, Roman

Kobes, Novelle

Tod Friedrich Eberts. Hindenburg zum Reichspräsidenten gewählt.

Zusammenfassung der Romane *Der Untertan, Die Armen, Der Kopf* zur *Kaiserreich-Trilogie*, der *Romane der deutschen Gesellschaft im Zeitalter Wilhelms II.*

1926 Wahl zum Mitglied der Preußischen Akademie der Künste zu Berlin, Sektion Dichtkunst am 27. Oktober

Liliane und Paul, Novelle

1927 Verstärktes Wirken für eine Verständigung zwischen Deutschland und Frankreich.

1927 Rede im Trocadéro, Paris, zum 125. Geburtstag von Victor Hugo
Begegnungen Gustav Stresemanns mit Aristide Briand
Freitod der Schwester Julia (geb. 1877)
Mutter Marie, Roman

1928 Trennung von Maria Mann, Übersiedlung nach Berlin
Vorsitzender des Volksverbandes für Filmkunst
Eugénie oder Die Bürgerzeit, Roman

1929 Bekanntschaft mit Nelly Kröger, seiner späteren zweiten Frau
Sie sind jung, Novellen
Sieben Jahre. Chronik der Gedanken und Vorgänge (1921–1928), Essays
Weltwirtschaftskrise

1930 Scheidung von Maria Mann
›Der blaue Engel‹, Verfilmung des Romans *Professor Unrat*
Die große Sache, Roman

1931 Wahl zum Präsidenten der Sektion Dichtkunst bei der Preußischen Akademie der Künste. Feier in Berlin zu Heinrich Manns 60. Geburtstag mit Reden von Gottfried Benn, Lion Feuchtwanger, Adolf Grimme, Max Liebermann und Thomas Mann. Teilnahme an einem internationalen Schriftstellerkongreß in Paris. Gespräch mit Aristide Briand. Rede im Admiralspalast zur deutsch-französischen Verständigung
Geist und Tat. Franzosen 1780–1930, Essays

1932 Wiederwahl Hindenburgs zum Reichspräsidenten

1932	*Ein ernstes Leben*, Roman *Das öffentliche Leben*, Essays *Das Bekenntnis zum Übernationalen*, Essay Beginn der Arbeit am *Henri Quatre*
1932/1933	Unterzeichnung von Aufrufen zur Aktionseinheit von KPD und SPD gegen die Nationalsozialisten, gemeinsam mit Käthe Kollwitz und Albert Einstein
1933	30. Januar: Hitler Reichskanzler 15. Februar: Ausschluß mit Käthe Kollwitz aus der Akademie der Künste 21. Februar: Flucht nach Frankreich über Frankfurt am Main, Kehl am Rhein und Straßburg 25. August: Aberkennung der deutschen Staatsbürgerschaft *Der Haß. Deutsche Zeitgeschichte*, Essays
1933–1940	Wohnsitz in Sanary-sur-Mer, dann in Nizza. Reisen nach Prag, Genf und Zürich. Politische Artikel in der ›Dépêche de Toulouse‹ Vorsitzender des Vorbereitenden Ausschusses der deutschen Volksfront, Ehrenpräsident des SDS. Antifaschistische Flug- und Tarnschriften
1934	10. Mai: Heinrich Mann Präsident der Deutschen Freiheitsbibliothek *Der Sinn dieser Emigration*, Essays
1935	Juni: Rede auf dem Internationalen Schriftstellerkongreß zur Verteidigung der Kultur in Paris *Die Jugend des Königs Henri Quatre*, Roman
1936	Heinrich Mann wird tschechoslowakischer Staatsbürger

1936	Beginn des spanischen Bürgerkriegs *Es kommt der Tag. Deutsches Lesebuch*, Essays
1937	10./11. April: Volksfrontkonferenz in Paris, Eröffnungsansprache Heinrich Manns
1938	Münchner Abkommen *Die Vollendung des Königs Henri Quatre*, Roman
1939	*Mut*, Essays; *Nietzsche* (Kommentar zu einer Auswahl) 9. September: Heirat mit Nelly (Emmy) Kröger in Nizza Hitler-Stalin-Pakt. Ausbruch des Zweiten Weltkriegs Verschleppung Maria Manns ins KZ Theresienstadt
1940	Kapitulation Frankreichs vor den Hitler-Truppen Flucht über Spanien und Portugal in die USA. Aufenthalte in New York, Princeton, Hollywood, Wohnsitz in Los Angeles und Santa Monica bis zum Tod
1941	Beginn der Arbeit am Roman *Empfang bei der Welt*
1943	Ehrenpräsident des Lateinamerikanischen Komitees der Freien Deutschen *Lidice*, Roman
1944	17. Dezember: Freitod Nelly Manns (geb. 1898)
1945	Bedingungslose Kapitulation Deutschlands *Ein Zeitalter wird besichtigt*, Autobiographie Klaus Mann bringt die gesundheitlich schwergeschädigte Maria Mann aus dem KZ Theresienstadt nach Prag zurück

1947	Ehrendoktor der Humboldt-Universität Berlin
	Tod Maria Manns in Prag (geb. 1886)
1949	Nationalpreis I. Klasse für Kunst und Literatur der DDR
	Tod des Bruders Viktor (geb. 1890)
	Der Atem, Roman
1950	Berufung Heinrich Manns zum ersten Präsidenten der neugegründeten Akademie der Künste zu Berlin/DDR. Vorbereitung zur Rückkehr mit dem polnischen Dampfer ›Batory‹
	12. März: Tod Heinrich Manns in Santa Monica bei Los Angeles
1951	DEFA-Verfilmung von *Der Untertan*
1955	Thomas Mann stirbt am 12. August
1956	*Empfang bei der Welt*, Roman
1958/1960	*Die traurige Geschichte von Friedrich dem Großen*, szenisches Romanfragment
1961	Überführung der Urne Heinrich Manns von Kalifornien nach Prag
	25. März: Überführung der Urne nach Berlin und Beisetzung auf dem Dorotheenstädtischen Friedhof in Anwesenheit von Leonie Mann

Herausgeber und Verlag danken dem Heinrich-Mann-Archiv der Akademie der Künste zu Berlin, und dem Deutschen Literaturarchiv, Marbach am Neckar, für vielfältig gewährte Unterstützung durch Auskünfte und Bereitstellung von Abbildungsvorlagen; dem Aufbau-Verlag, Berlin und Weimar, und dem Claassen Verlag, Düsseldorf, für die gegebenen Abdruckgenehmigungen.